Forte como a morte
Otto Leopoldo Winck

ABOIO

FORTE COMO A MORTE

Otto Leopoldo Winck

Apresentação
por Maria Valéria Rezende

Pensando em como apresentar este livro, que não é de modo algum banal, veio-me a imagem de uma trança: penso numa farta cabeleira dividida em três grandes mechas entrelaçadas, compondo essa longa trança a se estender por várias décadas de nossa história.

Uma das mechas nos traz a envolvente e comovente história de uma família de origem polonesa, no interior do Paraná – mas que talvez pudesse ser de outro estado do Sul brasileiro – e de todo o povo que cerca essa família, com os inúmeros fios de suas dores, suas lutas, seus amores, sua fé, suas esperanças "mais fortes do que a morte". Dessa história nos são narrados dois períodos, afastados em alguns anos, por uma voz cheia de poesia e a nos trazer um rico vocabulário, herdeiro seja da nossa mestiça língua portuguesa-brasileira, seja dos vários trabalhadores europeus que para aqui imigraram, desde o final do século XIX, como parte do projeto de "embranquecer" o Brasil. Trata-se de uma parte do "Brasil profundo" pouco conhecida dos brasileiros em geral, talvez porque pouco presente em nossa literatura ou em outras formas de narrar a vida (canções, teatro, cinema...). Já bastaria essa mecha para prender-nos e contribuir para um enriquecimento de nossa literatura como espelho da vida que, conscientemente ou não, nos envolve a todos.

Uma segunda mecha, entrelaçada à primeira, nos traz a voz de um padre católico, que optara pela vida sacerdotal movido pelo entusiasmo gerado pela Teologia da Libertação e pelos movimentos populares surgidos em grande parte das Comunidades Eclesiais de Base (CEBs), um dos frutos mais importantes do Concílio Vaticano II na América Latina. No seu compromisso para com a "opção preferencial pelos pobres", esse narrador nos faz participar de suas tentativas de servir ao povo, com momentos de sucesso mas também de decepção, que representam o que viveram alguns milhares de religiosos desde as últimas décadas do século XX, história importante para compreender o Brasil que temos agora, mas hoje ignorada pela maioria sobretudo dos jovens.

Por fim, entrelaça-se nessa trança uma terceira mecha, composta de textos curtos que percorrem inúmeras fontes de reflexão teológica e filosófica, em busca de respostas racionais para o mistério da existência humana sempre permeada pela aspiração à transcendência, pelos desafios da vida em comum, do amor e do desamor, e pela impossibilidade de reduzir seu sentido a raciocínios conclusivos, restando como alternativas ou a volta à fé e à esperança enquanto virtudes teologais, ou essa infindável procura que conduz ao agnosticismo.

Uma leitura muitas vezes encantadora, sempre desafiadora, que nos abre para a infindável busca de sentido e de harmonia que, no fundo, é o que nos move e nos faz humanos.

Junho 2023

Quinze anos depois de sua redação este livro vem a lume. Seu autor desistiu de publicá-lo tão logo ficou pronto. Não me deu explicações. Desconversou. Não é difícil entendê-lo: toca em notas delicadas e em nervos expostos. Agora que seu nome foi riscado do livro dos vivos e periga desaparecer no limbo do esquecimento ao qual estamos todos condenados, salvo um Homero ou um Júlio César, voltei a ele e decidi sozinho, pois todas as nossas decisões são no fundo solitárias, dar-lhe uma sobrevida de alguns anos – que é o tempo que comumente vive a maioria dos livros antes de se tornarem letra morta e pasto de traças.

Muitos não acharão aqui mais que um romance, com seus usuais componentes de imaginação e fantasia. Que seja! Só eu sei que é *algo mais* – no entanto, niilista de salão, não pretendo convencer nem converter ninguém. Numa época em que a imaginação está em crise e em que só se pretende dar crédito a testemunhos e documentos, é bom que se creia que se trate de ficção.

Primavera de 2023

Darum bitte ich Gott, daß er mich Gottes quitt mache.
Meister Eckhar

Quando certa manhã Rosália Klossosky se levantou, depois de sonhos inquietos – e que sonhos, meu Deus! –, percebeu que havia uma mancha levemente rosada na palma de cada mão. Sob a luz do lampião de querosene, ela observava, intrigada, aqueles estranhos sinais. Tinham o tamanho de um polegar e doíam ligeiramente. Virou as mãos. Mais ou menos na mesma posição, só que mais tênues, lá estavam as marcas. À noite, após rápidas abluções na casa de banho por causa do frio, Rosália descobriu que debaixo do seio esquerdo – um seio púbere, que mal despontava – um outro laivo, só que mais comprido e estreito, aflorava entre as costelas. Ao descalçar os tamancos, já de volta ao quarto, qual não foi sua surpresa ao constatar marcas semelhantes no dorso dos pés.

No dia seguinte a mãe comentou:

– O que é isso, guria?

– O quê?

– Isso aí. Na sua mão.

– Ah – e a garota fitou a pequena nódoa com seus olhinhos um tanto estrábicos. – Apareceu ontem, mama. Não sei.

Dona Florentina se abaixou, colher de pau na mão, pano estampado na cabeça, debaixo do qual os tufos de cabelo que lhe escapavam semelhavam palha de milho. Examinou a mão da filha. Era como uma mordida de butuca, só que uma butuca mais forte.

– E a outra mão? Quero ver.

Rosália esticou a outra palma. A mãe pressionou-a com o polegar. Virou a mão da menina. Franziu o sobrolho. No rosto de traços severos, de expressão quase sempre invariável, os olhos cinzentos e líquidos deixavam entrever um brilho de estupefação.

– Dói?
– Um pouco.
– É preciso chamar o doutor Günther. Ver essas coisas... E outras.

Referia-se às regras, que já tinham vindo, as primeiras. Escorrera muito sangue, um absurdo, seis dias encharcando as toalhas que lhe eram metidas entre as pernas. Urgia saber se aquilo estava certo, numa idade tão nova, aquela sangueira toda. Preparou um chá de aroeira e fez a filha beber, sem tirar os olhos de cima dela, de suas mãozinhas delicadas não obstante o duro serviço a que desde cedo já estavam habituadas. O que seria aquilo, meu Deus? Erisipela? Sarampo? Varicela a coitada já teve... Não, aquilo não parecia coisa infecciosa. Mas que era bem estranho, lá isso era: aquelas erupções tão simétricas, como feitas de propósito, dos dois lados das mãos.

– Não há de ser nada, minha filha – disse. – Deve ser de nervoso. Já aconteceu comigo algo parecido. Agora vamos, filha, vamos terminar essa cebola que daqui a pouco os homens estão de volta com o estômago nas costas.

No dia seguinte a coisa estava ainda mais séria. Os laivos haviam aumentado, violáceos, intumescidos. Doíam mais, a ponto de Rosália sentir dificuldades até mesmo para andar: pisava com cautela, manquitolando. As tarefas mais ordinárias – ordenhar, engomar, coser, cozinhar, arear panelas –, desincumbia-se delas com indisfarçáveis caretas de dor. Foi quando atirava milho às galinhas que o pai reparou.

– O que é isso, filha?

A mulher não lhe falara nada. O marido andava encasquetado demais: eram as geadas, que naquele ano haviam começado mais cedo, as agruras, os agravos do dia a dia, as contas que se acumulavam na velha escrivaninha de guaraúna, ameaçando amealhar o parco produto de tanta soalheira – que a vida, avara, não entrega o seu fruto de mão beijada. Então por que incomodá-lo mais? Ela estava certa de que aquilo – seja lá o que aquilo fosse – ia passar, como um mau jeito, uma dor nas costas, uma pústula de machucado.

Mas seu Boleslau não achou que aquilo fosse só impressão, coincidência, coisa que logo logo passasse. Observou as marcas nas mãozinhas da menina, os dedos grossos de calos e talhos apalpando o que se lhe afiguravam infecções prontas a supurar. Chamou-a de lado, balançou a cabeçorra que parecia a custo equilibrar e, com uma carranca grave, na qual as rugas se vincavam ainda mais, indagou:

– Não foi você que fez isso, não?

– Não, papa. O senhor acha que eu ia fazer uma coisa dessas?

Não, ela não seria capaz. Apesar da idade, Rosália era uma menina muito ajuizada.

– É só aqui que apareceu?
– Não, tem também nos pés e no peito.
– Deixa eu ver.
Ante o pequeno lanho no lado esquerdo, o velho agricultor se assustou.
– Meu Deus! O que é isso?
Chamou a mulher.
Dessa vez dona Florentina não logrou ocultar o espanto: meio palmo abaixo do mamilo, de uma meia-lua com cerca de quatro dedos de comprimento, rosada, escorria um filete de sangue.
– Por que não me contou nada?
– Falar de mais problema? Pra quê? Eu achava que ia passar. Mas não estava assim, não sangrava. Parecia apenas uma machucadura...
Confabularam os dois, longe dos ouvidos da filha. O velho coçou a cabeça, acendeu um palheiro que trazia sobre a orelha esquerda e deixou-se estar, contemplando a vistosa estampa do Sagrado Coração de Jesus sobre a porta da sala, enquanto dona Florentina se enfiava na cozinha para terminar de preparar a janta. O coração de Jesus, do lado de fora do peito, circundado por uma coroa de espinhos e encimado por uma cruz, jazia entre chamas ardentes. Com a mão direita, no dorso da qual se vislumbrava uma mancha encarnada semelhante à de Rosália, o Filho de Deus, com um olhar entre súplice e senhorial, apontava o órgão incandescente, como que a falar: ó o que eu sofri por vocês. Seu Boleslau chamou a filha novamente. Tornou a analisar as marcas das mãos e dos pés, apertou-as com o indicador.
– Ai, papa, dói.

Parecia que estas também estavam a ponto de sangrar. Acorriam-lhe confusamente os estigmas de São Francisco, Santa Gemma Galgani, Padre Pio e tantos outros cujas histórias muito aprazia à dona Zenóbia repisar quando se reuniam na casa de um ou outro colono para a reza semanal do terço, à qual os Klossosky compareciam vez ou outra. Muito instruída, dona Zenóbia, pencas de livros na estante grande da sala.

– Minha filha – murmurou ele, segurando-a nos ombros –, eu não sei o que está acontecendo. Sei que te conheço bem, que você nunca inventaria um troço desses.

Os olhos dele – claros que nem os da filha – brilharam por um instante. Por um instante, também, passaram-lhe pela cabeça, atabalhoadamente, os problemas que aquilo ainda lhes podia acarretar: a falação do povo, as dúvidas, as críticas, o opróbrio... No entanto, num esforço de alma, ele confiou tudo a Deus, persignando-se.

Pouco depois, Zé Candonga, o rapaz que trabalhava com eles – ele já havia reparado naquela estranha coloração nas mãos da piguancha –, quis saber o que se passava.

– Não é nada, meu filho. Não é coisa do seu interesse. Vá, vá trabalhar.

– Rosália está bem? – o jovem insistiu, arregalando os olhos acima dos zigomas salientes.

– Eu já disse: vá terminar de arar aquela terra que te pedi.

Naquela noite não ouviram música na única estação que pegava na velha radiola. Comprimidos em torno do grande fogão de pedra, com trempe de ferro e forno de barro, na cozinha cujo teto se tingia de picumã, seu Boleslau, dona Florentina e Rosália recitaram o rosário inteiro – o que nunca tinham feito até então –, tomados de um inédito sentimento de piedade e temor. Durante a quarta dezena dos mistérios dolorosos, os olhos pequenos de seu Boleslau se apertaram ainda mais e dona Florentina julgou que fosse ver uma lágrima. Na verdade, quem chorou foi ela. A filha, muito compenetrada, de joelhos, dentro de um pulôver puído, parecia um ícone de igreja. Um cheiro bom de lenha verde queimada aconchegava o ambiente. Lá fora a noite e o frio envolviam, com sua espessa camada de névoa, Riacho de Prata e o mundo.

* * *

Embora não seja a única passagem que induza à ideia de um retraimento da Divindade, o texto que deu origem às especulações kenóticas é o hino de Filipenses 2, 6-11. Desde Ernst Lohmeyer vigora certo consenso de que se trata de uma composição litúrgica anterior a Paulo, por ele assumida e inserida na epístola, talvez com alguns acréscimos: "Ele estava na forma de Deus (μορφη θεου) / e não considerou como uma presa (άρπαγμὸ) o ser igual a Deus (ισα θεω), / mas esvaziou-se (εκενωσεν) e assumiu a forma de servo (μορφην δουλου). // E tornado na semelhança dos homens (ομοιωματι ανθρωπων) / e por sua figura reconhecido como homem, / humilhou-se (ou abaixou-se: εταπεινωσεν) e foi obediente até a morte."

* * *

Ide em paz e que o Senhor vos acompanhe, eu disse. Graças a Deus, respondeu a assembleia, e, ainda que esta frase esteja prevista no missal desde a última reforma, não pude me furtar à impressão de que era uma exclamação de alívio. Com efeito, muitas coisas mudaram na Igreja: uma delas é a Missa do Galo – ou *Pasterka*, em nossa tradição polonesa –, que agora não é mais à meia-noite. Outras, porém, nem o menor sinal de mudança: Maria continuará eternamente virgem antes, durante e depois do parto, o papa jamais errará em declarações *ex cathedra* – e para muitos nem mesmo em pitaco algum – e o sacerdote só poderá ter mulher por debaixo dos panos. Literalmente. É verdade que Jesus era celibatário, bem como Paulo – dando-se crédito à letra das Escrituras. Mas Pedro, o primeiro papa, foi casado. Os demais apóstolos, pelo menos a maioria, também. Aliás, naquela época, assim como hoje, era inconcebível um rabino solteiro. Ah, tudo culpa do platonismo, o caldo de cultura em que o cristianismo, serôdio fruto semita, desde cedo foi embebido, quando de sua translação para o terreno greco-romano... E então? – disse alguém atrás de mim, fazendo-me cair, num átimo, do alto de minhas etéreas elucubrações. Etéreas e inúteis, diga-se de passagem, já que não posso mudar nada nem tenho mais energia e pretensão para tanto. Virei-me. Era o diácono, todo enfatuado em sua dalmática nova, o rosto com uma expressão entre extática e soronga. Linda, a celebração. Todas as celebrações são bonitas, repliquei. Por um segundo o seu semblante deixou transparecer um quê de embaraço. Durante o seu tempo de formação, um colega meu, professor da escola diaconal, me confidenciou: fraquinho o teu candidato, hein. É, eu respondi, mas é esforçado, sincero, não vai causar confusão. Sim, sim, o diácono titubeou, enrubescendo, gotículas de suor sobre o lábio superior, toda missa tem o mesmo valor, mas em algumas o povo participa com mais fervor. Fé é uma coisa, emoção é outra, eu tornei a retrucar. Mas então, para acabar logo com aquela conversa igualmente etérea e inútil, perguntei por sua senhora e, antes que ele me desfiasse novamente o rosário de seus achaques e tormentos, pedi que transmitisse a ela, que não comparecera, meus votos de saúde e feliz Natal. Realmente, ele nunca me causara confusão, o que não acontece com boa parte dos diáconos permanentes, essa categoria perdida entre o laicato e o clero. Afinal, eles já não são leigos – e nunca serão sacerdotes. Batizados, casamentos, bênçãos, exéquias, tudo o que não exige a presença de um presbítero, eu empurrava para ele. Não poucos torciam o nariz: prefeririam o padre, óbvio. O problema do clericalismo na Igreja são os leigos. Em todo caso, eu precisava lhe passar trabalho, fazer valer-lhe a ordenação, tão preparada, tão ansiada, e ele me agradecia com os olhos servis, ex-seminarista que ainda não entendia por que tinha deixado o seminário. Eu sabia: saíra para casar, ora. Por isso quem manda aqui hoje sou eu, aquele que perseverou até o fim – ou pelo menos até este momento... O diácono me retribuiu os votos, pelo visto sensibilizado por lembrar-me de sua esposa, e então eu, mais do que depressa, com o meu melhor sorriso sacerdotal, desembaracei-me dele. Se ainda há santos na Igreja, são desse tipo, por suportarem a frequente instabilidade do humor clerical, pensei, recaindo em minhas estéreis especulações. Santos e tontos. Ah, e são tantos! Sorri: um sorriso amargo, bilioso. São Paulo, São Jerônimo, Santo Agostinho, no céu hei de acertar as contas com todos vocês. Balancei a cabeça, como quem discute consigo mesmo e, ainda todo paramentado, sentindo debaixo da casula e da alva a camisa empapada de suor – Natal tropical não é brinquedo –, encaminhei-me para a porta da igreja.

* * *

E aqui entraria, segundo Schnakenburg, o principal acréscimo paulino: "Sim, e morte de cruz." Primeiramente, o hino apresenta, antes de qualquer doutrina de duas naturezas, "a sucessão de diversas fases na continuidade de um único drama salvífico", no dizer de Ernst Käsemann. O sujeito dessas duas estrofes se encontra inicialmente num estado de forma/figura de Deus (μορφη θεου). O que significa exatamente esta *morphê Theou* não é fácil precisar. É importante, contudo, que não a leiamos com nossos filtros pós-calcedonianos.

* * *

Quando aquela manhã Rosália Klossosky da Cruz se levantou, depois de uma noite de maus sonhos e não poucos sobressaltos, ela correu imediatamente para fora e, à luz da manhã que se anunciava ainda tímida, atentou detidamente na palma e no dorso das mãos. Que susto, fora apenas um pesadelo. Olhou em torno, o coração ainda acelerado. A paisagem, o lugar, a atmosfera lhe pareciam vagamente irreais, como num sonho, ou melhor, como na recordação de um sonho. Uma cerração espessa envolvia os vales escuros à direita, enquanto para os lados do levante a fímbria da serra já se destacava contra um céu de tons arroxeados. De repente o canto de um galo eclodiu na distância, cindindo de alto a baixo a placidez ambiente. Segundos depois, outro canto (outro galo?), rascante, orgulhoso, másculo: existe símbolo de virilidade mais matinal que um galo? O olhar de aço, puro desafio, a crista em riste, a cauda eriçada, as esporas como alfanges... Todavia, ela pensou, aquilo tudo, o canto da ave, a manhã, o alívio, o medo, já não lhe tinha acontecido antes? Seria uma premonição? Uma lembrança? A memória de um augúrio? Ao fundo, branda, constante, inextricável, uma trama de límpidos trinados: pintassilgos, bem-te-vis, sabiás, curiós... Não urutau, que é um pássaro noturno e aziago. Com efeito, em breve irromperia o sol, a cada dia nascendo agora mais tarde, e com ele uma nova manhã, um novo dia, um novo liame de gestos e sensações: o frio da água, o cheiro do café coando, os grânulos do pão, novos olhares, velhos planos, antiquíssimos afazeres. Que maravilhoso saber que as manhãs ainda se sucediam, e assim os dias e os meses, as estações e os anos. E novamente ao plantio do grão sobreviria a colheita do fruto, e à colheita um novo plantio, e se algumas safras eram magras, devido à intemperança dos tempos, ou por falta ou excesso de chuva, ou por falta ou excesso de sol, outras com certeza seriam fartas, e se alguns dias eram amargos, como os de sopa rala e avaro pão, outros no entanto eram doces, recheados de palavras meigas, num suave aprendizado, e se algumas lembranças eram duras, pontiagudas como pregos, sanguinolentas, outras eram boas, agradáveis como fogo de lenha em noites de inverno, e se havia pesadelos e temores, latifundiários e mulheres futriqueiras, também havia sonhos e esperança, companheiros bons, crianças, caçarolas, um sol que despontava todo santo dia e um orvalho que umedecia toda noite o áspero solo cavoucado. Que maravilhoso lembrar que a vida tem um ritmo, manso, doce, regular, como a respiração da gente, quando não se está com medo nem subindo uma ribanceira. Chega de rompimentos, de cortes bruscos, violências.

Basta a rotina, o lento escoar das horas, a conquista diuturna da terra.

Rosália respirou fundo. Uma golfada de ar enregelado inundou-lhe os pulmões, devolvendo-lhe mais uma vez, pelo odor de velhos invernos, os dias já antigos da infância, transcorridos por sinal não muito longe dali. Foi apenas um pesadelo, repetiu para si mesma, não havia nada de errado com as mãos, mancha alguma, pisadura nenhuma. Retornou à barraca, cuidando para não tropeçar nos cotos das bracatingas não há muito decepadas. Acendeu o fogareiro, à luz do qual tornou a perscrutar as mãos. Nada. Absolutamente nada. Somente a linha da vida se desenrolando, fina e sinuosa, em torno do monte de vênus. Não, ela nada entendia de quiromancia (apenas uma vez uma cigana lera-lhe a mão, mastigando palavras não muito alvissareiras), e entre destino e liberdade, acaso pudesse verbalizar suas crenças, na certa tenderia para a segunda. Linha da vida, linha do coração... Ora, a vida não está nas estrelas, na borra do café, no voo dos pássaros, na palma das mãos. A vida está, isso sim, em nossas mãos, ainda que calejadas, ainda que cansadas e feridas, cabendo-nos para tanto muita determinação, escolhas acertadas (ela as teria feito?) e, como não podia deixar de ser, doses suficientes de sorte, ventos favoráveis, ajudas oportunas, como as que eles agora estavam tendo. Era isso o que diria, se houvesse como escolher as palavras, organizar as ideias, articular o pensamento num discurso, conforme o aprendizado dos últimos anos. (Na cabeça da gente é tudo tão fácil, agora experimente falar o que você sente!) Afinal, toda aquela faina, de consequências ainda imprevisíveis, era para alcançar um dia uma vida mais previsível, reta, certa, envelhecendo ao lado do marido, os filhos crescendo em sabedoria e graça aos olhos de todos, sem medo de bandido, sem medo sobretudo da polícia. Súbito, um jorro de água fervente foi lançado sobre o coador de pano e um cheiro bom de café se espalhou pelo ambiente. Por falar no marido, já estava na hora dele se levantar.

– Acorda, meu bem.

Ele resmoneou qualquer coisa e se virou de lado, puxando o esgarçado cobertor. A noite, efetivamente, não fora fácil: o pequeno chorara não poucas vezes. Uma hora, para ela descansar um pouco, foi ele quem se incumbiu da criança, tadinha, tão atacada de cólica. Rosália não fazia ideia de quanto tempo ele ficara em pé, andando de um lado para outro no espaço exíguo, o neném de bruços no colo, embalado com pequenas sacudidelas. Mas nem por isso podia-se agora dar mostras de fraqueza ou preguiça. Liberdade não se esmola, se conquista – não é assim?

– Vamos, querido, está na hora.

De fato, já clareara o pedaço de céu que se entrevia pela abertura da lona; a qualquer instante o sol assomaria na barra do firmamento sem nuvens. Café passado, nova água já esquentava na chaleira.

– Vamos acordar, vamos acordar, meu bem. Já é dia.

De sob as cobertas novas palavras foram resmungadas. Mais cinco minutinhos – foi o que Rosália compreendeu. Mais cinco minutinhos, mais três minutinhos – era o que as crianças sempre diziam, menos ela que, quando pequena, não pedira nada. Ah, era preciso ser enérgica. A liberdade está em nossas mãos, é verdade, mas temos que fechá-las, as mãos, antes que ela voe. Então, mais do que ligeira, num puxão, ela arrancou-lhe o cobertor. O marido olhou-a, ata-

rantado, depois sorriu, como se só então a reconhecesse. Ela se inclinou sobre ele e lhe pespegou um beijo na testa. As mãos dele a cingiram, fazendo-a desequilibrar-se e cair sobre o colchão. Risadas.
– Me larga, precisamos levantar.
– Só mais um abraço.
– Calma, calma. Depois do café.
– Não, agora.
– E as crianças?
– As crianças estão dormindo.

Se não cinco, ao menos dois ou três minutos o manhoso do marido conseguiu furtar. E melhor: abraçado a ela. Agora, lá de fora, vinham outros sons, não mais de pássaros ou de galo: vozes de homens, de mulheres, um choro abafado de criança, latidos, muitos latidos, uns próximos, outros distantes. Diferente da cidade, não se ouviam carros nem buzinas. Mas o frio, este sim era pior, e penetrava pelas frestas, pelas fendas, subia do chão de terra batida, descia do teto cambembe, entrando pelos pés, pelas mãos, gelando as extremidades, travando juntas e articulações.

– O pequerrucho deu trabalho esta noite, hein – comentou o marido, instantes depois, sentado numa banqueta de pau, calçando as botinas surradas. – Agora dorme que nem anjo, o danado.

Do berço feito de ripas pelo próprio pai não se ouvia um pio. Com não mais que quatro meses, era a primeira criança nascida em Nova Canaã. Não por acaso a batizaram com o nome de Josué.

– Que Deus o conserve nesse sono – suspirou Rosália.
– Vamos, meu bem, anda, que a água já está chiando.

* * *

Segundo alguns autores, o termo *morphê* (μορφη) estaria traduzindo o hebraico *demuth*, usado em Gênesis 1,26s. Assim, Jesus se acharia originalmente na condição de "imagem" de Deus: sua igualdade com Deus (ισα θεω) não se daria no nível ôntico, mas no de similitude, como Adão, criado à imagem (*demuth*) e semelhança de Deus.

* * *

Na manhã seguinte Rosália não saiu do quarto. Sentia-se tonta, apareceram-lhe olheiras, a tez cada vez mais branca. O rubor das bochechas, que fazia a alegria de Zé Candonga, apagara-se por completo. Uma hora a mãe entrou com uma terrina de sopa de beterraba e, depois de depositar o vasilhame fumegante sobre a cômoda, puxou as cobertas para acordar a filha. Foi então que viu: Rosália sangrava, não só debaixo do seio, como no dia anterior, mas também nas mãos e nos pés. O lençol, a camisola, o acolchoado de pena de ganso, tudo, tudo estava empapado; até no piso de pinho sem lustro se formava uma pequena poça vermelha. A pobre mulher saiu desembestada, gritando pelo marido.

Duas horas depois, um doutor Günther esbaforido e descabelado entrava pela porta da sala, arrastado pelo dono da casa, igualmente esbaforido e descabelado.

– Por favor, doutor, não nos esconda nada, seja lá o que isso for!

– Olá, como vai, dona Florentina?

– Do jeito que a gente pode, doutor. Ainda mais agora com essa "coisa". O senhor aceita um cafezinho?

— Um copo d'água está bom, dona Florentina.

Depois de esvaziar o copo com dois goles e de trocar mais algumas palavras com a dona da casa, que em seguida retornou à cozinha, azafamada com o preparo do almoço, doutor Günther foi conduzido por seu Boleslau ao modesto aposento que desde a partida do filho servia à caçula. O agricultor sentou-se na ponta da cama, balbuciando ainda duas ou três frases mal articuladas com as quais procurava demonstrar tranquilidade, piscando um olho para o sempre embaraçado doutor.

— Não deve de ser nada. Coisas da cabeça, é o que eu digo. Minha filha é muito quieta, quase não fala, fica encafifando muito.

José Ildefonso Günther era um aerólito teutônico no meio de tanto polaco. Neto de um imigrante prussiano que enriquecera revendendo selas e arreios, seu pai, herdeiro do negócio, fora à bancarrota quando os veículos automotores substituíram os cavalos como meio de transporte dos colonos mais aquinhoados, mas não sem que antes custeasse os estudos do filho na capital. Solteirão, de formação luterana com ressaibos pietistas, doutor Günther praticamente não tinha amigos, e seus únicos parentes — um tio e meia dúzia de sobrinhos — mudaram-se para outras localidades e agora só se comunicavam com ele por cartões, em datas como aniversário e Ano Bom. Disciplinado, de hábitos morigerados, vivia devotado aos clássicos de sua primeira língua: Goethe, Schiller, Kant... Entre cético e agnóstico (mas não ateu: vá que, ao fim e ao cabo, o Absoluto existisse), deleitava-se com as ousadas especulações da mística renana e ainda tirava algum proveito da leitura de obras como *Pia desideria*. Seus rústicos pacientes não entendiam boa parte de suas tiradas, o que não impedia que o apreciassem, talvez porque amiúde se esquecesse de cobrar pelas consultas. Todavia, não faltava quem o achasse meio pancada, girando o indicador sobre a têmpora sempre que se referia ao alemão. Servia-o uma velha criada quase surda, descendente de pomeranos, que o tratava com uma rispidez e uma condescendência tocantemente maternais. Grandalhão, de mãos rosadas e enormes, cobertas de sardas e pelos fulvos, volta e meia deixava escapar uma risadinha nervosa: os que não o conheciam bem tomavam aquilo por galhofa, mas na verdade não passava da expressão de um entranhado acanhamento.

– Oh, sem dúvida, sem dúvida – murmurava o alemão.
– Não são raras as manifestações psicossomáticas. O corpo repercute facilmente o que passa na cabeça. *Mens sana in corpore sano*, já diziam os latinos. – E voltando-se para Rosália: – Mas esse não deve ser o caso dessa moça bonita, pois nessa idade não se tem muito com o que se preocupar, não é mesmo? – e soltou a sua risadinha.

Um ligeiro sorriso se delineou no rostinho pálido que assomava entre as cobertas.

– E então, minha cara, como vão as coisas? – tornou o médico.
– Estou bem, doutor. Só me sentindo meio fraca.
– Ah, um bom refogado de batatas vai lhe deixar de pé num minuto! Mas antes deixe-me ver essas misteriosas manchas. Vamos lá, mostre-me aqui o seu bracinho.

Ela esticou o braço direito cuja mão e punho apareceram envoltos numa atadura tingida de sangue.

– Ora, com efeito! – deixou escapar o médico, com uma risadinha ainda mais nervosa.

Tomou o braço fino da garota, atentou demoradamente, palpou, cheirou, soltou as gazes. O que ele viu então não foi uma equimose, uma inflamação ou mesmo uma incisão que poderia ter sido ocasionada voluntariamente. Aquilo era um rasgo, um talho fundo nos tecidos, como se produzido por um objeto perfurante. Depois, constatou no peito e nos pezinhos da menina lanhos de igual gravidade.

– Dói?
– Às vezes.
– Quando começou?
– Ah... Faz uns três, quatro dias.
– No domingo de Páscoa?
– Acho que sim.
– E antes, não sentia nada?
– Só uma coceira. Uma coceira debaixo da pele, algo esquisito.
– E você sabe me dizer exatamente quando essa coceira começou?
– Alguns dias antes de aparecerem as marcas.
– Quando precisamente? Consegue lembrar?

A menina olhou para cima, seu estrabismo denunciando-se ainda mais.

– Acho que foi na sexta... Ou na quinta.
– Sexta-feira da Paixão?
– Sim.
– E o que aconteceu com você nessa sexta-feira?
– Nada de especial, doutor. Acordei um pouco mais tarde. Fiz as lições do colégio. De tarde fomos na igreja.
– Foram à igreja, é? E você se impressionou com alguma coisa esse dia?
– Sim, um pouco.

– Com o que precisamente?
– Com os sofrimentos de Jesus. A flagelação, a cruz...
– Você chegou a se emocionar? Chorou?
– Ah, não, doutor. Eu sabia que ele ia ressuscitar.
– Sabia que ele ia ressuscitar... Sim, sim, claro. – Doutor Günther emitiu um ruído que ficou a meio caminho entre um pigarro e outra de suas risadinhas. Depois de uma pausa e de um novo pigarro (este, sim, óbvio, sem ambiguidade), prosseguiu: – Além disso, aconteceu alguma coisa com você durante a cerimônia? Sentiu tontura? Falta de ar?

Ela sacudiu negativamente a cabeça.
– E o que mais que você fez nesse dia?
– Nada... Descansei, brinquei. De noite ajudei minha mãe na cozinha. Só.

O médico suspirou, quase sério, quase rindo. Depois relanceou os olhos pelo quarto, coçando a cabeleira que se espraiava feito um chafariz ruivo sobre o crânio. Um baú de lata, a um canto, contrastava com uma cômoda de madeira maciça, escura, antiga, provavelmente herança dos antepassados, sobre a qual descansavam uma escova de cabelo, um livro de orações, uma boneca de pano e dois ou três pisankis – ovos de galinha decorados com motivos geométricos ou florais. Além disso, juntava-se uma cadeira de palha trançada – além daquela em que o visitante se encontrava – com peças de roupa dobradas sobre o espaldar. Sobre as tábuas do piso nu apenas um par de tamanquinhos rústicos. Na janela, uma cortina de pano ordinário filtrava a luminosidade do meio-dia, enquanto as paredes, de madeira pintada de verde, como que desapareciam debaixo de tanta estampa colorida: Nosso Senhor, o ícone de Matka Boska Czestochowska, o papa sorridente, santos, santas, Nossa Senhora Aparecida, um calendário do Sagrado Coração de Jesus. Seria de estranhar uma estigmatizada em outro ambiente.

Doutor Günther apanhou então sua maleta e cumpriu um ritual de não muitas variáveis. Auscultou Rosália, tomou sua temperatura, mediu sua pressão, os batimentos cardíacos. Em seguida, pediu uma bacia limpa, água fresca e sabão neutro. Requisitou a presença de dona Florentina e com o auxílio dela lavou minuciosamente aquelas feridas. Cobriu-as com gaze, fazendo uma leve compressão sobre o local. A tudo isso Rosália reagia de maneira serena, sem muitas demonstrações de dor ou incômodo.

À saída, bebericando um vinho de laranja oferecido por dona Florentina, depois que esta aproveitara para lhe falar do excesso de sangue da primeira menstruação da filha, ocorrida há não mais de duas semanas, o alemão esboçou um diagnóstico:

– Ao que tudo indica, as chagas não são provocadas por ela, pelo menos diretamente. São lesões relativamente profundas, sem sinais de cicatrização. O fluxo de sangue, embora leve, parece contínuo. Vamos esperar alguns dias e ver como o quadro evolui. Aparentemente, ela não corre risco. Mas deve ser bem alimentada: sobretudo repolho, cenoura, tomate. Façam compressas duas vezes por dia e troquem sempre as gazes. Além disso, muito repouso, muito sossego, nada de excessos. Realmente, eu não faço ideia sobre a causa. Deve ser psicossomático, como eu disse, algo originado na cabeça dela, ainda que inconsciente.

Seu Boleslau coçou o queixo onde apontava, esbranquiçada, a barba de alguns dias. Dona Florentina suspirou, os olhos vazios, cansados.

– Quanto eu lhe devo, doutor?
– Não se preocupe, seu Boleslau. Depois a gente conversa. Bom, eu volto aqui dentro de três dias. Ah, um conselho. Eu não sou católico, vocês sabem, não acredito nessas coisas. Mas penso que seria conveniente chamar o padre para dar uma olhada.

E soltou novamente sua risadinha – totalmente despropositada para a ocasião, segundo dona Florentina.

* * *

No entanto, esta hipótese se depara com algumas dificuldades. Adão não perdeu pelo pecado a imagem de Deus (cf. Gn 9,6), enquanto o hino mostra que Jesus, ao esvaziar-se, trocou a *morphê Theou* (μορφη θεου) pela *morphê doulou* (μορφην δουλου), numa evidente alusão ao servo de Iahweh (Is 52,14; 53,7). Ainda que o hino, como nós o conhecemos através de Paulo, seja uma tradução ou desenvolvimento de um original aramaico, e *morphê* traga desta forma o reflexo de *demuth*, a ideia de preexistência já começa aí a se esboçar.

* * *

Balancei a cabeça, como quem discute consigo e, ainda todo paramentado, sentindo debaixo da casula e da alva a camisa empapada de suor – Natal tropical não é brinquedo –, encaminhei-me para a porta da igreja. Boa noite, padre, interceptou-me um ministro da eucaristia no meio do corredor, todo alinhado, cabelo emplastado, e ligeiramente mais açodado do que o normal. Na certa já estava atrasado para a ceia que o esperava em casa ou na residência de algum familiar. Boa noite, eu respondi. E emendei: feliz Natal. Pra você também, ele disse, e para toda a sua família. Este não foi seminarista, percebe-se pelos gestos ágeis e pelo senso prático e empreendedor que imprime à comissão de finanças. Por isso não tem maiores ambições eclesiais; bastam-lhe as reuniões da comissão, o jaleco de ministro e ser escalado uma vez ou outra, sobretudo em ocasiões festivas como esta. Não entende bulhufas de minhas homilias e, se acaso as compreendesse, decerto discordaria de boa parte de minhas modernices. Mas não me questiona. Afinal, o especialista do sagrado aqui sou eu, para isso estudei tanto, devo saber do que estou falando, não é mesmo? Ah, agora, se o assunto é construção, orçamento, contabilidade, a coisa é com ele. E daí, reformamos o salão este ano? – provoquei. Deixa comigo, padre, deixa comigo que eu levanto o dinheiro. Um bom bingo e duas ou três rifas dão conta do recado. Ainda jovem, nariz empinado para compensar quem sabe a baixa estatura, ele tem tido êxito no trato com o dinheiro, como o demonstram as joias da mulher e a picape cabine dupla com que vem à igreja. Teve um *affaire* recente com a secretária. Que pernas, padre, o senhor precisava ver. Aliás, o senhor nunca deveria ver uma coisa dessas! Todavia, a se dar crédito à sua última confissão, já está tudo resolvido. Não sei se a despediu; não me comentou nada e eu tampouco perguntei – que eu sou curioso, sim, mas não indiscreto. Perna, peito, bunda. Sei o que é isso, entendo bem o que é fragilidade: *homo sum et nihil humani a me alienum*. Ainda antes do seminário eu conhecia a força e a fraqueza da carne, apesar dos costumes severos da colônia. Já havia namorado, beijado na boca e perdido o cabaço com as biscateiras da vila quando, depois de uma crise juvenil e um retiro inaciano, resolvi consagrar a vida a Deus. Só mesmo a juventude para essas grandes decisões, generosas e insensatas ao mesmo tempo. Depois de algum tempo de discernimento e oração, decidi-me por uma congregação de origem polonesa, mais afim à minha sensibilidade e à minha formação. No começo, maravilha. Quase levitava durante as compridas e solitárias vigílias na capela onde a única luz era a rósea e trêmula chama do sacrário. Sentia que Deus me chamava pelo nome, me amava com amor eterno, me guardava na fenda do rochedo e, se acaso um dia eu tivesse que atravessar o vale da sombra da morte, ele me conduziria com o seu cajado forte de pastor. Diante de mim, em minha imaginação excitada, abria-se uma longa e nobre carreira de serviço ao evangelho, não sem tribulações e provas, é claro. Via-me a mim mesmo em missões longínquas, convertendo hereges, batizando indígenas, preparando catecúmenos, ou então, em amplos salões acarpetados, confessando industriais, aconselhando ministros de Estado. E assim, minha jornada terrena, depois de muitos sinais de abnegação e heroísmo, chegaria a seu termo envolta em odor de santidade. Mas cedo percebi que esse entusiasmo não era partilhado por todos. Havia inveja, dissimulação, maledicência. Não poucos entre os mais piedosos – sabia-se – andavam, à socapa, fora do riscado, e alguns, por motivos igualmente escusos, eram especialmente protegidos pelo reitor. Um de meus melhores amigos, continuamente assediado por um desses, depois de muitos dissabores, fora persuadido de que não tinha vocação e convidado a abandonar a instituição. Não foi uma ou outra vez que pensei em largar tudo e voltar para casa. Deus já não falava comigo. O ideal de santidade parecia-me agora distante, quase inatingível, além de árido e sem atrativos. Cadê o báculo do Senhor? Cadê o refúgio na montanha? Eu atravessava o deserto do Sinai e, em vez do maná, mastigava areia. Uma madrugada, porém, a Bíblia aberta sobre os joelhos calejados, meus olhos angustiados caíram sobre a passagem em que está escrito que quem bota a mão no arado e olha para trás não é digno do Reino dos Céus. Boa noite, padre. Voltei-me: era a coordenadora de catequese.

* * *

O sujeito inicial do hino encontra-se num estágio privilegiado de *morphê Theou*, seja isso entendido ôntica ou existencialmente. Contudo, ele não se apega a este estado como uma "presa" (αρπαγμον). Este vocábulo, que também tem dado muito o que falar aos exegetas, pode ter um sentido ativo, como algo a se conquistar (*res rapienda*), ou passivo, como algo já conquistado e que, portanto, deve ser defendido com tenacidade (*res rapta*). Se o hino é a versão de um original aramaico, no qual o paralelismo antitético Cristo-Adão é reforçado, o primeiro sentido evidentemente vem à tona. Ao contrário, se já é criação em língua grega, o segundo é mais verossímil.

* * *

Rosália tomava café preto e amargo. Quando recebiam uma quota maior de leite, pingava-o um pouco no café – adoçando-o levemente sempre que dispunham de uma quantidade regular de açúcar. Mas, de resto, preferia deixar o leite para as crianças, que tinham mais precisão, e o açúcar para fazer um bolo ou bater um suspiro, que todos adoravam. Felício, por seu lado, atinha-se exclusivamente ao mate; só quando o sol já ia alto é que mordiscava, e mesmo assim nem todos os dias, um pedaço de pão, uma rapadura, uma banana-caturra, que a esposa lhe mandava pela filha. Houve uma vez, não fazia duas semanas, em que desmaiara. Além do mais, vinha sentindo tonturas com frequência e já perdera não poucos quilos desde que haviam resolvido embarcar naquela aventura. Ah, mas o chimarrão matinal era sagrado, desde os tempos de piá, quando em seu diminuto quarto, antes que o viessem chamar para a lida diária, ele o preparava e saboreava com a pachorra de um índio velho e a minudência de um *connaisseur*. O patrão não partilhava daquele hábito, ao contrário de grande parte dos polacos, e ele mesmo não sabia se o herdara do pai, um dos últimos tropeiros dos Campos Gerais, com quem aliás pouco convivera, ou se o adquira dos colegas com os quais trabalhara anteriormente de boia-fria nas fazendas da região. O certo é que havia muito gaudério ou filho de gaudério por aquelas bandas, assim como em todo o estado, e ele, que não era nem uma coisa nem outra, por nada deste mundo abriria mão de tal costume.

Em todo caso – Felício sabia –, para preparar um mate para gaúcho nenhum botar defeito era necessário seguir todo um meticuloso ritual. Em primeiro lugar, coloca-se a água para esquentar. Enquanto isso, com a cuia bem lavada, deita-se nela uma quantidade de erva nova suficiente para encher cerca de dois terços de sua capacidade. Em seguida, cobrindo com a mão a boca da cuia e virando-a para baixo, aplica-se nela ligeiras sacudidelas, para separar a erva propriamente dita dos talos e palitos. Feito isto, inclina-se um pouco a cuia e retira-se a mão, conferindo se as hastes da erva ficaram na parte inferior, de modo a formar uma trama que facilitará a absorção da água pela peneira da bomba. Além disso, se a operação foi bem sucedida, terá se formado na superfície da cuia uma plataforma de erva ocupando dois terços da abertura. Na cavidade restante é que se dá uma primeira infusão de água morna – não fervente, pois senão o mate queima, ficando por demais amargo. O topo da erva, no entanto, não deve ser molhado. Espera-se então dois ou três minutos, até que a água seja absorvida. A colocação da bomba, a seguir, é crucial para um bom resultado. Vedando-se o bocal com o polegar, introduz-se a bomba no lado cheio d'água, até o fundo, comprimindo-a contra a parede de erva, de modo que fique bem firme. Retira-se a seguir o polegar e observa-se o nível da água, que deve baixar alguns milímetros, mostrando que a bomba não está entupida. Ato contínuo, despeja-se a água até a borda: a temperatura ideal é a de quando a chaleira começa a chiar. Pronto? Não, ainda não. É preciso cuspir o primeiro sorvo: um caldo espesso, cheio de partículas em suspensão. Agora sim. Agora está pronto o autêntico chimarrão.

Esses momentos eram extremamente propícios, sobretudo se tomado a sós, para extensas matutações. Ele não entendia por que Rosália não gostava, lhe ajudaria a pôr os pensamentos em ordem e a buscar forças para o batente. Era o que acontecia com ele. As propriedades da erva libertavam-no das últimas amarras do sono: o desânimo ante a ideia de mais uma dura jornada de trabalho e o pessimismo em relação às perspectivas de sucesso do empreendimento no qual, sem outra saída, ao mesmo tempo confiantes e desesperados, eles haviam se lançado. E assim, desembaraçado das gavinhas da noite, ele podia pensar, rememorar, imaginar, raciocinar, ordenar os quadros da esperança, de maneira que a vida deles, que tinha um início e estava tendo um meio, tivesse também um fim – não no sentido de término, mas de *finalidade*. As despedidas do pai, o cheiro da mãe, a roça, a ordenha, as queimadas, os lambrequins, os pierogues, o fascínio, o perfume de rosas, o pasmo, as romarias sem fim, o colapso, a cidade, a angústia, a solidão, o reencontro, o gozo, os filhos, as lutas, os impasses, os dilemas, o sonho, a madrugada, a posse – todas estas imagens, unidas a outras, de datação mais imprecisa, em vez de peças aleatórias numa exposição caleidoscópica, fotogramas desprendidos do filme original, como em outros momentos se lhe afiguravam, passavam a compor um todo coeso, inconsútil, com pontos de alta densidade dramática, como a cena do quarto ou a do corte do arame, e longas sequências de distensão, como agora, ele sentado, cuia na mão, as crianças dormindo, tudo em paz. De todo modo, o conjunto dessas imagens compunha uma história, um filme, uma novela, em que o protagonismo cabia não a ele, evidentemente, mas a Rosália, restando a ele apenas o papel subalterno, ainda que não sem importância, de acompanhá-la, servi-la, admirá-la, outrora num êxtase aparvalhado e absoluto, hoje num assombro comedido, mais corriqueiro, porém não menos apaixonado.

    Olhou o pequeno Josué, um pouco triste, porque pensou que não mais teriam outro filho – Rosália fizera ligadura de trompas – para deitar dentro de um berço de verdade, desses que se veem do outro lado das vitrines das lojas de enxovais e que eles, para ser franco, já haviam tido, é verdade que dos mais baratos, quando do nascimento do mais velho, mas que cedo se viram obrigados a abrir mão, tão logo se amiudaram as investidas dos credores. Todavia, refletiu – e isto já era efeito do mate –, em breve aquele piá, junto aos irmãos, estaria correndo e brincando e labutando sobre um pedaço de terra que seria deles, debaixo de um céu de ninguém e num mundo onde as coisas todas reencontrariam seu verdadeiro lugar. Saboreando a amarga beberagem, recordou a história do Josué da Bíblia, conforme contara, na festança do batizado (teve até porco no rolete!), o padre Hugo – aliás, foi ele, sempre tão abusado, quem sugerira o nome da criança. Às portas de Canaã, Moisés designara doze homens, entre eles o jovem Josué, para explorar a Terra Prometida. Sua missão consistia em verificar as características da terra, se o povo que a habitava era robusto ou franzino, escasso ou numeroso, se as cidades eram muradas, se a terra era fértil, se tinha matas, torrentes ou não. Quarenta dias depois – sempre quarenta! –, a expedição retornou. Diante da assembleia que se reunira para ouvi-los, os exploradores enalteceram a terra, exibindo os exuberantes frutos que haviam colhido, mas acrescentaram que o povo que lá vivia era vigoroso; as cidades, defendidas por imensas muralhas; e até os filhos de Enac, da raça dos gigantes, eles avistaram por lá, diante dos quais eles haviam se sentido como gafanhotos. Em vista disso, a assembleia pôs-se a depreciar Canaã – é uma terra que devora os seus habitantes, bradavam – e a murmurar contra seus líderes, Moisés e Aarão. Só Josué e um outro, cujo nome ele não lembrava, insistiram que a terra era boa e, com o auxílio de Deus, iriam conquistá-la. De fato, tempos depois, só Josué e o outro – como era mesmo o nome?

– entraram na posse da terra; o restante, inclusive Moisés, pereceu no deserto. Diferente deles agora, concluía o sacerdote, pois eles todos já haviam entrado na Nova Canaã, sendo o pequeno Josué o primeiro rebento daquela terra, o sinal da fé e da coragem daquela gente. Sim, eles não eram gafanhotos e gigante algum iria arrancá-los de lá. Palmas e ovações foram ouvidas.

Alheio a toda essa história, o pequeno Josué deu uma fungada e balançou os cambitos no ar. Já havia mamado, o guloso, na pequena mamadeira; leite em pó, que o da mãe secara desde o segundo mês. Agora, de novo no berço, com o narizinho vermelho, protegido por uma touca e um cueiro já curto de lã – presentes da comunidade –, brincava com as mãos, tentava agarrar os dedinhos dos pés, emitindo sons de evidente satisfação, ao contrário da noite. Josué, Josué. Carne da minha carne, sangue do meu sangue. Que seria desse piá, que hoje não fazia mais do que mamar, dormir e cagar, daqui a vinte, trinta, quarenta anos? Proprietário de seu quinhão de terra, os filhos crescendo, mudando-se para a cidade? Ou, já tendo ele próprio partido, dono de uma birosca qualquer, uma lojinha de materiais elétricos, uma oficina mecânica? Ou por que não um professor universitário, um engenheiro agrônomo, um advogado de gente graúda? Felício não sabia, não tinha como saber. Só sabia que a vida era curta, as conquistas difíceis e era melhor um pássaro na mão do que dois voando. De repente você é jovem e o futuro uma miragem distante. De repente você está casado e tem três crianças para criar. As crianças têm fome, você tem fome, só a sua mulher parece não sentir fome. E a fome não é só de pão, de arroz, de torresmo na chapa. É fome de coisas como tênis de marca, aparelho de videocassete, televisão com controle remoto, jogos eletrônicos. E por que não máquina de lavar roupa, uma casinha própria e na garagem um fusquinha com toca-fitas e tala larga? E eles ali sem nem sequer luz elétrica... Quando novo, Felício não sentia falta alguma desses bens, a maioria dos quais nem desconfiava da existência. Lavrador, boia-fria, empregado de uma pequena propriedade familiar, bastavam-lhe um leito seco, um prato de comida, um telhado sem goteira, uma muda de roupa para o fim de semana e algum boréu para a cerveja e o mate. Mas depois de uma boa temporada na cidade, como ignorar o resto? Existem mais coisas de que você precisa do que você possa imaginar. Ah, mas eles não eram gafanhotos. Não eram mesmo. Se fossem, não estariam ali, acantonados, mobilizados, prontos para o que desse e viesse. Caleb. Sim, sim, Caleb. Era este o nome do outro, o companheiro de Josué. Não fosse pela esterilização, realizada sem o conhecimento deles – mas quando soube, Rosália, depois de uma difícil cesariana, achara até bom –, seria este o nome do próximo varãozinho. Caleb. Não soava bem? Ca-le-be, Ca-le-be, soletrou. E este o pai não entregaria para o padre batizar. Quando crescesse, ele mesmo escolheria o seu caminho... Pena que não teriam outro filho, lembrou Felício, sorvendo a última gota de chimarrão.

* * *

Em todo caso, aquele "que estava na forma de Deus" não considerou como "presa" o ser-igual-a-Deus, mas antes *esvaziou-se* a si mesmo – conforme o significado de εκενωσεν, verbo cognato de *Kénosis*: esvaziamento. E, autoesvaziado, ele assumiu a μορφην δουλου. Aqui já se insinua a ideia de encarnação, que viria a ser desenvolvida até atingir a formulação de João 1,14. Todavia, a Kénosis não se reduz à encarnação. Com efeito, "tornado na semelhança dos homens e por sua figura reconhecido como homem", aquele que renunciara à forma-de-Deus e assumira a forma-de-servo humilhou-se e abaixou-se (εταπεινωσεν) ainda mais. É o tema da segunda estrofe. Se o primeiro Adão fora desobediente e sua desobediência resultara em morte, agora, este que é o sujeito da Kénosis, degradado à condição de escravo, faz da obediência radical ao seu desígnio o seu livre caminho, como o autêntico servo de Iahweh.

* * *

Foi um custo seu Boleslau convencer o pároco de Montes Claros a ver a filha. Já de início padre Estanislau alegou que estava ocupadíssimo: corpo para encomendar, fazenda para benzer, reunião na cúria. Além do mais, aquilo não devia passar de engano ou sugestão. Onde é que já se viu, estigmas em Imbiruçu! Entretanto, ante a insistência do homem, verdadeiramente desagradável, e o fato de conhecer a família desde quando, havia dez anos, ele chegara à região – gente de boa paz, dizimistas, benquistos por todos na colônia, inclusive ano passado Rosália o procurara para receber conselhos sobre vocação –, o sacerdote aquiesceu. No entanto, quando viu a menina, quase caiu para trás. Dona Florentina fazia-lhe os curativos, mas volta e meia tinha que trocar as bandagens, pois ficavam ensopadas de sangue.

– Que é isso que você foi inventar, minha filha! – exclamou o religioso.

– Eu não sei, padre. Juro que não fiz nada.

Sobre um nariz proeminente, com uma textura porosa de casca de batata, acavalavam-se uns óculos de aro grosso, debaixo de cujas lentes boiavam inexpressivos olhos azuis. Mas certo ricto nos lábios, somado aos vincos na testa ampla, encimada por cabelos pretos, curtos e lisos, sempre oleosos, transmitia uma hierática severidade, acentuada pelo tom imperativo da voz, carregada de sotaque, e pelo colarinho romano que lhe estreitava o pescoço.

– Se fosse ela que tivesse feito isso, já teria levado uma boa surra de rabo de tatu – comentava dona Florentina.

Aos seus pés jazia uma bacia cheia d'água com panos sanguinolentos. Seus olhos encovados, contornados de olheiras escuras, denunciavam as recentes vigílias. Na cabeça, o lenço estampado de sempre; era difícil precisar, à luz mortiça da tarde, se os seus cabelos, presos num coque, eram de prata ou de ouro.

– É claro que não. Rosália é uma boa moça.

– Nunca nos deu problema, seu padre.

– Nunca – reforçou seu Boleslau. – Ao contrário do outro, que há mais de ano não dá nem sinal.

– Se todos os fiéis fossem como Rosália, a Igreja quase não teria trabalho – disse o sacerdote, trançando as mãos sobre o ventre; grandes, as mãos, como as do doutor Günther, só que sem sardas e sem pelos ruivos. – Bom, eu gostaria de conversar um pouco com ela. – E como os dois não se movessem, aparvalhados, ele ajuntou, após um pigarro: – A sós, a sós, se possível.

– Ah, sim, claro, pois não – tartamudeou seu Boleslau.

Dona Florentina abaixou-se e apanhou a bacia, sem que o marido a ajudasse. Os dois saíram, com leves acenos de cabeça da parte de seu Boleslau.

Depois que a porta se fechou, padre Estanislau esfregou as mãozorras, insinuando um sorriso paternal. Chegou a cadeira junto da cama, de onde os olhinhos da menina o fixavam, entre tranquilos e curiosos.

– Vamos ver então essas marcas.

Rosália estendeu os braços. O sacerdote tomou um deles, pediu se podia soltar as gazes, ao que a menina, ato reflexo, sem palavra, atendeu.

– Santo Deus! No peito também tem?

– Sim, padre.

– Quero ver.

Rosália abriu a camisola. Seu tórax estava cingido por faixas. No lado esquerdo, uma nódoa oval, de tom bordô. Com certo esforço, a menina afrouxou e ergueu as ataduras. Surgiu um talho fundo sob uma pequena protuberância que mal cabia no côncavo de uma mão. A auréola delicada, rosada. O pároco aproximou a mão do corte. Tocou: a ponta dos dedos tingiu-se de um vivo vermelho. Lembrou: *um dos soldados feriu-lhe o lado com a lança.* Lembrou também: *eles olharão para aqueles que o transpassaram.* Lembrou de muitas outras coisas ainda, num átimo de segundo: o abate de um bacorinho em sua aldeia natal, o olho injetado do reitor do seminário menor, o sangue que verteu de um machucado numa partida de futebol, o crucifixo barroco de uma capela de Roma com um Cristo crivado de escoriações. Sentiu-se tonto, mas, rápido, recompôs-se.

– Está doendo?

– Agora não.

– Seu pai me disse que começou domingo. Mas antes, na sexta, Sexta-feira Santa, já tinha começado a coçar.

– Sim, padre.
– Você viu alguma coisa especial esse dia? Ouviu alguma voz, sentiu algum chamado ou algo parecido?
Rosália refletiu por um instante.
– Não, nada.
O religioso soltou um grande suspiro.
– E no mais, minha filha, como anda a sua vida?
– Antes de acontecer isto, padre, nada de diferente.
E o sacerdote pôs-se a desfiar uma série de perguntas. Quis saber tudo. Continuava rezando? Ainda queria ser religiosa? Menstruara alguma vez? Já pensara em namorar? Ela respondeu que não, mas admitiu, instada por ele, que sentia, sim, um fraco por Zé Candonga.
– E ele, já se aproximou de você com má intenção?
– Não, padre, ele me respeita.
– Seu pai já sabe desses seus sentimentos?
– Não tem nada a ver, padre, é bobagem da minha cabeça.
– Sem dúvida. De todo modo, minha filha, é muito cedo pra pensar em namoro – declarou o religioso, levantando-se e pondo-se a andar em círculos pelo aposento. – E quando chegar a hora, caso a sua vocação seja realmente essa, e o matrimônio é uma vocação muito bonita, Deus vai preparar um moço que seja digno. Esqueça o Zé... Como que é mesmo? *Camundongo*?
– Candonga.
– Candonga, Candonga... Que apelido horrível, meu Deus! Bom, em todo caso, com isso que está acontecendo com você agora – e indicava vagamente as feridas –, não é nem possível pensar nessas coisas... Além do mais, você é muito nova. Muito nova – realçava. – Por outro lado, a

vida religiosa, como você sabe, é também muito bonita. Mas quanta renúncia, quanta abnegação! Não é só oração, silêncio, recolhimento, como pensam. Bom, mas isso, no momento, também está fora de cogitação. É verdade que ao longo da história houve muitos religiosos que tiveram... Bem, que tiveram algo parecido. Mas em todo caso já tinham professado os votos... Sim, de fato, existiram também leigos e leigas com *isso* também. Mas já eram maduros quando a coisa se deu... Ah, minha filha, não é fácil ser santo, não é fácil – e dizendo isto fez um meneio em direção dos quadros entre os quais se destacava um São Sebastião cravejado de setas. – Mas Deus é grande, Deus é grande... Há de dar uma solução, não tenho dúvida!

Depois, servindo-se de seu arsenal, borrifou a paroquiana com água benta, fez-lhe invocar os nomes de Jesus e Maria, dizer o creio-em-deus-padre e renunciar a todas as artimanhas de Satanás. Não que imaginasse que aquilo podia provir do maligno, mas tais procedimentos eram quesitos indispensáveis no discernimento de um caso assim tão extraordinário. Certa feita, ao atender uma família em Contenda, fizera o mesmo e o caboclo rolara no chão, espumando, as manoplas contorcidas em garra. Rosália, porém, não esboçou nenhuma reação que não fosse de se esperar de uma menina piedosa.

A seguir, o dignitário da Igreja, depois de se despedir de Rosália com algumas recomendações – que tivesse paciência, continuasse rezando, porém sem muita ansiedade –, conversou com os pais em particular. Indagou quantos estavam a par do ocorrido, o que o doutor Günther achara daquela situação, se prescrevera algum remédio, e, enquanto provava dos deliciosos biscoitos de mel que dona

Florentina lhe oferecera, advertiu que em hipótese alguma aquilo deveria extravasar aquelas paredes. Prevenissem o médico que fosse sumamente discreto. Além disso, resguardassem a filha no quarto, longe de olhares curiosos, e nenhuma visita a importunasse. Tomassem cuidado sobretudo com aquele empregado – como era mesmo o nome dele? –, o José *Camundonga*, que nunca dera as caras na Igreja. Que ele não saísse por aí a espalhar o que sucedia com Rosália. Quanto a ele, o padre, a quem incumbia a responsabilidade espiritual, viria uma vez por semana benzer a casa e se inteirar de como as coisas iam andando, até que tudo passasse e a normalidade fosse plenamente restabelecida. Mas que os dois não se angustiassem, ele estaria rezando e oferecendo todos os dias a santa missa por eles – embora sem que ninguém o soubesse, é claro.

– Deus é grande, Deus é grande – repetia, agitando o saliente nariz. – E Nossa Senhora de Czestochowa, sem dúvida alguma, já está intercedendo.

– Mas isso é de Deus, padre? – interveio dona Florentina, que se mantivera à margem da conversa.

– É cedo pra saber – desconversou o clérigo. – Mas não se preocupe, dona Florentina. Não é coisa grave. Bom, se me dão licença, ainda tenho um compromisso. Aliás, com o bispo. É óbvio que não comentarei nada com ele. Ainda é cedo. E se tudo se resolver rapidamente, como eu espero, não precisaremos incomodá-lo. Afinal, um bispo já tem coisa demais pra se ocupar. Permaneçam com Deus – ele disse e, com um gesto largo, deu a sua bênção, após o que ainda pinçou na vasilha a última bolacha de mel.

Seu Boleslau o acompanhou até o seu automóvel, estacionado à porta. Tinha esperanças de que o sacerdote, longe dos ouvidos sugestionáveis da mulher, lhe segredasse algo mais concreto, uma conjectura, uma apreciação, um veredito – afinal, ele não rachara o porongo de tanto estudar lá no estrangeiro? Em vão. Padre Estanislau discorreu, isso sim, sobre questões da administração da paróquia e dispensou seu Boleslau da comissão de finanças.

– Fique mais em casa, seu Boleslau, cuidando da família, descansando. Não é preciso nem dizer que nessas circunstâncias vocês estão desobrigados da missa aos domingos – concluiu, entrando no veículo, uma réstia de sol dourando-lhe as lentes debaixo das quais os olhinhos vítreos por um momento desapareceram.

Deu partida no Corcel II – resultado de inúmeros bingos e quermesses promovidos pela competente equipe de finanças, à qual, para falar a verdade, seu Boleslau nem era assim muito assíduo. Acenou mais uma vez com a imensa mão sacerdotal e arrancou, levantando uma pequena nuvem de poeira. Suspirou, balançou a cabeça – como que falando: só me faltava essa –, enquanto seu Boleslau, cabisbaixo, ia ficando pequeno no espelho retrovisor. No trajeto de volta à casa paroquial, olhando sem ver a paisagem de modestas propriedades descuidadas e casinhas ocasionais, outras paisagens é que lhe acudiam à mente. Lembrou que em criança – numa família muito devota, como todas na Polônia – ele tivera medo de ser santo. Tinha ouvido, e mais tarde lido em lindos livros ilustrados, as histórias de santos e mártires. Os milagres, as curas, as perseguições, as aparições... E os estigmas. Alguns se identificavam a tal ponto com o Cristo Crucificado que chegavam a sofrer e ostentar as mesmas marcas da Paixão. Era uma graça, diziam – mas que ele, de bom grado, se fosse escolhido e pudesse decidir, dispensaria. Entrara no seminário menor ao mesmo tempo em que as tropas nazistas invadiam o país; fizera filosofia perto de sua aldeia e teologia em Cracóvia, agora sob o tacão dos soviéticos; especializara-se em mariologia, na Universidade Gregoriana de Roma; acompanhara com esperança e apreensão os trabalhos do Concílio Vaticano II; viera para o longínquo Brasil; assumira a paróquia da minúscula e piedosa Imbiruçu (às vezes, tirante a diferença da língua, podia jurar que se encontrava outra vez em sua Przasnysz natal) e nunca, nunca, em todo esse tempo, testemunhara um milagre, desses assim incontestáveis, nunca tivera uma única visão, uma mísera locução interior. Melhor assim. Aprendera que Deus age de maneira discreta, que não infringe – salvo em raras exceções – as leis por ele próprio estabelecidas. Mas, acima de tudo, padre Estanislau jamais vira um estigmatizado e muito menos soubera de uma criança estigmatizada. (No seu tempo, o Padre Pio de Pietrelcina estava muito em evidência, porém Estanislau, em sua estadia italiana, nunca se dispusera a se deslocar até San Giovanni Rotondo.) Uma criança – sim, uma criança, pois era isso o que Rosália era – revivendo a Paixão de Cristo? Num sítio perdido no sul do Brasil? Impensável.

* * *

Mas sua obediência não o livra do mesmo fim. Se ele veio "na semelhança (ομοιωματι) de uma carne de pecado" (Rm 8,3), era forçoso que sua obediência o levasse ao extremo limite de toda carne: a morte. Só que não foi uma morte qualquer. Foi uma morte na infâmia. Aquele que um dia gozara da forma-de-Deus agora jaz morto – e morto como um malfeitor. Aqui termina sua carreira de degradação: de um modo de ser à imagem de Deus a uma existência à semelhança humana, dos privilégios da glória divina à solidariedade radical com a humanidade na morte mais abjeta.

* * *

Quem bota a mão no arado e olha para trás não é digno do Reino dos Céus. Boa noite, padre. Voltei-me: era a coordenadora de catequese. Boa noite, retribuí. Muito bonita por sinal, a coordenadora. Feliz Natal, ela desejou. Feliz Natal, eu devolvi, esforçando-me por não demonstrar cobiça com o movimento indiscreto da vista, o marido ali ao lado, estendendo-me a mão para o cumprimento, os olhinhos miúdos e alegres por trás das grossas lentes. Atenciosa e perfumada, ela me procurava com frequência: dúvidas quanto ao projeto catequético, alguma criança-problema, uma que outra catequista mais problema ainda. Diligente, aproveitava para esclarecer algum ponto mais polêmico da doutrina – indulgências plenárias, purgatório, segundas núpcias –, surpreendendo-se não raro com a heterodoxia de minhas respostas. O que eu achava do sexo antes do casamento? Ora, desde que não atrapalhasse a cerimônia... Ela ria, suspirava, demorando-se em meu escritório, como se não tivesse mais nada para fazer. Eu também ria, suspirava menos, conforme a imagem que se espera de um sacerdote, e não sabia o que fazer com as mãos (ou melhor: sabia, mas não fazia). Ah, mas no tempo do seminário eu não dava mole: aparecesse uma sirigaita dessas por lá e sairia tisnada com o tição de minhas virtudes. Em todo caso nunca pude comprovar a consistência de minha determinação, já que as únicas mulheres presentes ali eram duas ou três religiosas quase centenárias. No entanto, recorrentes quedas teimavam em revelar-me a verdadeira natureza do material de que somos feito: o mesmo barro infecto de Adão. Você sabe, para um adolescente vivaz basta um pouco de imaginação e ócio, a oficina do diabo, que suas mãos já entram em polvorosa, sobretudo debaixo de uma ducha quente. E se a imaginação hoje me falta, ao contrário do ócio, que me sobra, ela era um item que eu tinha em abundância naqueles tempos – em que também não me faltavam longas horas de inação. Mas não era só a concupiscência que nos tentava. O tinhoso, bicho matreiro, nos assediava de todos os lados e de todos os modos, principalmente através de uma série de pequenos espinhos na carne, contratempos, adversidades, mal-entendidos, advindos tanto da caprichosa variação de humor dos superiores quanto do convívio nem sempre fácil com os companheiros de fardo e vocação, cada qual oriundo de condições diversas, uns da roça, outros da cidade, uns manhosos, outros bocoiós, mas cada um com suas idiossincrasias, suas manias, suas meias e seu chulé. Ah, me lembro bem do dia em que sumiu a Montblanc do reitor e foram achá-la justamente entre os meus pertences. Nunca descobri quem foi o energúmeno. Quanto à fé, herdada de meus pais, que por sua vez a receberam praticamente intacta de seus ancestrais da Silésia, escapou quase incólume pelos anos de filosofia. Marx, Nietzsche e Freud – os mestres da suspeita –, me foram passados algo que apressadamente por professores quase todos clérigos. Na teologia, porém, deparei-me com docentes mais críticos; e minha fé, ainda bastante emocional, sofreu uma depuração, livrando-se de uma série de atavios e acessórios. Apaixonei-me por cristologia, aprendendo a distinguir o Cristo da fé do Jesus da história. Ao contrário do primeiro, construto do dogma, personagem das nuvens, o segundo se me afigurava mais humano, de carne e nervos, tendo que avançar, às apalpadelas, pelas sendas da incerteza e da incompreensão, não de todo consciente de sua condição messiânica: meu pai, se é possível, que passe de mim este cálice: *Eli, Eli, lemá sabachtáni*. Empolgado com essas ideias, eu viria a fazer o mestrado – no Rio de Janeiro, orientado por uma eminente teóloga – sobre a Kénosis de Deus. Foram noites e noites em claro debruçado sobre cartapácios em português, espanhol, italiano, francês, inglês e até mesmo, com a ajuda de dicionários e de um monge bávaro, alemão, virando e revirando o original grego do Novo Testamento em busca do substrato semita daquele pensamento, movido não sei mais se pela lâmpada da fé ou pelo aguilhão da ciência, pela esperança ou pela angústia, essas duas maestrinas que regem nossa vida e que na verdade são mais próximas do que muitas vezes se imagina. Mais tarde transfundi minha dissertação num artigo e o publiquei numa revista especializada, de circulação internacional. Recebi elogios e incentivos de teólogos progressistas, mas meus superiores me olharam torto, especialmente padre Estanislau, então o mandachuva da província, que me estocou: a argumentação é brilhante, mas as premissas equivocadas. Sem dúvida, essa linha de raciocínio, levada às últimas consequências, pode solapar a nossa ideia de Deus – confidenciou-me um colega. Tolhido em meus projetos acadêmicos, disse para mim mesmo: se não me deixam mergulhar na teoria, vou meter as mãos na prática. Afinal, o Nazareno não foi um filósofo, um erudito trancado em seu gabinete, cheio de citações e referências, mas um homem de ação, metido no meio do povo, nas ruas, nas praças, nos mercados. Boa noite, saudou-me alguém. Voltei-me. Era um paroquiano de frequência um tanto intermitente, aliás, um intelectual, um escritor – que no entanto não publicava livro fazia um bom tempo. Vocês têm crises de fé, nós crises criativas, costumava brincar. De formação religiosa relativamente rigorosa, perdera a fé na juventude, em meio a marxismos, psicanálises e marijuana, e agora, parece, procurava reatar, sem concessões fáceis, as duas pontas esgarçadas da vida. Gostava de conversar comigo sobre os assuntos mais disparatados, como os zapatistas no México, a cabala na Idade Média, o parricídio como origem da religião e a experiência estética como sucedâneo secular da experiência mística. Boa noite, eu respondi. Ele lera alguma coisa de Thomas Merton e Teresa D'Ávila, achava Tomás de Aquino um porre e desconhecia completamente a teologia contemporânea. Quando eu lhe citava uma ou outra ideia dos novos teólogos, ele arqueava as sobrancelhas e indagava o que a Igreja pensava daquilo. Você por aqui? – eu perguntei, sacudindo-lhe vigorosamente o braço, grato de certa forma com sua presença. De fato, nos últimos tempos era ele que me proporcionava as únicas conversas intelectualmente estimulantes. Vim buscar inspiração pro meu próximo romance, ele explicou. E conseguiu? Ainda não, mas creio que as ideias estão aqui – e apontou a cabeça –, maturando. Será um bom presente de Natal, ainda que tardio, eu comentei. Quem sabe, ele disse, quem sabe. Até mais, padre. Até mais, repeti.

* * *

Todavia, a história da Kénosis tem sido um problema não pequeno na história de sua compreensão. Como Deus pode se autoesvaziar? Como pode ser Deus aquele que se autoesvaziou? Estas são algumas das questões que têm sido levantadas, sobretudo quando o cristianismo se viu obrigado a pagar um óbolo nada desprezível à filosofia teológica grega. Urgia então conciliar a ideia de Deus dos filósofos – um Deus autossuficiente e estático – com os dados da tradição judaico-cristã primitiva.

* * *

Depois de muito planejamento, organização, motivação – terra não se ganha, terra se conquista –, o grupo do qual faziam parte, próximo a sessenta famílias, havia ocupado não fazia um ano aquela fazenda cuja propriedade, em litígio judicial, era por sinal de alguém aparentado de seu Tomás Correia de Albuquerque. Como todos os demais, eles estavam acampados em condições precárias, passando frio, tomando banho de bacia, alimentando-se mal, mas tentavam levar uma vida decente e manter o ânimo elevado. Não, ninguém dissera que seria simples. Não é porque é *bom* que o *combate* seja fácil. Pelo contrário. Numa sociedade dividida em classes, a polícia, a justiça, a imprensa – os "gigantes" – estavam sempre do lado dos proprietários. Aos outros, os pequenos, os despossuídos, os bagrinhos como eles, não lhes restavam mais que as mãos: rudes, grossas, calosas, com as unhas constantemente sujas de terra. E a esperança, e a teimosia. Como Josué, como Caleb. Como Davi, que não obstante jovem e de delicado aspecto, venceu Golias, homem de guerra desde a juventude. Ah, mas que eles não se iludissem, que a peleia não seria curta. Se as muralhas de Jericó caíram instantaneamente ao som das trombetas, isto fora apenas uma etapa num longo processo de conquista, explicava o padre Hugo. Se a esperança é uma virtude teologal, a paciência é uma virtude revolucionária. Era preciso, portanto, ocupar, resistir, produzir. E ocupar de volta, se necessário. E esperar. Esperar. Esperar... Até quando? Até conquistarem o seu quinhão de terra, o seu sítio, o seu título de propriedade? Não, esta era apenas uma meta, um degrau, um estágio, não o horizonte: uma sociedade onde justiça e paz se abraçariam, onde o reino da liberdade suplantaria o reino da necessidade. Até lá não se podia desanimar, olhar para trás, fraquejar como os colegas de Josué e Caleb. Quanto tempo levaria? Não vos pertence a vós saber os tempos nem os momentos que o Pai fixou em seu poder, prosseguia o sacerdote, citando outra passagem. Paciência, paciência, virtude, abnegação, sacrifício, luta... Até quando? Até quando? Não sabia, Felício não sabia.

Sabia apenas que, como tantos outros lavradores pobres, que perderam suas terras ou nunca as tiveram, empurrados para o cinturão das grandes cidades pelo avanço do latifúndio ou pela mecanização da lavoura, e que agora queriam voltar, refazer ou construir o sonho, este era o seu almejo: possuir o seu próprio lote, plantar e colher o seu próprio trigo, sua alfafa, sua aveia, sua batata, criar suas galinhas, seus marrecos, cevar seu bacorinho, beber do leite tépido, espumante e odorífero, recém-extraído dos úberes das vacas de seu próprio estábulo. Então ele convidaria os sogros – que foram viver na cidade – para morar com eles, e assim ele poderia retribuir, ao menos em parte, a confiança que um dia seu Boleslau lhe depositara. Só que isso já não era mais possível: ano passado, depois de muitas e prolongadas moléstias, agravadas pelo desgosto de viver onde não queria, o velho colono falecera. Agora ele descansava – explicavam para os filhos – num campo além dos campos, sem porteira, sem cerca, sem dono. Mas pelo menos dona Florentina – que vivia agora com sua irmã, Maria Albertina, na casa de um sobrinho em Ponta Grossa – poderia passar os seus últimos anos junto deles, fazendo seus doces poloneses, seus pierogues, seus alusques, seus bigos, suas broas de batata-doce, transmitindo aos netos a arte dos pisankis, numa vida digna de seus cabelos brancos. Isto é, se tudo corresse bem.

– Vamos acordar, vamos acordar! – ele disse, sacudindo as cobertas debaixo das quais se encolhiam duas crianças num seboso colchão de solteiro.

Rosália se aproximara com dois canecos fumegantes de café com leite – mais café que leite, é verdade, pois este, por ter vindo pouco no dia anterior, estava reservado para o esfaimado neném. Como o leite em pó, caríssimo, era racionado (Josué não era o único lactente do acampamento), com frequência ela se via obrigada a alterná-lo ou misturá-lo com leite de vaca – o que devia ser uma das causas das frequentes cólicas do pequeno.

– Vamos, vamos, minha gente – insistia Felício, balançando sobretudo o mais velho. – Levanta, Lico, você tem aula.

O fato de as duas crianças serem obrigadas a se desvencilhar das cobertas e sentarem-se, para apanhar e beber do caneco, ajudava-as a acordar. Mas naquela manhã até este processo estava particularmente difícil.

– Vamos, rapaz, está na hora.

Os olhinhos remelentos e estremunhados de Elias, num tom entre o mel e o chumbo, confirmavam essa dificuldade. Mas depois do café e de uma fatia de pão com banha de porco, não houve remédio para ele a não ser, com seu caderninho enxovalhado e um toco de lápis, deixar-se arrastar pela mão calosa do pai rumo à escola, morrendo de inveja da irmã, ainda encolhida no cobertor, agora com o colchão todo para ela.

– Tchau, filho, boa aula – despediu-se Rosália, estreitando-o e lhe sapecando dois ruidosos beijos nas bochechas vermelhas. – Vai com Deus.

– Amém – a voz do guri era um fio quase imperceptível.

Tem que dar certo, tem que dar, pensou Felício, tornando a lembrar do falecido sogro, enquanto cumprimentava outros pais e mães que igualmente arrastavam seus filhotes pela mesma vereda de terra batida. Outras crianças, algumas do tamanho de Elias, algumas menores ainda, iam desacompanhadas, o olhar como que a dizer: viu, eu não preciso de ninguém para me levar. Lico até reivindicara esse direito, mas o pai teimava em acompanhá-lo, talvez porque lhe fizesse bem essa caminhada matutina: o sangue acelerava, oxigenado, e as ideias da cabeça, avivadas pelo mate, agilizavam-se ainda mais. Em breve, ele sabia, começaria a labúria diária e aí, ante o peso da enxada e o visgo do suor, sua atividade mental decairia até restringir-se a vagas imprecações: que terra, que saco, que sol...

– Bom dia, Ivaldo.

– Bom dia, Zé.

– Olá, Jorjão.

– Olá, companheiro.

Homens iam e vinham, tiritando, alguns já munidos de seus instrumentos de trabalho – cortadeiras, saraquás, foices, enxadas, machados, martelos, vangas, picaretas, facões –, outros carregando feixes de lenha para o fogo do almoço, os semblantes invariavelmente contraídos, a despeito de um sorriso ou outro quando se cruzavam. Um trio de mulheres também passava, sobraçando grandes latas amassadas, para buscar água potável no canal de irrigação. Não trocavam palavras, mas de suas narinas rosadas exalavam-se rolos de vapor. Com efeito, havia geado: uma fina manta de gelo alvorejava o solo, que não raro estalava sob os passos. Em cima, o céu era de um azul tão intenso como só os gélidos e limpos dias de inverno eram capazes de produzir. O sol já se levantara, projetando sobre a relva sombras três vezes mais compridas que os seus esquálidos caminhantes. A vantagem era que não havia vento: nas parcas árvores perenifólias da beira do carreiro nenhum ramo balançava, nenhuma folha se movia. Os raios de sol, incapazes de abrandar o frio, iridesciam as gotas congeladas de orvalho, formando rendilhados de luz que ora contornavam os galhos secos de um arbusto, ora espraiavam-se em múltiplos hexágonos numa teia de aranha. Ao fundo, diluía-se na paisagem o modesto acampamento, suas barracas de lona reduzindo-se a pontos que negrejavam no grená da campina. De um lado e do outro, para além dos limites da propriedade, os campos se desdobravam, como que a brotar um do outro, ostentando tramas de linhas verticais ou horizontais cujos matizes cambiavam entre o verde musgo e o azul evanescente. O resultado era uma gigantesca colcha de retalhos cujos quadriláteros, à medida que se avizinhavam do horizonte, tornavam-se cada vez menores e mais translúcidos. Aqui e ali, todavia, divisava-se a mancha escura de uma casa de morada, uma mucureca, um paiol e, num tom mais pardacento, capões de árvores nativas no meio dos quais às vezes se alçava o altivo perfil de uma araucária antiga, vergando seus longos e recurvados braços. Era como um quadro, um painel, uma imensa fotografia. Ou melhor: um filme, como aquele que ele assistira uma vez numa reunião. E aqueles viventes que, encolhidos e trêmulos, ziguezagueavam sobre o chão, não eram mais um bando de pobres coitados, gafanhotos, joões-ninguém, desprezados por todos, diante de quem se vira o rosto, com asco ou indiferença, mas um povo que se erguia, decidido, uma história que era escrita com a mão calosa da gente.

– Vamos, pai. O que está olhando?
– O dia... Não está bonito?
– Igual aos outros. Só que mais frio.
– O frio é bom. Fortalece os músculos.
– Deixa a gente gripado, isso sim. E eu já estou com o nariz escorrendo. Acho que vou piorar.
– Bate na boca, filho.
– Verdade, pai. Meu pé está todo gelado.
– Vou ver se te arranjo um calçado novo.
– Você já fala disso há um tempão, pai!
– Temos que saber esperar, filho. Uma semente não brota da noite pro dia.

O guri não pareceu se convencer. Continuava emburrado, estirando o beiço, chutando as pedras que encontrava no caminho.

– Vou falar com a mãe se ela descola com o padre um tênis pra você – acrescentou Felício, falando mais para si mesmo.

– Mas eu não quero Conga. Nem Kichute.

– Ué, mas não são essas marcas que você queria tanto lá na cidade?
– Ninguém usa mais.
– E um Bamba?
– Sai pra lá, pai! Eu quero um Topper.
– Essa é boa! Nem come carne direito e quer um pisante de playboy.

Não era longe a escola. Num assentamento próximo, algo em torno de trinta alunos, de idade entre sete e treze anos, comprimiam-se na única sala de aula de uma palhoça de pau a pique coberta com folhas de palmeira. Nem todos dispunham de livros e a professora, uma jovem de ascendência ucraniana, valia-se de todos os expedientes possíveis e imagináveis, provida apenas de lousa e saliva, para tentar manter entretida a classe até o final da longa manhã.

– Boa aula, filho. Presta atenção, hein! Eu quero te ver doutor.

* * *

Desse modo, era natural que a problemática da Kénosis cedo viesse à baila. Assim, no século III, Orígenes, à luz da Paixão do Filho, ousava afirmar que o Pai não é de todo impassível. Todavia, foram as grandes crises cristológicas dos séculos III a V que fizeram emergir na ortodoxia uma "primeira ideia fundamental", afirma Urs von Bhaltasar, a de que "a decisão de Deus em fazer o Logos se encarnar significara, para este, uma verdadeira humilhação, uma diminuição, na verdade tanto maior quanto a condição histórica em que se encontrava a humanidade pecadora estivera desde sempre diante de seus olhos."

* * *

A despeito das admoestações do padre Estanislau, no dia seguinte – talvez porque uma vizinha, numa rápida visita à dona Florentina, vira Rosália de relance – já tinha gente cedinho batendo na porta para ver a menina.
– Bom dia, comadre.
– Bom dia.
– Como vão as coisas?
– Como Deus manda.
– E a Rosália, onde está?
– Descansando.
– E ela está bem?
– Por que não estaria?
– Não, nada, sabe como são essas coisas... – e a vizinha pigarreou. – Bom, então, se ela está bem, eu poderia dar uma olhadinha nela?
– Não entendo o motivo desse interesse.
– Ué, não é ela que está com as chagas de Nosso Senhor?
Seu Boleslau é que não ficou nem um pouco satisfeito com aquela escafiotagem toda. Já não bastasse o inverno, que no calendário ainda nem começara mas cujos prenúncios já crestavam a aveia e o trigo novo, e agora a sua casa virava, contra a vontade expressa do pároco, ponto de encontro de futriqueiras!
Estendeu a vista pelos campos prateados – outro dia de geada! –, enquanto avançava a passos largos pelo faxinal, seguido de perto pelo Tob, o velho vira-latas da família, que agitava o coto do rabo e, ora aqui ora ali, focinhava, faceiro. Os raios perpendiculares do sol mal tocavam o solo de hastes enregeladas e o céu, sem a mínima nuvem,

de um azul muito intenso, parecia ignorar que debaixo de seu esplendor a terra exigisse um imposto tão alto em troca do fruto de suas entranhas. Com efeito, se a colheita fosse ruim como a do ano passado, eles teriam dificuldades para saldar os compromissos. Aí talvez a única solução – ele que já estava encalacrado com os bancos – fosse vender o lote para seu Tomás Correia de Albuquerque, o fazendeiro limítrofe, que já vinha desde alguns anos atazanando-o com propostas. Dizia inclusive que poderiam continuar vivendo ali, como arrendatários, ou até mesmo assalariados, o que seria bem melhor, pois todo santo mês, independente dos humores do clima, eles teriam o seu pagamento. Além do mais, ele precisava de homens como o Klossosky, íntegros, honestos, trabalhadores, que coordenassem aquela peãozada indócil. Serviço era o que não faltava. Ampliariam o plantio de soja, que estava com um ótimo preço. Os gringos querem soja, seu Boleslau, os gringos querem soja.

– Mas sei lá – comentou mais tarde com Zé Candonga. – Vai que o seu Tomás morre e os seus filhos me despacham daqui, com uma mão na frente, outra atrás.

– É, seu Boleslau, uma coisa dessas não se pode decidir assim, de uma hora pra outra. Tem que se pensar muito.

– Quem sabe o que está acontecendo não seja um sinal?

– Sinal?

– Sim, um sinal, um aviso de que as coisas vão mudar, de que as coisas *devem* mudar.

– Sem dúvida, seu Boleslau, as coisas vão melhorar.

– Gostaria de ter essa certeza.

– O senhor não está trabalhando? O senhor não trabalhou desde sempre? Algum resultado tem que dar.

— É, mas será que Deus não está querendo dizer alguma coisa?

— O quê, por exemplo?

— Que é hora de a gente picar a mula, procurar outro canto neste mundo de Deus?

— Que isso, seu Boleslau. O lugar de vocês é aqui. Aqui que vocês nasceram, aqui vocês...

Zé Candonga não terminou a frase, ao se dar conta de sua conclusão lógica. Na verdade, ele não podia aceitar a ideia de os patrões saírem de Riacho de Prata. Sim, eles botariam a mão no dinheiro e iriam abrir uma quitanda em Imbiruçu, em Cruz Machado, em Ponta Grossa... Seria até melhor para Rosália, mais perto das escolas, da faculdade. E ele? Teria de buscar arrego noutra praça. Isto até que não era problema. Ele não tinha braços fortes? Não era trabalhador? O difícil era encontrar patrão igual ao seu Boleslau, coração de mãe que nem ele. Mas o problema mesmo era — ele só agora admitia — ficar longe de Rosália.

— Que nada, Zé, meus avós nasceram na Polônia e estão enterrados no Brasil. Meu pai nasceu em Santa Catarina e seu túmulo está aqui. Meus ossos podem muito bem descansar em outros pagos.

— Não diga uma coisa dessas, seu Boleslau, é muito cedo para falar em jogar a toalha.

— A gente não sabe de nada, Zé. Hoje estamos aqui, de pé, conversando, cavoucando essa terra dura. E amanhã? Só Deus sabe em que lugar vou vestir o paletó de madeira.

— Por isso mesmo é bom não falar... Só ele sabe. E que ele fique lá em cima com os seus traçados.

Com o dorso da mão, seu Boleslau enxugou a testa. Coçou o cocoruto, ajeitou o desbeiçado chapéu de palha, os cabelos ralos grudados no crânio suado. Depois, apoiado no cabo da enxada, o velho se deixou estar por alguns segundos, lançando de quando em quando fundos suspiros, os olhos miúdos perdidos nas araucárias que se recortavam, esguias, no horizonte. A tarde caía, o frio aumentava, o vento cortando qual farpas a pele.

– Vou ver se as mulheres não estão precisando de alguma coisa.

Deixa que eu vejo, vou num pé, volto noutro – o rapaz fez menção de dizer. Contudo, antes mesmo de abrir a boca, seu Boleslau já dera meia-volta e se afastava, até desaparecer no interior da velha casa de madeira com lambrequins nos beirais. De fato, Zé Candonga andava muito curioso do estado da menina, com quem não tivera mais contato desde quando a haviam confinado. Quatro anos mais velho, até pouco tempo atrás ela não era mais que uma criança, a fedelha dos Klossosky, uma alegre e delicada babuska. Mas agora ela estava mudada, pendoando feito milho viçoso – e sua imagem o perseguia pelos matos, na lavoura, sob o sol, ao luar, rolando insone no catre duro de seu quarto de solteiro.

Aliás, o dia estava cheio de visitas, coisa inaudita naquele sítio de colonos reservados. Todos queriam ver a senhorinha, contemplar suas ligaduras manchadas de sangue. Traziam-lhe flores, garrafas d'água, fotografias de parentes. Mais: queriam tocá-la, friccionar-lhe com as peças de roupa dos enfermos, dos descaminhados. Tadinha, parece uma santa – diziam. Dona Florentina desleixava os serviços domésticos para servir, solícita, café com bolo de passas aos visitantes. Não, não estava satisfeita com aquele forrobodó todo, mas sua educação e, de certo modo, a aura que envolvia o objeto daquela veneração, sua filha, sua única filha, exigiam esses cuidados e essa atenção.

Quinze minutos depois, seu Boleslau retornou, dizendo que ia dar um pulo no vizinho: o café acabara, ia buscar um pouco de pó emprestado. Dessa vez, Zé Candonga não pensou em se oferecer para ir no lugar dele. Aproveitou o ensejo, ficou rondando a casa e, num momento em que a patroa acompanhava a última enxerida até a cancela, esgueirou-se para dentro e parou à frente do quarto de Rosália. Moveu lentamente a porta, que estava apenas encostada. As dobradiças rangeram.

– Mãe?

Zé Candonga não disse nada, imóvel. Houve um silêncio. (Ao longe, um quero-quero guinchava.) Depois, tornou-se a ouvir a voz da menina:

– Tem alguém aí?

Ele pigarreou.

– Zé, é você?

– Posso entrar?

– E a minha mãe?

– Foi se despedir de uma lambisgoia. Do jeito que a tipa gosta de falar, vão levar um século.

Lá dentro as cortinas coavam a luminosidade da tarde, deixando o ambiente em suave penumbra, a que um cheiro agridoce de sais, emulsões e cataplasmas vinha se somar para conferir uma estranha sensação de enfermaria.

– Que é que você tem afinal? – quis saber o rapaz, dando um passo e detendo-se.

– Não sei, não sei. Estou com pisaduras iguais as de Nosso Senhor – respondeu a menina, recostada na cama sobre duas almofadas, os cabelos acobreados em desalinho, pálida como ele jamais a vira, nas mãozinhas sob as mangas as ataduras com a nódoa escarlate. Mas o olhar, meio lusco, entre sagaz e fagueiro, era o mesmo. Vestia um pijama novo, de algodão, branco com estampas de rosas, mais prático para as trocas das bandagens – presente dado por uma das primeiras visitas.

– Posso ver? – perguntou Zé Candonga a meia-voz, o coração na garganta.

E entrou, pé ante pé. Rosália pediu que ele se virasse um instante, e então, levantando-se, desatou as gazes das mãos, dos pés e do peito. Em seguida, pisando com os calcanhares, cuidadosamente, por conta das feridas nas solas dos pés, descerrou a cortina, detrás da qual irrompeu, inusitada, uma tal claridade (o sol se punha, ainda forte, entre duas araucárias) que faria com que o intruso, segundos depois, franzisse os olhos. E assim, pijama aberto, braços em cruz, de costas para a janela, ela ordenou:

– Olha.

Zé Candonga se voltou lentamente, e quando Rosália Klossosky se enquadrou no seu ângulo de visão, ele levou tão grande susto que estacou. Era como uma aparição. Contra a pele muito branca da menina, contornada por um halo dourado de luz, sobressaía-se o vermelho vivo do sangue. Os olhos, cinzentos como os da mãe, brilhavam como moedas no leito de um regato transparente. Em derredor, nas paredes verdes do acanhado quarto – onde, aqui e ali, no assoalho de madeira crua, na cadeira de palha, no baú de lata ou em cima da cômoda escura, descansavam um sem número de bonecas de pano e dezenas de pisankis com as mais variadas cores e desenhos –, resplandeciam os velhos ícones poloneses.

– É de verdade? É de verdade? – perguntou o rapaz, apalermado, apontando os estigmas.

– Claro que é. As pessoas vêm aqui, me beijam, me tocam, pensam que eu faço milagres. Veja quantos presentes eu já ganhei – e ela apontava as bonecas e os ovos decorados.

– Meu Deus! – balbuciava o rapaz, sem desgrudar os olhos dela.

– O duro é ficar aqui no quarto o tempo todo, perder a escola...

Zé Candonga se aproximou, sentindo de repente, não se sabia de onde, um ligeiro olor de rosas. No seu rosto, de traços indiáticos, uma expressão que não se podia definir se era de pavor ou alumbramento.

– Meu Deus... Meu Deus... – era só o que ele conseguia dizer.

– Venha, venha. Não tenha medo. Ponha o dedo aqui e veja como é de verdade.

Todo trêmulo, o jovem esticou o braço e tocou as chagas, que latejavam, quentes. Na chaga sob o seio esquerdo (finalmente o via, meu Deus, que coisa mais linda!), aberta como se naquele mesmo átimo tivesse sido transpassada, tateando, meteu dois dedos quase inteiros em seu interior. Ao retirar a mão, pingava sangue. O pobre rapaz deu um grito e fugiu, desabalado.

– Que bicho te mordeu? – perguntou seu Boleslau, ao voltar.

Zé Candonga estava branco. Com a enxada nos ombros, tinha os olhos fitos no horizonte, onde o sol incendiava a escarpa da serra e as volutas das nuvens.

– Você não avançou nada desde que eu saí? – ralhou o velho. – Bom, chega, chega por hoje. Vá espairecer. Amanhã pode folgar.

– Desculpa, seu Boleslau... Eu estava aqui metido com meus pensamentos.

– Não me ponha caraminholas na cabeça, Zé. Problemas já temos o suficiente.

Noite avançada, depois de muito rolar no surrado colchão de crina de cavalo, tentando sem sucesso conciliar o sono, Zé Candonga se levantou, todo suado apesar do frio intenso que fazia. Lavou o rosto na água gelada da gamela, vestiu-se às pressas, enfiou um gorro na cabeça, cobrindo as orelhas e as sobrancelhas, e saiu, sorrateiro: a minúscula meia-água onde dormia, anexa aos fundos da casa, tinha uma saída independente. Fez um carinho no Tob, que lhe viera fazer festa. Passou pelo aramado da cerca, para não abrir a porteira, e ganhou a estrada deserta, prateada de luar. Correu a Imbiruçu, a cidadezinha a cinco quilômetros dali – era sexta-feira. Numa birosca frequentada por polacos bêbados, emborcou inúmeros martelinhos, cantou, dançou, altercou e foi salvo de uma camaçada de pau pela providencial intervenção de um amigo surgido sabe-se lá de onde. Amanheceu na gafifa, no colo de uma marafona que em tempos melhores já consolara muito fazendeiro.

– Que é que você tem? – ela indagava, ao ver o cliente num choro convulso.

O rapaz não dizia nada; os zigomas salientes, debaixo dos olhos rasgados, tremiam ao ritmo dos soluços. Depois de muita insistência, ouviu-se a resposta:

 – Eu sou um pecador...

Ela não pôde deixar de rir.

– Ora, grande novidade! Mas em matéria de pecado acho que você não me supera. Além dessa minha profissão, já fiz muita coisa ruim. E você, me conta, já matou alguém por acaso?

— Claro que não — disse ele, fungando; e acrescentou após alguns segundos: — Mas não faltou vontade.

Enxugou as lágrimas e de repente olhou para a mulher. A possibilidade de estar diante de uma homicida obliterou por um momento seu drama pessoal.

— Matei meu marido. Com uma machadada. Ele me maltratava muito. Batia, me queimava com cigarro. Mofei dois anos no xilindró e ao sair não tive outro remédio senão cair na vida. E você, quem que já quis matar e não teve coragem?

No outro dia, pela tarde, Zé Candonga tornou a Imbiruçu, procurou o pároco de Montes Claros — que quis saber com minúcias como andavam as coisas em Riacho de Prata, a propriedade de seu Boleslau — e, muito contrito, confessou-se. Buscou lá do fundo da cachola todos os pecados de que se lembrava, e de repente, até aquilo que lhe parecia inocente — como barranquear cabras e galinhas —, se lhe afigurou horrível, pavoroso, medonho, digno de lhe merecer as labaredas mais terríveis do inferno.

— Três rosários de penitência — declarou padre Estanislau, enojado. — Três. Lembra que cada rosário são três terços. Então são nove terços. E bem rezados, hein! Você sabe rezar o rosário, José?

— Mais ou menos...

Mentiu. Não sabia nada, nem o padre-nosso sabia de cor. Teria que se confessar outra vez — mas, evidentemente, noutra ocasião e com outro sacerdote.

— Toma este folheto — disse o clérigo. — Aqui ensina. Nestas contas separadas são os padre-nossos, nestas miúdas as ave-marias. No crucifixo você recita o credo. Nesta medalhinha a salve-rainha. Aqui atrás estão as orações. Você sabe ler?

– Sim, padre.

Dessa vez não mentiu; de fato, ele cursara alguns anos da escola primária.

– E não se esqueça: um rosário, três terços. Vamos, agora diga o ato de contrição.

Zé Candonga, que estava de joelhos no genuflexório, corou, baixando a cabeça.

– Padre, eu esqueci como se diz...

– Está bom, José – o religioso soltou um suspiro, levantando os olhos azuis detrás das lentes e sacudindo o avantajado nariz. – Repita comigo. Meu Deus...

– Meu Deus...

– Eu me arrependo de todo o coração...

– Eu me arrependo...

À noitinha, escanhoado, camisa nova para dentro das calças, botinas engraxadas, Zé Candonga reuniu-se ao grupo de oração que, já com cerca de trinta pessoas, se formara na sala dos Klossosky.

– Você aqui? – estranhou seu Boleslau, ajoelhado ao seu lado; até então o empregado nunca dera mostras de religião.

– Minha vida mudou, seu Boleslau, minha vida mudou.

– A de todos nós, Zé, a de todos nós – respondeu o velho, a voz abafada, persignando-se junto com o grupo.

E depois de um momento, entre uma invocação e outra da Ladainha de Nossa Senhora:

– Você tem razão, Zé.

– Eu?

– Sim, aqui é o meu lugar. Ninguém me arranca desta terra.
– Que bom, seu Boleslau.
– Só Deus – continuava o homem. – E eu acho que ele tem uma missão aqui. Uma missão pra todos nós, Zé. Inclusive você.
– Pra mim também, seu Boleslau?
– Pra você também, meu filho. Nada é por acaso.
E se calaram, ante o olhar severo de dona Florentina. Como todos os colonos, dona Florentina era piedosa, mas sem exageros nem rabugice. No entanto, circunstâncias especiais requeriam uma reverência especial, e não ficava bem o dono da casa, o pai do alvo das atenções, ser visto durante a oração em murmúrios com o empregado.
– Senhor Deus, nós vos suplicamos – declamavam todos – que concedais aos vossos servos perpétua saúde de alma e de corpo; e que, pela gloriosa intercessão da bem-aventurada sempre Virgem Maria, sejamos livres da tristeza do século...

* * *

A propósito do hino de Filipenses, Atanásio observa que o movimento essencial de Deus não é a subida, mas a descida. Para Hilário de Poitiers, o Filho precisava antes "perder" a *morphê Theou*, a fim de que recebesse a *morphê doulou*, já que as duas não podiam se coadunar. Por esse motivo, arguirá Cirilo de Alexandria, a encarnação não é um acréscimo, um apêndice à divindade, mas uma abdicação real, através da qual o Logos aceita os limites da condição humana. Apesar de em nada alterar a forma divina, ela todavia representa "um esvaziamento da plenitude e um rebaixamento do sublime." De fato, ao encarnar-se – argumenta Leão Magno –, Deus se auto-humilhou, aceitando a *conditio naturae peccatricis*. Assim, a encarnação começa com uma humilhação – dirá por sua vez Santo Agostinho.

* * *

Será um bom presente de Natal, ainda que tardio, eu comentei. Quem sabe, ele disse, quem sabe. Até mais, padre. Até mais, repeti. E ele se foi, sozinho, sem cumprimentar mais ninguém – provavelmente por não conhecer mais ninguém ali. O que é que o atraía à Igreja, a ele, um cético, um "niilista de salão", como ele costumava se definir, citando Camus? – eu muitas vezes me perguntava. A beleza do recinto, a calma, a atmosfera? Mas ali não havia vitrais artísticos, retábulos, ícones... E, convenhamos, uma Missa do Galo com toda aquela gente emperiquitada e irrequieta não era o lugar mais apropriado para o recolhimento e a reflexão. Ou não seria a nostalgia de um mundo ordenado, quando ritos e mitos faziam sentido, a força que secretamente o impelia até ali? Talvez, talvez, ele admitiu certa vez. Sou um ateu com saudades de Deus. Mas é sobretudo as palavras da liturgia, sua cadência solene e vagamente arcaica o que me apraz. Efetivamente, eu pensei, para quem trabalha com palavras a liturgia oferece combinações e efeitos bastante evocatórios, tudo envolto numa aura de gravidade e reverência cada vez mais raras em nosso desencantado mundo. Você devia conhecer um mosteiro, eu sugeri. Ouvir o ofício divino em canto gregoriano. Lá sim você vai ver o que é beleza. Pois é, quem sabe um lugar assim não me acende de novo a chama da criação. Não custa tentar. Pois é, não custa tentar. Eu também – recordei-me, vendo-o se afastar –, no começo me comovia facilmente com as fórmulas da liturgia, seu majestoso cerimonial, seu caráter hierático; soavam-me carregadas de mistério, impregnadas do numinoso. Recebe a oferenda do povo para apresentá-la a Deus. Toma consciência do que vais fazer e põe em prática o que vais celebrar, conformando tua vida ao mistério da cruz do Senhor... No dia da minha ordenação sacerdotal, ao som das palavras do bispo, eu chorei copiosamente, prostrado no presbitério da catedral engalanada. A alguns metros, meus pais, polacos simplórios do interior, também se debulhavam em lágrimas, orgulhosos do filho agora sacerdote. De ora em diante, minhas mãos, ungidas com uma graça indelével, teriam o poder de trazer o Cristo à terra e de absolver os pecados. Isto é o meu corpo, tomai e comei todos vós. Deus, pai de misericórdia, que, pela morte e ressurreição de seu filho, reconciliou o mundo consigo e enviou o Espírito Santo para remissão dos pecados, te conceda, pelo ministério da Igreja, o perdão e a paz. Que maravilha poder conceder assim, num estalo de dedos, o perdão e a paz! Vieram então anos de muita dureza e alegria, celebrando missas, administrando sacramentos, atendendo os fiéis nos confins mais remotos e humildes da diocese. Revivendo o fogo do noviciado, havia dias em que eu saía antes mesmo de clarear e só tarde da noite, exausto e feliz, não sem antes ter completado o breviário, dignava-me repousar. Na Semana Santa consumia dias inteiros no confessionário, às vezes sem pausa sequer para um café; no Advento era eu mesmo que, com o enlevo de um menino, montava o grande presépio ao lado do altar; e minhas homilias dominicais, que não raro faziam umedecer os olhos de algum fiel mais sensível, eram preparadas em longas horas de estudo e meditação, atraindo até ouvintes de paróquias distantes. Se a messe é grande e os operários são poucos, estes não têm saída senão se desdobrarem para dar conta do tamanho da missão. No entanto, por mais que eu me dividisse, me somasse, me multiplicasse, os problemas não cediam. Ou melhor, solucionado um, outro – maior – aparecia. De que adiantava trazer o Cristo eucarístico se a muitos faltava antes o pão cotidiano? De que adiantava absolver os pecados (geralmente pecadilhos: padre, eu desejei a mulher do próximo; padre, eu menti; padre, eu colei na prova), se os maiores pecadores – os fazendeiros, os empresários, os militares – não se arrependiam? Sim, sim, havia uma ditadura no país. E aos poucos foi-se descobrindo também que havia presos políticos, tortura, mortes nos porões. E ninguém precisava falar que havia fome e exploração, que isso eu mesmo via em minha azáfama pastoral: crianças com ventres inchados, idosos esquálidos, garotas que abortavam com a idade em que Nossa Senhora concebera o Menino Jesus. O perdão era até fácil conceder. Mas cadê a paz? A paz é fruto da justiça, eu bradei certa vez, o punho cerrado, fazendo arregalar aqui e ali, na assembleia até então entorpecida, olhares conservadores. Sua bênção, padre. Girei sobre os calcanhares. Era a mulher do tesoureiro. Deus te abençoe. Um profundo decote franqueava-me o seu colo rosado e fresco.

* * *

No entanto, a despeito de um início promissor, o problema da Kénosis iria sofrer um eclipse, devido sobretudo a rumores de heterodoxia. González Faus afirma, inclusive, que "sua ausência na dogmática católica deve ser considerada como uma falha grave que levanta a questão de até que ponto a grandiosa síntese escolástica não sacrificou demasiado o Deus de Jesus no altar do motor imóvel de Aristóteles." Seria preciso esperar pela Reforma Protestante para que, sob o influxo da *theologia crucis* de Martinho Lutero, a Kénosis voltasse à arena.

* * *

Felício retornava pela mesma vereda de terra socada, chupando o cigarro sem filtro que filara de um vizinho na noite anterior e reservara para uma ocasião como esta: um momento, ainda que breve, de caminhada solitária, entre a entrega do filho na escola e o começo da labuta do dia, quando, unindo-se aos companheiros de sua equipe, daria início ao preparo do solo para o plantio da aveia (uma boa aração, seguida de gradagens até o destorroamento ideal, conforme explicara alguns dias atrás um técnico do Movimento). Depois de um revigorante chimarrão, nada como umas boas tragadas, fazendo arder os pulmões, num dos primeiros dias de verdadeiro frio do outono. As mãos contraídas no bolso da capota, o queixo enterrado nos ombros, ele avançava a largas passadas, como que determinado, enfrentando uma hoste invisível de latifundiários – efeito da nicotina? –, uma coorte imaginária de agiotas, uma legião feérica de magistrados. Nada era páreo para ele. Que viessem os pistoleiros, lacaios a soldo do grande capital (ele gostava dessa expressão: grande capital), os mercenários a serviço do agronegócio (desta também, lembrava *agrotóxico*), que viessem todos eles, ele os enfrentaria a todos, de peito aberto, de cara limpa, esmagaria sem piedade os seus crânios contra as rochas da ribanceira. Suspirou, expelindo fumaça pelas fuças, um torvelinho de sentimentos antagônicos no coração. Realmente, apesar dos sorrisos e dos cumprimentos, dos olás e dos bons-dias, da aparência da mais absoluta normalidade, da rotina mais regular, apesar também do azul muito intenso do céu, da ausência quase completa de vento, da frialdade inopinada do ar, apesar de tudo isso, e de tantos outros detalhes – como aquele ninho de joão-de-barro ali naquela corticeira, com o pássaro à porta, uma minúscula presa no bico –, que apontavam para mais um dia igual, semelhante a todos os outros, desde o dia diferente e inaugural da invasão, apesar disso tudo, ele sabia, o clima no acampamento estava tenso. Com efeito, o juiz expedira um mandado liminar de reintegração de posse. O oficial de justiça já viera citá-los. Já fazia algum tempo também que capangas e policiais vinham provocá-los na estrada, chamando-os de vagabundos e baderneiros, às vezes com tiros para o alto. Na cidade, primeiramente bem acolhidos, passaram a ser malvistos, devido sobretudo à boataria espalhada por um grupo de fazendeiros, os quais, além disso, segundo se dizia, estavam organizando milícias para a defesa de suas terras. Mais cedo ou mais tarde, ele sabia, a polícia apareceria para fazer cumprir o mandado. Eles iriam resistir, é claro. Com mulheres, com crianças, com idosos, eles iriam resistir. Ocupar, resistir, produzir –

era este um dos lemas do Movimento. Felício só torcia para que ninguém saísse ferido do entrevero.

    Não, não seria em todo caso o seu primeiro despejo. Não fazia tempo ele participara de uma outra invasão, só ele, que Rosália ficara em casa com as crianças. Depois de alguns meses apareceram os meganhas, com o proprietário e mais alguns jagunços. Postaram-se no meio do acampamento e pregaram chumbo. Foi um deus-nos-acuda. Pânico, gritos, correria. Crianças e mulheres chorando. Fumaça. Sangue. Um que outro corpo no chão. Mortos? Feridos? Alguns companheiros, armados de paus, pedras, foices e enferrujadas garruchas, revidaram. Inútil. Ali eles não eram mais que gafanhotos assaltados por gigantes. Depois de pisotearem as sementeiras, destruírem as plantações, queimarem os barracos, os policiais recolheram alguns homens ao pelotão, Felício entre eles. Infelizmente, as cenas de horror ainda não haviam acabado. Engatilharam as armas na cabeça deles, gritaram ameaças, procuravam os líderes. Depois de duas horas de sova, ele desmaiou, o que o salvou de ter as orelhas perfuradas com grampeadores de papel, como aconteceu a alguns. Rosália, quando soube, sobretudo depois que o viu, apavorou-se. Quis desistir. Vamos esquecer isso, ela pediu, voltar para a nossa vida, trabalhar duro, economizar. Vai melhorar, você vai ver. Há quanto tempo a gente está esperando que melhore? – ele retrucou, o lábio cortado, o rosto cheio de hematomas. E como economizar, se sempre sobra mês e falta gaita? Não, não vamos arregar, não vamos dar esse gosto para o adversário. Resultado: dois anos depois ali estavam eles, em outro acampamento, agora toda a família, inclusive o caçula, nascido três meses depois da ocupação.

Aliás, os momentos iniciais da ocupação, de toda ocupação, eram inesquecíveis. Primeiramente, a emoção dos preparativos: os contatos, as instruções, as longas e quase clandestinas reuniões na casa ora de um, ora de outro, à meia-voz, à meia-luz. A ditadura militar tinha acabado, diziam, mas não a ditadura do capital. Nesse espírito, os dias corriam, as semanas voavam – e a expectativa, a ansiedade, a tensão aumentando. Por questão de segurança, ninguém sabia a data nem o local exatos da ocupação, com exceção dos dirigentes, os quais exigiam apenas que todos se mantivessem a postos, uma mala de roupas à mão. Assim, na surdina, eles permaneceram de prontidão, dessa vez todos – e Rosália grávida –, na casa de um assentamento ali próximo. Dormiam amontoados na diminuta sala, dividiam a mesma comida, os mesmos trabalhos na lavoura, participando da mesma luta, do mesmo sonho já conquistado em parte pelos hospedeiros, reaprendendo não sem dificuldades o espírito coletivista dos antigos camponeses – segundo o que ensinavam os cabeças do Movimento. Os filhos, por sua vez, descobriam a liberdade que nunca haviam experimentado na cidade, e os seguidos bichos-de-pé eram as testemunhas das inúmeras incursões de reconhecimento por aquele novo território, embora o mais velho cedo tenha sentido falta do conforto e dos divertimentos da cidade (como as longas tardes de Game Boy na casa do vizinho). Todavia, o exemplo da família que os acolhia – um jovem casal com dois filhos – servia-lhes de encorajamento. Também eles haviam vivido acantonados, também eles haviam aprendido a esperar. E mais: foram despejados duas vezes, e por duas vezes tornaram a ocupar a mesma propriedade. Teimaram, insistiram, água-mole-em-pedra-dura, até receberem, finalmente, não fazia muito tempo, numa cerimônia com direito a flashes, lágrimas e discursos, o título de propriedade. Agora eram donos da sua gleba e do próprio nariz. Não que doravante estivessem livres de lutas e dificuldades. O posto de saúde era longe, a escola precária, os financiamentos difíceis e com cláusulas leoninas. Além disso, eles eram ainda olhados com desconfiança por alguns dos agricultores e comerciantes das redondezas. Ah, mas não precisavam dobrar a espinha para fazendeiro algum, ninguém mais os arrancaria daquele chão.

Depois de algumas semanas nessas condições, soou o esperado sinal. Seria aquela noite. O coração aos pulos, Rosália mal conseguia ajuntar os poucos objetos de uso pessoal que haviam trazido. Perto de meia-noite chegou o caminhão, a carroceria tão atulhada de gente e tranqueiras que parecia que ia desconjuntar. Tiveram que carregar todos os badulaques na cabeça, espremidos uns contra o outros, Rosália já de sete meses, acarinhando o mais velho, emburrado; a menina, ao contrário, séria e compenetrada feito gente grande. Debaixo da lona, o mais absoluto silêncio. Lá fora, só o murmúrio do motor e dos pneus sobre o saibro úmido. Ao mesmo tempo, de diversos pontos do estado, num raio de aproximadamente cem quilômetros, outros veículos – caminhões, ônibus, kombis, carroças, motocicletas – convergiam para o mesmo ponto. Para Felício aquilo já não era novidade, por isso ia mais tranquilo, a despeito da experiência negativa da outra vez. Mas Rosália não, aquela aventura era o seu "batismo": educada para respeitar pai, padre e patrão, a ocupação de uma propriedade particular – ainda que improdutiva, grilada ou devoluta – lhe causava pruridos na consciência. Estariam fazendo a coisa certa? – era o que sua mão, suada e irrequieta, parecia indagar da mão tesa do marido. Fora ela que insistira para entrarem no Movimento, fora ela que nos encontros de formação política se destacara com questionamentos inteligentes e intervenções pontuais, ainda que logo em seguida tenha sido sobrepujada pelo entusiasmo quase fanático de Felício. Contudo, seus receios só aumentaram quando, chegados ao local, dois ou três seguranças apareceram e ameaçaram uma reação, sacando revólveres no breu, disparando um que outro tiro para o alto. Mas quando estes se deram conta da considerável multidão que desembarcava dos veículos que não paravam de chegar, assestando lanternas contra suas caras, acendendo tochas, à luz das quais luziram de repente foices e facões, resolveram retroceder, sem porém baixarem as armas ou lhes darem as costas, praguejando, tropeçando nas irregularidades do terreno, até saírem em debandada, sob os risos e apupos dos invasores. Rosália também riu, e respirou aliviada, estreitando o primogênito sonolento; a filha, despertíssima, no colo do pai. Ainda não tinha certeza se estavam do lado correto, isto é, do lado do mais justo (embora não houvesse dúvida de que era o lado dos mais injustiçados). A propriedade não era sagrada, inviolável? No entanto agora ouvia que outros valores eram mais importantes. A vida, a justiça, a igualdade de condições – palavras simples, palavras fortes. Palavras. Como propriedade, lei, respeito. Onde a verdade? Seus escrúpulos, porém, longe de declinar, só aumentaram quando alguns companheiros mais afoitos, entre os quais o Jorjão, começaram a lançar pedras na direção em que haviam sumido os capangas, gritando-lhes imprecações: venham cá, cagões, bunda-moles, lambe-botas de patrão! Novas gargalhadas. Para que isso, meu Deus? Eles não eram também empregados, muitas vezes com crianças para alimentar, e mal ou bem não estavam cumprindo seu dever? Todavia, quando o alicate mordeu o fio da cerca e o arame farpado estalou como uma corda arrebentada de viola, todo temor e angústia se esvaíram. Alguém bradou o nome do Movimento e a turba respondeu: nossa luta é pra valer! Uma fina e persistente garoa pesava sobre as bandeiras desfraldadas e convertia o solo em lamaçal. Mas sobre esse chão, esse barro, entre palavras de ordem e cânticos desafinados, aquele pequeno mar de gente se apossou da terra e em poucas horas, sob o rubro clarão da aurora, um povoado de barracas de lona preta estava erguido no descampado. Canaã, alguém gritou. Nova Canaã vai se chamar esta terra. Ao longe, gemeu uma saracura. Rolinhas, tico-ticos e tangarás responderam. Ao surgir o sol, as crianças e os idosos já ressonavam nas barracas, enquanto caçarolas e panelas fumegantes, sobre as brasas do fogo de chão, preparavam a primeira refeição do novo acampamento. Ao fundo ouvia-se os acordes de uma harmônica.

– Hei, hei, viajandão. Onde pensa que vai?

– Opa, desculpa. Estava distraído.

– Estou vendo, estou vendo – disse o outro, sorrindo.

Era o Ivaldo, debaixo de um grosso gorro de lã com o logotipo de um time de futebol da capital. Este era um que, antes de vir para o acampamento, jamais pegara num cabo de enxada.

– Vem comigo?

– Sim, sim. Vamos juntos – disse Felício, lançando longe, com um peteleco, a guimba do cigarro.

– E aí?

– Aí o quê?
– Aquela grana...
– Ah, sim! Quanto que é mesmo?
– Trinta e cinco mangos.
– Tudo isso?
– Pois é. Quer conferir?
– Não, não. Não precisa. Se você está falando...

Uma morena muito bem fornida passava em sentido contrário. Cumprimentaram-na com um aceno de cabeça. Ela sorriu.

– Meu Deus... É muita areia pro meu caminhãozinho – comentou Ivaldo.
– E deu bola.
– Essa é minha. Tu já está bem servido.

Felício não respondeu.

– Trinta e cinco – murmurou, após alguns segundos em silêncio. – Posso te pagar amanhã?
– Claro, claro, companheiro. Não há problema.

Só havia um: arranjar uma desculpa e amealhar aquela quantia de Rosália.

* * *

Dois luteranos alemães são os principais responsáveis pelo seu renascimento: Martin Chemnitz e Johannes Brentz, ambos do século XVI. Para Chemnitz, seguido pela escola de Giessen, a autolimitação do Verbo seria uma renúncia às possibilidades divinas, enquanto que para Brentz, seguido pela escola de Tübingen e mais próximo dos calvinistas, ela não passaria de uma renúncia à manifestação dessas possibilidades, de modo que em Cristo teria ocorrido somente uma *kripsis* (ocultamento) de sua natureza divina. Segundo Faus, "os primeiros terão que suportar objeções muito sérias para salvar a divindade de Jesus e a imutabilidade de Deus. Porém, ao contrário, os segundos parecem reduzir a Kénosis a um mero disfarce ou aparência, privando o dado bíblico de toda seriedade."

* * *

Quem também apareceu aquela noite foi dona Zenóbia, já mencionada, especialista em aparições, milagres, terços e jaculatórias. Mulher de um fazendeiro decadente da região, vivia apregoando que Nossa Senhora, em suas inúmeras aparições pelo mundo (segundo sua mais recente contabilidade, já passavam de 250), pedia muita oração pela Igreja, pois a fumaça do inferno havia penetrado em seu interior. Tudo começara com o *Catecismo holandês* e as interpretações deturpadas que se faziam do Concílio, que em si não era mau. Mais recentemente, contudo, o joio passara a ser o marxismo, que se infiltrava em setores cada vez mais amplos da Igreja, sobretudo na América Latina. De fato, os padres agora só queriam saber de política, agitação e reforma agrária. Mas tudo isso era necessário que acontecesse, explicava ela, até vir o tempo da grande tribulação – que já estava próximo! –, quando presenciaríamos a vinda do Anticristo e passaríamos inclusive pelos três dias de trevas, aqueles em que somente as velas bentas acenderiam. Para escapar a tudo isso, sem cair em apostasia, era preciso estar sempre com o papa – o novo papa polonês –, o encarregado de conduzir, com mão firme e segura, a barca de Pedro, cuja única e verdadeira missão, nunca era demais frisar, consistia em salvar *almas*. Afinal, a haste vertical da cruz não era maior que a horizontal?

Magra, seca, de idade ignorada mas pelo visto já rondando os setenta, dona Zenóbia, não obstante o seu propagado ascetismo, não abria mão de um borrifo de Ma Griffe, um rouge, uma sombra – o que tornava os seus olhos negros, nas órbitas salientes, ainda mais realçados. Além disso, não deixava de ostentar no colo branco e encarquilhado um torçado em pérolas, apesar da ausência quase completa de adornos nas camponesas entre as quais exercia o seu infatigável apostolado. Aparentemente não tinha ascendência polonesa; todavia, em suas veias corria um sangue de origem não muito distante: o Cáucaso da vizinha, fascinante, majestosa, enigmática e, desde 1917, aterradora Rússia.

Naquela noite, antes da reza do terço, ela tivera por cerca de meia hora um colóquio privado com Rosália. Ao sair, declarara para a pequena assembleia que se ajuntara à porta do quarto:

– Tivemos uma ótima conversa. Apesar da pouca idade, Rosália é uma moça muito inteligente, de boa formação e sólidos princípios. No mais, ela tem plena consciência do que está passando e aceita essa cruz com humildade e grandeza de espírito. Analisei também os estigmas. Não sou médica, não tenho formação científica, mas sei perfeitamente distinguir a obra divina da humana. Pelo que eu vi, o que se passa com Rosália é verdadeiramente... – fez uma pausa, olhando em volta, como que para aumentar a expectativa. – É verdadeiramente obra de Deus.

Seguiu-se um murmurinho geral de aprovação, no qual se destacavam, em meio a suspiros de alívio, exclamações como "Deus seja louvado" e "obrigado, Senhor". Todos se sentiam honrados – boias-frias, arigós, meeiros, arrendatários, carroceiros, pequenos sitiantes, funcionários do comércio em Imbiruçu – porque Deus se dignara olhar para eles.

– Podemos afirmar com toda a convicção, e sem medo algum de estarmos nos precipitando, que Rosália é uma alma vítima – dizia dona Zenóbia agora, empertigada numa cadeira de espaldar alto, um rosário de contas de cristal nas mãos de unhas manicuradas. – Almas vítimas, como vocês sabem, são pessoas que por uma graça especial se unem aos sofrimentos de Cristo pela salvação da humanidade. É claro que a palavra definitiva cabe à Igreja. Mas é bom termos em mente que, por questão de prudência, a Igreja costuma levar muito tempo para emitir um veredito. E enquanto isso não se dá, temos todo o direito de manifestar nossa opinião e agirmos segundo nossa consciência.

– Dona Zenóbia tem mais fé que o padre – seu Boleslau não pôde se furtar a comentar no ouvido da esposa.

Dona Florentina, porém, nada respondeu. Não sabia o que seria pior: uma filha beatificada em vida ou uma filha acamada, esvaindo-se em sangue. Para dona Zenóbia era fácil. Afinal, não era ela que tinha que acordar de madrugada, trocar bandagens, atender visitas o dia inteiro.

Deu-se então início ao terço da misericórdia, oração esta – ainda segundo dona Zenóbia – transmitida diretamente por Jesus à Irmã Faustina, uma religiosa polonesa falecida em fama de santidade pouco antes da Segunda Guerra Mundial.

– Eterno Pai – puxava ela –, eu vos ofereço o corpo, sangue, alma e divindade do vosso diletíssimo filho, Nosso Senhor Jesus Cristo, em expiação dos nossos pecados e dos do mundo inteiro.

Ao que o povo respondia:

– Pela sua dolorosa Paixão, tende misericórdia de nós e do mundo inteiro.

Dona Florentina levantou os olhos cinzentos e os fixou, à frente, no grande quadro pendente da parede cor-de-rosa. Debaixo dele se viam – numa pequena mesa de pinho sobre a qual se estendia uma toalha branca com motivos geométricos – uma barafunda de velas, um crucifixo de ferro fundido, uma Aparecida de gesso, santinhos os mais variegados e as fotografias dos entes queridos pelos quais se rogavam graças.

– Pela sua dolorosa Paixão, tende misericórdia de nós e do mundo inteiro.

O quadro era de Nosso Senhor Jesus Cristo, vestido de branco, uma mão erguida num gesto de bênção, a outra tocando a túnica no peito, de onde refulgiam dois grandes raios, um vermelho, outro alvo. Embaixo da figura, uma legenda com os dizeres: *Jesus, eu confio em vós.*

– Pela sua dolorosa Paixão, tende misericórdia de nós e do mundo inteiro.

Dona Florentina sentiu o coração apertado, como se fosse o dela, e não o da filha ou o de Cristo, que estivesse transpassado. Moído, ele sangrava, não um sangue límpido e rubro, mas um mosto espesso, oleoso, amargo. E não era de agora, não, que aquele sangue vinha de muito tempo e de muito longe, outras terras, outras épocas – e parecia-lhe, confusamente, que Eva tinha nisso a sua parcela de culpa.

– Pela sua dolorosa Paixão, tende misericórdia de nós e do mundo inteiro – repetia, junto com o coro, buscando forças dentro de si.

Com efeito, o seu fardo não fora leve: filha de imigrantes (a primeira palavra em "brasileiro" fora aos sete anos, quando Getúlio Vargas proibira o funcionamento de escolas em língua estrangeira no Brasil), o pai alcoólatra, um filho morto, o outro extraviado, e agora a filha, a única filha, com "aquilo". Fora isso, o frio: o frio do tempo, o frio da vida, o frio de seu marido que, coitado, já tinha não poucas amolações. Alma vítima? A expressão não lhe soava bem. Ali todos eram de certa forma vítimas: ela, o marido, aqueles colonos todos, cada um com sua história de lutas, agruras, feridas. E eles tinham não somente *alma*, mas também *corpo*: um corpo igualmente vítima, lanhado das marcas da vida. Rosália era apenas a expressão disso tudo – teria dito, não ela, evidentemente, incapaz de tais raciocínios, mas um observador externo, com mais traquejo, mais perícia, mais argúcia, à guisa de narrador.

– Pela sua dolorosa Paixão, tende misericórdia de nós e do mundo inteiro.

De soslaio, seu Boleslau olhou dona Florentina: cabeça baixa agora, olhos comprimidos, o indefectível pano florido a cobrir-lhe os cabelos. Sem dúvida, a mulher sofria. Pudera, com a filha sangrando ali ao lado – no quarto, separada dos outros por questão de prudência –, como ser feliz? Ele era homem, ou seja, mais seco, severo, contido; ela não, era mulher, de mãos grossas e varizes roxas, é verdade, mas mulher, e mulher, ainda que pobre, ainda que colona, ainda que polaca, tem sonhos, planos, desejos, quer ser feliz.

– Pela sua dolorosa Paixão, tende misericórdia de nós e do mundo inteiro.

Talvez ele nunca a tenha compreendido por completo e, como a geada negra, estorricara os seus brotos mais tenros e promissores. Mas fazer o quê? Ele era assim. Devido ao sangue, às invernias, às aporrinhações, duro como nó de cabriúva. Juntos, lá se iam cerca de três décadas, desde quando subiram ao velho altar de uma capelinha de madeira em Rio do Banho. Teria sido então possível adivinhar o futuro? Não, até que não: as missas aos domingos, as colendas, as festas na Igreja, o trabalho na terra, a luta contra o sol, contra o mato, contra o curuquerê, o olho grande dos latifundiários, as contas, os papagaios, as hipotecas no banco... O filho afogado? Não, não era raro as famílias com um filho falecido. A prole reduzida? Também não. Desde o início ele soube que a mulher, com os seus constantes achaques, não seria boa parideira. Passara o tempo, a saúde se lhe firmara, mas depois de Rosália não vieram mais rebentos. Agora, a caçula, fruto tardio daquela união, alento da mãe, orgulho do pai, com as chagas de Nosso Senhor Jesus Cristo, ah, não, isso ninguém em consciência podia imaginar! Teve vontade de aproximar o rosto e sussurrar no ouvido da mulher: não se preocupe, as coisas vão melhorar. Aquelas chagas no corpo da filha não seriam um sinal? Um sinal de eleição, de escolha divina... Os homens não marcam o gado a ferro? Deus não poderia marcar os seus de um modo semelhante? Mas não, não disse nada. Estavam rezando, não podiam falar, não deviam nem mesmo pensar.

– Pela sua dolorosa Paixão, tende misericórdia de nós e do mundo inteiro.

Ajoelhado, Zé Candonga abriu os olhos culposos e se deparou, logo à frente, com as figuras de seu Boleslau e dona Florentina, igualmente ajoelhados. De repente, deixou de afligir-se com os seus tormentos e sentiu pena daquele casal de meia-idade, cabelo já mais branco que loiro, no rosto os traços inelutáveis do tempo. Mas por detrás daquelas faces escalavradas resistia um coração de carne, ele bem sabia. Se não fossem os dois, o que seria dele, Zé Candonga, quando a mãe o abandonara atrás de um malaco? Teria sido mandado pelo pai – coitado, mergulhado na canguara – para a casa dos avós pobres, no Norte Pioneiro, ou então zoroteado, guacho, pelas estradas da vida, descolando um bico aqui, um biscate acolá, se não tivesse sido admitido por seu Boleslau como empregado, hoje quase um membro da família. Com eles ganhara não apenas um teto, com um leito limpo e seco, como também apreço, arrimo, amparo. Já até experimentara outros trabalhos, outros patrões, mas ali sim era a sua casa, o seu lugar.

– Pela sua dolorosa Paixão, tende misericórdia de nós e do mundo inteiro.

E que filha eles tinham, que filha! Parecia uma nossa-senhorinha, muito direita, muito correta, com os peitinhos – de mamicas rosadinhas, ele vira – despontando sob a blusa. Agora, porém, ele constatava, com fascínio e terror, que a guria era muito mais que uma polaquinha ajeitada, que uma piguancha vistosa: ela era uma santa, uma santa de verdade, em carne e osso e chagas... Diante disso, ele renunciara de vez a qualquer pretensão que um dia pudesse ter alimentado de vir a se unir a ela e assim – ele que não era polonês, nem ucraniano, nem alemão, nem nada – tornar-se um Klossosky, já que o outro filho era um desnaturado, um renegado, que não dava mostra alguma de se importar com os seus. Ah, mas de toda forma, ao lado deles ou nos cafundós do judas, ele seria eternamente devotado àquela família, a seu Boleslau, a dona Florentina, seus verdadeiros pais, mas principalmente a sua filha, Rosália Klossosky, genuínaa santa em carne e osso e chagas vivas...

– Pela sua dolorosa Paixão, tende misericórdia de nós e do mundo inteiro.

E tem mais: a partir daquele dia ele ofereceria a Deus, no silêncio doido e doído de seu íntimo, a sua inconfessada paixão – nunca o contara à Rosália, também nada revelara ao padre, ai dele, outro pecado –, junto às pisaduras que a menina, conforme dona Zenóbia explicara, oferecia pela salvação das almas. Realmente, não poucas coisas nesta vida são de difícil entendimento: a paixão e o sofrimento, com certeza, estão no começo da lista. Por que a gente se apaixona por uns e não por outros? E por que é necessário que pessoas de bem sofram – como Jesus, Rosália, o pai – para que outros, inclusive malandros, pelintras, malacaras, se salvem? Antes da oração, dona Zenóbia – aliás, uma dita-cuja insuportável, ai, outro pecado, perdão, Senhor – afirmara que o braço da ira de Deus estava para cair sobre a humanidade e quem ainda o segurava era Nossa Senhora e almas como Rosália. Por que, meu Deus, esse a quem se suplicava tanta misericórdia tinha o diacho de um braço assim tão pesado?

– Pela sua dolorosa Paixão, tende misericórdia de nós e do mundo inteiro.

De uma coisa, porém, Zé Candonga estava certo: mesmo sem saber por que se aplicava a palavra *paixão* aos sofrimentos de Cristo, entendia perfeitamente que toda paixão, seja ela qual fosse, é *dolorosa*... Assim, com a cabeça em tal redemunho – alma vítima, coração de carne, dolorosa Paixão –, deslizou entre os dedos calosos a última conta da primeira dezena de um terço de resto bem diferente (e melhor: mais rápido) daquele que o padre Estanislau lhe havia ensinado naquele mesmo dia.

Aliás, este, ele já rezara um e meio, havia pouco, de joelhos ao pé da enxerga, na sua meia-água sombria, entre tonturas, zoeiras e ataques do tinhoso como ele nunca imaginara fosse possível. Ah, mas ele estava disposto a rezar os três inteiros no dia seguinte, já que lhe parecia agora que cumprir a penitência por etapas não era lá muito correto.

Alguns minutos depois, chegando ao final dos cincos mistérios, todo o grupo recitou, aumentando ligeiramente o tom da voz:

– Deus santo, Deus forte, Deus imortal, tende piedade de nós e do mundo inteiro.

E seguindo as instruções do santinho previamente distribuído por dona Zenóbia, repetiram este rogo mais duas vezes, solenemente.

* * *

Outra *quaestio disputata* à época era quanto ao sujeito da Kénosis: seria ele o Logos intratrinitário ou o Filho encarnado? Enquanto os calvinistas optavam pela primeira alternativa – para os quais o Verbo não renunciara ao governo do cosmos durante sua *exinanitio*, o que de certa forma correspondia à posição de Agostinho e Tomás de Aquino –, os luteranos encamparam a segunda. Essas discussões, ignoradas pela teologia romano-católica da época, arrastar-se-iam ao longo do século seguinte, porém sem maiores novidades.

* * *

Sua bênção, padre. Girei sobre os calcanhares. Era a mulher do tesoureiro. Deus te abençoe. Um profundo decote franqueava-me o seu colo rosado e fresco. Precisando de alguma coisa? – ela perguntou. De você, lá na sacristia, eu pensei. Não, não, graças a Deus, respondi. Então feliz Natal, padre. Feliz Natal, eu retornei. Qualquer coisa me dê um toque, ela disse, lançando-me uma piscadela. Sim, eu lhe dou um toque, dois, três até, pensei. Contudo, como ela nunca se confessava comigo, era difícil precisar em que sentido "toque" fora dito ou qual era a exata abrangência de "qualquer coisa". Qualquer coisa? Qualquer. Qualquer mesmo? Sim, claro. Está bom, mostre-me os seios. Padre, você está louco? Nunca estive tão lúcido. Aqui na igreja? Não, não, pode ser lá na sacristia. Como não fiz a pergunta, não fiquei sabendo. Perguntas que nunca fiz, respostas que nunca dei – tantos caminhos, entre os descaminhos da vida, que não cruzei, que não cruzarei jamais... Ela vinha todos os domingos à missa e sentava-se sempre nos primeiros bancos, entre o marido, um rubicundo gerente de banco – de quem eu apertava a mão agora – e as duas filhas adolescentes, tão apetitosas quanto a progenitora. O marido me disse duas ou três frases, entre elas "este vai ser o ano do salão", e em seguida se desvencilharam, pressurosos, dizendo-se atrasados para a ceia que, pelo que entendi, este ano seria na casa de uma das avós. Não pude me furtar, quando partiram, a uma olhadela pelas costas, constatando discretamente o belo torneado daquelas três filhas de Eva. Construção, era só disso que se falava. Construção, reforma, orçamento – e dá-lhe festa, dá-lhe rifa, dá-lhe bingo para se levantar o dinheiro. Com efeito, a pastoral do dízimo – uma equipe muito competente – e a comissão de finanças não dormiam em serviço. Autômato, eu assinava os cheques, as promissórias, sem conferir as planilhas, os recibos, as notas fiscais. Assim, pintamos a fachada da igreja, construímos novas salas de catequese, trocamos o forro da casa paroquial, instalamos câmeras de segurança – afinal, eu já fora inclusive assaltado, com arma na cabeça e tudo. Todavia, eram estas as coisas com que eu menos me importava nos meus primeiros anos de sacerdócio. Depois do choque inicial com a realidade, eu, ainda no fogo da juventude, reavaliara minhas prioridades. Era a época em que não poucos colegas e bispos começavam a declarar que a evangelização não podia se restringir à dimensão espiritual. Era preciso quebrar as cadeias injustas, desligar as amarras do jugo, diziam, citando Isaías. A redenção devia ser iniciada neste mundo, construída na história. O Reino de Deus, aliás, era o reino dos homens e das mulheres. As palavras então em voga não eram mais desenvolvimento, progresso, *aggiornamento*, como nos anos sessenta, mas sim libertação, conscientização, eclesiogênese. Quanto a mim, meti um anel de tucum no anular e troquei o confessionário e a sacristia pela ação libertadora. Ministrava cursos de teologia popular, organizava comunidades de base, incentivava as pastorais sociais, fazia circular abaixo-assinados reivindicando saneamento básico, postos de saúde, escolas nas regiões rurais. E para escândalo dos fiéis mais abonados, solidarizava-me com os trabalhadores rurais sem terra que se organizavam em todo o país e pedia votos por candidatos de esquerda nas eleições legislativas. Sorte que o bispo ficou do meu lado e na congregação, bastante conservadora, houve quem me protegesse. No mais, eu lia todos os novos teólogos vistos com desconfiança por Roma que me caíam nas mãos: Schillebeeckx, Hans Küng, Gustavo Gutiérrez. Os poemas de Ernesto Cardenal, o monge marxista da revolução nicaraguense, e dom Pedro Casaldáliga, então bispo da Prelazia de São Félix do Araguaia, me serviam de bordão. Ainda lembro alguns de cor. Do primeiro: *Escucha mis palabras oh Señor / Oye mis gemidos / Escucha mi protesta / Porque no eres tú un Dios amigo de los dictadores / ni partidario de su política / ni te influencia la propaganda / ni estás en sociedad con el gángster.* Do segundo: *Eu tenho fé de guerrilheiro / e amor de revolução. / E entre evangelho e canção, / penso, e digo o que sei.* Lembro-me também do choque que causei ao ler um texto de São João Crisóstomo: *Diz-me, ó proprietário da terra, de onde vem tua riqueza. De quem? Respondes: Do meu pai ou do meu avô. Podes retroceder em tua família e provar que aquela propriedade foi adquirida corretamente? Não, não podes. O início, a origem tem que ter vindo da injustiça de alguém. Porque, no princípio, Deus não fez um rico e o outro pobre. Ele deu a terra para o proveito de todos. Como ela é propriedade comum, como é possível que tenhas tantos hectares, enquanto o teu vizinho não tem nem sequer uma mão cheia de terra? É mau alguém reter só para si o que é do Senhor, ou a Escritura não diz: "Do senhor é a terra e tudo o que ela contém"? Se o que dizemos ser nossa propriedade, de fato, pertence ao Senhor, então, realmente pertence aos que trabalham conosco, pois toda propriedade do Senhor é propriedade comum.* Calma, calma, gente – eu tive que dizer, quando vi um pacato fazendeiro ameaçar partir para cima de mim –, isso é do século IV! Sorri, recordando-me. Boa noite, padre, desejava-me alguém. Boa noite, eu repisava. Muito bonita a sua homilia. Ah, obrigado. Feliz Natal. Pra você também.

* * *

Contudo, mal assentada a poeira, o século XIX assistiria, dessa vez sob a influência do idealismo alemão, a um vigoroso realinhamento das correntes kenóticas. Efetivamente, para Hegel, o conceito de *Kénosis* havia evoluído para uma lei metafísica do ser: à luz da sua dialética dos opostos, o Ser, para possuir-se a si mesmo, precisaria negar-se. Nas palavras de Habermas: "O absoluto tem de exteriorizar a si mesmo no Outro, porque só pode se experimentar como poder absoluto se se retrabalhar a partir da dolorosa negatividade da autolimitação."

* * *

Sim, o clima estava tenso, todos sabiam. Segundo algumas fontes, esperava-se a ação de despejo para breve, talvez ainda para aquela tarde. Advogados, a imprensa, entidades de direitos humanos, políticos da oposição foram convocados. Padre Hugo prometera aparecer. Do mesmo modo, o pastor luterano. A bênção, padre, dizia Rosália, sempre que encontrava o jovem sacerdote, volta e meia ali presente, presidindo uma celebração, distribuindo cestas básicas, peças de roupa e outros donativos arrecadados pela comunidade, ou simplesmente visitando as barracas, abençoando aqui um enfermo, ali brincando com uma criança, contando uma piada mais adiante, e alegrando a todos com o seu jeito franco e as melodias que extraía de sua indefectível gaita de boca. Deus te abençoe, Rosália, respondia o religioso, acrescentando: mas eu também quero a sua bênção – o que não deixava de desconcertá-la. Onde é que já se viu um sacerdote pedir a bênção a um leigo! Mais: a uma *leiga*. Não são eles os representantes de Cristo, os administradores das graças divinas? Ah, o que é que dona Zenóbia não acharia daquele padre e daquela situação toda! Não havia dúvida de que o incluiria sem pestanejar no rol dos arrenegados e condenaria, escandalizada, a participação de sua antiga pupila naquela corja de desordeiros e comunistas. Como o mundo dá voltas! Quem diria que seria ali, num acampamento de sem-terras, já casada e mãe de três filhos, que ela se reencontraria com as suas origens. De fato, Nova Canaã pertencia à circunscrição da paróquia de Montes Claros, e Imbiruçu não distava mais de vinte quilômetros. Aliás, esses dias, impelida pela curiosidade, a pretexto de comprar uma mamadeira nova para o neném, ela deixara os mais velhos com uma vizinha e visitara a antiga cidade. Graças a Deus ninguém a reconhecera. Pudera, ia fazer quinze anos que a família, como um ladrão, saíra de Imbiruçu – e na época ela não passava de uma piguancha, isto é, uma menina de treze, quatorze anos, em quem a puberdade ainda mal aflorava.

Quem a atendeu na farmácia foi dona Idalina – bastante envelhecida por sinal. Fundada pelo pai do seu sogro, nos anos trinta, a Pharmacia Internacional, com *ph* e tudo, era um patrimônio da cidade, ao lado do palacete da prefeitura, da igreja matriz e do açude onde se pescavam pacus e lambaris. Ainda conservava as características de uma autêntica botica da primeira metade do século, com o mobiliário todo em imbuia, balcões altos, imensos armários envidraçados e muitos espelhos. Entre os produtos dos laboratórios modernos, fazia questão de exibir algumas relíquias de sua história: frascos cilíndricos com rolhas de vidro e rótulos artesanais com o nome das poções e dos sais, das loções e beberagens, das infusões e das pílulas; velhas embalagens de medicamentos importados; canecas de porcelana para medidas de líquidos; uma balança de precisão, com caixa-vitrine e gaveta, fabricada em Paris. Rosália suspirou. Era como se o tempo de repente tivesse voltado e ela, novamente criança, novamente fascinada e temerosa, fosse levada à farmácia para que o marido de dona Idalina, com seus óculos de aro redondo e hálito de pastilhas de menta, lhe ministrasse uma injeção ou aviasse uma receita prescrita pelo doutor Günther. Rosália até podia sentir o cheiro do algodão ensopado de álcool que o farmacêutico lhe aplicava nas nádegas após a picada. Mas assim como não conseguimos reter a água em nossas mãos em concha, nem deter o vento, nem parar o sol, o tempo, pássaro arisco, passara, como sempre passou, passa e passará, e ali estava ela, rugas no rosto, criança no colo, muitas imagens na memória e um cabedal de novas experiências, mas sem ainda compreender direito o sentido das mal traçadas linhas da vida. Ao entregar-lhe o troco, dona Idalina pregou-lhe de súbito os olhos como se a tivesse identificado. Rosália quase disse: não, eu não sou quem a senhora está pensando. Todavia, foi só um susto, a mulher logo agradeceu, fez uma gracinha para o pequeno Josué, quis saber quantos meses ele tinha, elogiou sua figura e, depois de fechar a enorme caixa registradora, outra testemunha do passado, voltou aos seus provavelmente monótonos afazeres. Ao sair, Rosália não se furtou a um olhar de esguelha no espelho da balança, constatando que aquela jovem senhora de óculos – o que lhe disfarçava o estrabismo –, amadurecida pela tríplice gravidez, quase não guardava relação com a menininha franzina que o pai costumava trazer ali e que mais tarde, enfermiça, enclausurada no quarto insalubre de uma casa da roça, fora venerada pelos polacos da região.

Depois de alguns segundos de hesitação, lá fora, resolveu dar uma volta pela cidade, virando o rosto e disfarçando sempre que julgava vislumbrar algum conhecido. Não, Imbiruçu não mudara nada. Havia muito que aquela cidade não conhecia progresso. Mesmo os poucos automóveis, que a espaços perturbavam a modorra do início da tarde, eram velhos e poeirentos, como aquela Variant verde virando ali a esquina. Carroças escangalhadas também eram frequentes, se bem que naquele exato instante a única alma viva sob o sol que ela avistava era um moleque loiro, remelento, de pés descalços sobre as pedras escaldantes, que lhe oferecera, não fazia tempo, um saquinho de amendoim torrado. Com efeito, ali, em torno à pracinha do coreto, as ruas eram de paralelepípedos, que chispavam na soalheira, enquanto mais adiante eram de terra batida, produzindo à distância, devido ao ar rarefeito, a ilusão de poças d'água. A um lado da praça erguia-se, em estilo neobarroco, com uma torre cujo reboar dos vagalhões outrora chegava até Riacho de Prata, a igreja de Montes Claros – onde também outrora, do altar, o nome dos Klossosky fora espinafrado sem que ninguém se dispusesse a defendê-los. Do outro lado, a Prefeitura Municipal, um casarão de dois pisos, de arquitetura colonial, caiado, janelas e portas com batentes verdes, varandas com gradis rendilhados e ornatos na platibanda. Era o prédio mais antigo do município, antigamente a sede da fazenda de Imbiruçu, a qual, depois do fim do ciclo da erva-mate, resultara no loteamento que dera origem à cidade. Meia dúzia de estabelecimentos comerciais, às moscas, flanqueavam a praça, com seus proprietários ou funcionários dormitando sobre o balcão: além da farmácia, uma casa de carnes, a quitanda de seu Nicolau, uma loja de armarinhos, dois ou três botecos, os únicos que evidenciavam alguma freguesia. A Câmara Municipal estava fechada. Ao lado, um senhor de cabeça branca abria as portas do tabelionato: era o próprio notário, seu Wladislau. O homem lhe dirigiu um aceno. Rosália estremeceu. Não, não. Dificilmente naquela distância ele a teria reconhecido.

Ao pé de um jerivá, a jovem mãe ajeitou no colo o caçula, que resmoneava, irrequieto, um lenço sobre a cabecinha protegendo-o do sol. Após outra volta pela praça, onde os bancos de concreto ardiam, vazios, cada qual ostentando o patrocínio de uma loja, Rosália enveredou pela rua que nascia de um de seus ângulos. Andou cerca de quatro quadras e parou em frente a uma casinha com floreiras na janela e pintura recente. Depois de um momento de indecisão, bateu à porta. Estava quase para dar meia-volta quando as dobradiças rangeram e no vão sombrio que se abriu apareceu um homem de mãos enormes e tufos de cabelos desbotados em torno da calva vermelha, menos alto do que ela recordava. Deseja alguma coisa? – ele perguntou. Doutor Günther? Sim, sim, sou eu. Em que posso lhe ser útil? Ah, imagino que a senhora queira uma consulta. Deve ser pra criança, não? Olha, tem médicos novos na cidade. Na verdade eu já estou aposentado. Mas não tem problema. Pode entrar. Não, não, eu não quero uma consulta, ela disse. Graças a Deus está tudo bem comigo e com a criança. O senhor não se lembra de mim? O homem franziu os olhos. Minha filha, eu tive tantos pacientes. E minha memória já não ajuda mais, ele falou. Ela tirou os óculos. Então, de repente, a expressão do velho médico se iluminou: Rosália? Será possível? Sim, doutor, sou eu mesma. Presumo que seja o seu filho... Sim, sim, e tenho mais dois ainda. *Mein Gott!* Entra, entra, por favor, ele disse.

    Foram duas horas de agradável conversa, no frescor da sala em penumbra, em meio a livros, gravuras e delicados bibelôs. Rosália narrou todo o seu périplo. Doutor Günther não demonstrou surpresa e disse que, apesar de tudo, ela estava com uma ótima aparência. E que belo rapagão aquele, hein! (O garoto, aliás, dormiu praticamente o tempo todo.) Qual era a idade dos outros? E o pai, quem era? Ah, ele bem sabia que aquela história ia terminar em casório. Riu. Manifestou seu pesar quando soube da morte de seu Boleslau e agitou vivamente a cabeça quando ouviu que Romualdo estava na Austrália. Mas que bom que você está vendendo saúde. O resto com o tempo se arruma, você vai ver. Quanto a mim, prosseguiu o médico, continuo nesta casinha, que daqui ninguém me tira. Mas não tenho família. Minha criada morreu e perdi completamente o contato com os meus parentes. Meus únicos companheiros são esses bolorentos livros alemães. Mas receio que eles já estejam cansados de mim – e ele soltou a sua velha risadinha. É, a gente não sabe de nada nesta vida, ele disse mais de uma vez. Mas como é belo o mistério, como é belo! Nem tudo é para entender, ela replicava. Algumas coisas a gente aceita, outras não. Estas a gente tenta mudar. É isso aí, dizia o alemão, você tem mais sabedoria do que todo aquele povo junto. Quem me dera, quem me dera, ela falava. E riam, como não riram naqueles tempos. Agora, pelo menos, vocês estão com um padre bom aí na paróquia. É o primeiro que não tenta me converter. Já o conhece? Sim, sim, uma ótima pessoa. Está sempre lá no acampamento, dando uma força pra gente.

Depois de se despedirem, o coração apertado por uma súbita angústia, como havia tempo não sentia, Rosália aproveitou para dar um pulo na igreja. E mais uma vez, depois da claridade e do calor acachapantes da rua, a obscuridade do templo vazio lhe fez bem. Persignou-se com uma ligeira genuflexão e avançou pelo corredor central, entre as duas fileiras de bancos. Sentou-se à direita, ao pé de um púlpito ricamente entalhado. Girou os olhos em redor: o altar de mármore, o ambão, a cruz processional, o sacrário com a lamparina acesa, a entrada da sacristia, nichos, imagens, velas, vitrais, as estações da via-sacra, uma grande rosácea com a pomba do Espírito Santo, o ícone negro de Nossa Senhora de Czestochowa e, dominando tudo, um majestoso crucifixo com um Cristo coberto de hematomas. Eis o que ele sofreu para que nós pudéssemos ser salvos, bradava padre Estanislau, apontando o homem da cruz. Eis a que o levaram os nossos pecados, o preço do nosso resgate. Quanta diferença do padre Hugo! Para aqueles que reconhecem o Cristo de Deus no crucificado, a glória de Deus não mais refulge na coroa dos poderosos mas somente no rosto do Filho do homem torturado – estava escrito em uma de suas apostilas. Quem estaria certo? Ela não tinha condições de julgar, mas, se o coração é um bom guia também nessa área, ela apostava suas fichas no jovem sacerdote. Suspirou, tornando a olhar em torno. Como são engraçadas as lembranças da infância, pensou. Ela podia jurar que a nave, o crucifixo, o ícone, o altar, tudo era maior... A gente cresce e as coisas vão ficando pequenas, não só no seu tamanho, evidentemente, mas nas suas dimensões, digamos, interiores: os horizontes encolhem, os caminhos encurtam e não raro a vista embaça e o fôlego falta. Por que a vida era assim, irremediável? Ora leve feito paina, ora incômoda feito cólica. Suave como beijo, como afago, aconchego. Aguda que nem corte, contrações, tantas escolhas. Qual porcelana, ou melhor, qual pisanki: linda e frágil. Caprichosa. Quebradiça. O preço do nosso resgate. A coroa dos poderosos. O rosto do Filho do homem. Hematomas... De repente, um grito a despertou: Josué chorava.

    Quem sabe um dedo de prosa com padre Hugo não a animaria? – ela pensou, depois de trocar as fraldas do ne- ném. Mas o religioso não se encontrava, informaram-lhe na secretaria. Com efeito, ele não parava, sempre assoberbado, atendendo os fiéis nas mais de vinte comunidades da paróquia, visitando os assentamentos da região, ministrando cursos de teologia popular, participando das assembleias do sindicato rural, pleiteando junto aos vereadores verbas para as obras sociais da Igreja. Estava no lugar do padre Estanislau – o qual, agora aposentado, voltara à sua Polônia natal. Diferente deste, não era polonês, mas descendente de imigrantes, como ela, como quase todo mundo em Imbiruçu. Quando chegara, há questão de três anos, deu-se um bafafá danado na cidade. Dona Zenóbia, seu Ladislau, dona Idalina e até mesmo seu Wladislau –

pasmem! – encimavam as assinaturas da petição que exigia a sua renúncia. Estranhamente, seu Nicolau ficara do lado do novo pároco. Todavia, como é de praxe na Igreja, o abaixo-assinado não surtira efeito – e dessa vez o foi para o bem. Realmente, o novo padre era em tudo diferente do anterior e daquilo que a grande parte dos polônicos esperavam de um religioso. Além de mais jovem e bonito (fazia um sucesso com as paroquianas, ela logo viu), ele era acessível, jogava bola com a peãozada, participava das festas do povo e, nos muitos cursos que ministrava, servia-se de uma linguagem corrente e sem afetação. Nas eleições passadas, fizera campanha – discretamente, é verdade – para os políticos de oposição. Era evidente que os fazendeiros não gostavam nada dele. Te cuida, padre, senão tu vira presunto, alertavam os mais chegados. Entretanto, o que mais a agradava nele era a sua insistência – nas homilias, nos cursos, nas confissões e mesmo na conversação informal – de que Deus não queria o nosso sofrimento. Jesus, repetia o sacerdote, veio para que todos tenham vida e a tenham em abundância. E ter vida em abundância significava paz, alegria, saúde, mesa farta, amigos em torno dessa mesa, terra para plantar, frutos para colher, motivos para celebrar. Ele repisava particularmente uma palavra, a única incomum de seu vocabulário, Kénosis, que, como Rosália aprendera num curso de final de semana, com o neném no colo e tudo, vinha do grego e significava algo assim como esvaziamento, rebaixamento, retraimento divino... Isso tudo era tão diferente daquele Deus despótico e caprichoso da infância, que com um estalo de dedos abria o Mar Vermelho e com outro afogava os cavalos e cavaleiros do faraó. Tinha razão doutor Günther: esse padre aí é bom.

Verdade também que para ela padres assim não eram de todo novidade. Depois de casada, quando voltara a participar da Igreja, frequentara não poucos cursos com religiosos – sacerdotes e freiras – bastante distintos do velho padre Estanislau. Todavia, padre Hugo tinha algo de especial. Ela não sabia precisar se era o fulgor dos olhos e o movimento das mãos quando falava (não movimentos bruscos, angulosos, mas largos, seguros), que demonstravam que ele realmente acreditava no que dizia, ou se era a eloquência mesmo das palavras, a maneira concatenada e clara com que explanava os conteúdos: o êxodo, a Terra Prometida, a humanidade de Deus, a encarnação, a cruz, a graça, a opção pelos pobres, a libertação universal... Conhecera-o no dia seguinte à invasão, numa grande missa campal. Depois, ele passou a aparecer no acampamento quase toda semana. Aos sábados, ela, com os dois filhos a tiracolo (o terceiro ainda no ventre), comparecia às suas missas na comunidade de São Casimiro, cuja capela não era longe dali. Logo ficaram amigos. Padre Hugo, quando visitava a ocupação, não deixava de dar uma passada na barraca deles. Tomava um café, tocava gaita, tentava ensinar algumas melodias para o Elias. Foi algumas semanas antes do batizado de Josué que padre Hugo, estando um momento a sós com ela, perguntou de supetão se por acaso não era ela aquela Rosália que tempos atrás o povo de Imbiruçu tomava por santa.

Era em tudo isso que ela ia pensando enquanto, com a criança adormecida no colo, dentro de um desconjuntado ônibus de linha, deixava a cidadezinha, observando pela janela empoeirada aquelas singelas casinhas de madeira com telhados de duas águas ladeados de lambrequins. Sim, padre, eu sou aquela Rosália, ela respondera.

* * *

Por outro lado, a realidade é o desenvolvimento dialético do Logos divino, que no espírito humano adquire total consciência de si mesmo. Consequentemente, chega-se ao consenso de que o sujeito da Kénosis é o próprio Filho preexistente e, desse modo, a encarnação já seria por si só um primeiro ato de esvaziamento, ou, na expressão do luterano Gottfried Thomasius, uma primeira "autolimitação do divino". Aliás, para este teólogo, numa definição que se tornou célebre, o Verbo, ao fazer-se homem, teria renunciado somente aos atributos transcendentes "relativos" da divindade, como onipotência, onipresença e onisciência, enquanto teria retido consigo os atributos imanentes, como santidade, justiça, verdade.

* * *

No domingo até parecia que havia missa ou quermesse em Riacho de Prata, tamanho era o povaréu que para lá afluíra. Vinham a pé, de bicicleta, no lombo de derreados pangarés ou então saracoteando em carroças de tolda muito bem ajaezadas; quem tinha uma fobica, oferecia carona; algumas rurais e um caminhão destrambelhado também acudiram, abarrotados. Eram capiaus dos arrabaldes, alguns aos molambos, os pés descalços ou em rotas alpargatas; outros, ao contrário, endomingados, em seus melhores trajes de passeio. Era o povo de Imbiruçu, a mulher do farmacêutico, uma dúzia de congregados marianos, entre os quais o seu Nicolau da quitanda, e pequenos grupos de legionárias de

Maria, espevitadas, mantilha na cabeça, rosário em punho. Era gente das cidades vizinhas, alguns muito bem toaletados, madames com terço de brilhantes e olheiras de crayon, barnabés de gabardine e escapulário de São Bento: a senhora de um famoso vereador corrupto, o sobrinho janota de um alto potentado da ordem Rosacruz, sem falar de um ou outro fazendeiro na pindaíba, mais bedelhudo que piedoso. Pediam, todos eles, orações. Queriam ver, tocar, apalpar a agraciada, beijar suas mãozinhas perfuradas como se beija o anel do bispo. Era necessário organizar a mazorca; e mulheres se encarregavam de puxar as rezas, de sustentar as loas; alguns homens, por sua vez, cuidavam da organização das filas e dirimiam as eventuais querelas, pois sempre havia um aflito mais afoito ou um afoito mais aflito. Os idosos, os enfermos, os inválidos, estes eram o alvo dos maiores desvelos: além de lhes serem destinadas as poucas cadeiras da propriedade e os lugares à sombra no pátio, não faltava quem se oferecesse para lhes segurar o braço ou buscar água fresca do poço. A matula que cada um trouxera para consumo próprio acabou sendo posta em comum – e há quem ateste que o milagre da multiplicação dos pães e dos peixes foi novamente atualizado. A piazada, por seu turno, alheia à atmosfera de contida comoção que dominava os adultos, disparava no terreiro, jogava búrico, trepava nas árvores, empinava raias, assustava os carijós, açulando o coitado do Tob, que, tonto, não sabia mais para onde correr. Já entre seus pais, não eram poucos os que – após o encontro com a pobrezinha – voltavam com os olhos rasos d'água.

Uma hora, no entanto, Rosália passou mal. Além das dores e do incômodo do sangue, que exigiam cuidados especiais e a presença constante de alguém ao seu lado, ela devolvia tudo o que engolia. Só conseguiu ingerir a hóstia que o seu Ladislau, ministro extraordinário da comunhão eucarística, lhe trouxera à tardinha, evidentemente sem o conhecimento do padre Estanislau. Tarde da noite, entretanto, depois de uma nova visita do doutor Günther, a casa já quase vazia, logrou sorver alguns goles da sopa de batata que dona Florentina, extremamente extenuada, lhe havia preparado.

– Será que é isso que Deus quer da gente? – perguntou depois, a sós com o marido, na cozinha.

Seu Boleslau preparava um cigarro. Sua cabeça grande de polaco pendia sobre a mesa de aroeira sem verniz, a um canto da qual, expelindo uma fumaça negra e fuliginosa, bruxuleava um lampião de querosene. Sua mulher, de avental bordado à cintura, descascava rábano sobre a pia, adiantando o serviço do dia seguinte, entre uma ida e outra ao quarto da pequena. Ouvia-se o gemido do urutau lá fora. O marido não respondeu.

– Hein, você acha que essa coisa toda é mesmo de Deus? – tornou ela.

Seu Boleslau levantou o rosto, uma palha de milho enfiada atrás da orelha. Seus olhos, quase invisíveis na trêmula meia-luz, denotavam cansaço.

– Como saber? Dela é que não é – resmungou.

– Não, ela não é capaz de uma coisa dessas.

Com um velho manchil de cabo de marfim lavrado, o homem picava um pedaço de fumo em rama, deixando cair suas esquírolas no côncavo da mão.

– É muito impressionante. Você viu a fé do povo? – disse ele após alguns segundos.

– Olham pra ela como se fosse uma santa...

— Agora, me diga uma coisa: e não é?
— É uma guria normal, isso sim, como todas as outras na idade dela.
— Não, não é. Dá na vista que é diferente.
— Exagero. O que tem é que a gente não sabe direito o que se passa na cabeça dela. É muito encafifada. Este é o problema.
— Ora, ser quieto nunca foi problema pra ninguém. Quem fala muito dá bom-dia a cavalo. E além do mais, o que é que pode passar na cabeça de uma guria como Rosália, vivendo aqui nesses cafundós?
— Por isso mesmo. Se não há nenhum problema, por que esses ferimentos pelo corpo?

Dona Florentina se aproximou da mesa, empunhando a faca. Seu Boleslau agora amaciava as partículas negras do fumo, apertando-as na palma da mão calosa. Abriu a palha de milho, alisou-a com a lâmina e derramou sobre ela o fumo picado, enrolando e fechando o palheiro em seguida, depois de lhe ter umedecido as bordas com a língua. Abaixou-se então e acendeu-o nas brasas do fogão. Deu uma funda tragada, fazendo luzir em frente ao rosto, por um momento, uma centelha de cor alaranjada. Em seguida soltou com gosto uma espessa baforada de fumaça. Ao abrir os olhos miúdos, topou com a mulher ali em frente, pano na cabeça, as rugas se delineando com mais nitidez no claro-escuro do ambiente.

— Me diga: o que vai ser da gente, homem?
— Ora, é no tranco da carroça que as abóboras se ajeitam, você vai ver.
— Só que tem sempre algumas que se quebram... Vamos, vamos deitar que amanhã temos outro dia comprido.

– Vou ficar aqui mais um momento. Quero pôr as ideias em ordem, conversar com o homem lá de cima.

Dona Florentina fez um muxoxo e deu de ombros, cobrindo com um pano de prato a bacia com as raízes picadas. Em seguida, desapareceu no breu do corredor.

Tirando as missas aos domingos e dias santificados, um ou outro terço em família, uma ou outra ave-maria ao deitar-se, seu Boleslau, homem justo e bom, não era lá de muita reza, pelo menos não tanto quanto dona Zenóbia, seu Ladislau ou o seu Nicolau da quitanda. Mas era, como todo bom polaco, imbuído de um arraigado espírito religioso. Não questionava Deus, a autoridade da Igreja, a necessidade de práticas devocionais. Fora criado assim, amadurecera assim, não via necessidade de que as coisas fossem diferentes. Por outro lado, não era dado a angústias e crises religiosas. Medo do inferno? Do olho de Deus? Das penas do purgatório? Não, isso não lhe tirava o sono. Dúvidas sobre a doutrina? A competência do clero? A história da Igreja? Tampouco. O mundo era bom, a vida era dura e era melhor pelear sem se agastar muito e, se possível, sem procurar chifre em cabeça de cavalo. Mas agora, com Rosália daquele jeito, as velhas evidências pareciam vacilar. Que diabo Deus queria? Não, melhor não pensar, deixa pra lá, ele sabe o que faz... Tossiu. Lá fora, em meio ao vento nos arbustos, ouvia-se o pio soturno da coruja. Seu Boleslau atiçou as brasas quase mortas do fogão, abriu o guarda-comida e serviu-se de uma dose generosa de graspa. Depois de consumido o cigarro, cortou um grosso naco do salame que pendia sobre o fumeiro e, lentamente, mordiscando-o, pôs-se a apreciar o embutido fortemente condimentado. Então, recostado nas ripas da parede por cujas frinchas a friagem penetrava sem clemência, quedou-se por um longo tempo, os olhos cerrados, um vago sorriso nos lábios ressequidos, meio entorpecido pelo álcool, pelo tabaco, pelo sono de muitas noites maldormidas. Acabou esquecendo-se de rezar. Foi acordado, alta madrugada, por um grito de dona Florentina: o travesseiro de Rosália estava encharcado. A menina agora exsudava sangue pelas frontes.

Com o decorrer da semana, a visitação, longe de declinar, aumentou. Antes da primeira alva, já tinha caboclo lá fora, ao pé da cancela, cuia de mate fumegante na mão. Até parecia romaria, peregrinação, tríduo da padroeira – só que uma festa que não acabava mais, como se todos os dias de repente houvessem se tornado santos. As pessoas que tomavam parte nos cuidados da menina – pois já não era só a família que o fazia, mas um grupo de voluntários, que se revezavam sob a diligente supervisão de Maria Albertina, uma irmã solteirona de dona Florentina vinda especialmente de São Mateus com essa incumbência – selecionavam, dentre os mais carecidos, os que podiam ser admitidos no quarto. O restante contentava-se em unir-se às orações na sala, onde, entre as velas e quinquilharias que entulhavam o altar improvisado, viera somar-se um porta-retratos com o rostinho beatífico de Rosália. E se na última quarta-feira Zé Candonga, por desfastio, não registrara mais que quarenta visitantes, no domingo seguinte, depois do almoço, enquanto vagava pelo pasto convertido em estacionamento, ele chegou a contabilizar nada menos que dezoito automóveis de passeio, sete caminhonetes, quatro caminhões e um ônibus de turismo (fretado pelo tal vereador). Isso para não falar das bicicletas, dos cavalos, das carroças – que se contavam às pencas – e da grande massa dos que chegavam não dispondo de outro meio de transporte que não os próprios pés exaustos. Com efeito, a história dos estigmas se alastrava feito fogo em capão seco; bastava conferir as placas dos veículos para se constatar tal fato: Irati, Cruz Machado, Castro, Palmeira, Cerro Azul, Prudentópolis, Ponta Grossa, São José dos Pinhais, Guarapuava, Araucária, Telêmaco Borba, Curitiba... Afinal, os relatos provenientes de Colo do Céu – como fora rebatizada a pequena propriedade dos Klossosky – eram os mais auspiciosos. Um goiafeiro viu a pobrezinha e não pôs nunca mais uma gota de álcool na boca. Uma zeladora das Capelinhas de Nossa Senhora, braços para o alto, testemunhou a cura de um antiquíssimo aneurisma. Um rastaquera – que, diz um bochicho, mexia com drogas – era agora um dos frequentadores mais fervorosos e todo dia era visto por ali, olhos compungidos, espírito serviçal, rosário nas mãos, no pescoço e em cada um dos bolsos. Não obstante tantas histórias promissoras, a menina perdia peso e, embrulhada nas cobertas, afigurava-se ainda mais desmilinguida do que já era.

– Coitadinha, está só de pena e bico – comentavam.

E o padre, que se encarregara de aparecer toda semana? Nem sinal. Apenas, depois de algum tempo, quando o furdunço já extrapolava a circunscrição paroquial e ameaçava assumir dimensões diocesanas, enviou a Riacho de Prata, através um mensageiro, um lacônico bilhete: *Sr. Klossosky, pare imediatamente com isso*. É desnecessário acrescentar que seu Boleslau, já arreliado com a ausência do sacerdote, ficou fulo da vida. Quem sabe dona Zenóbia não tinha razão quando afirmava que o fumo do dianho havia entrado na Igreja? Por meio de seu Ladislau, homem muito chegado do pároco, benquisto por todos e entendedor das coisas sagradas (nas horas de ócio costumava folhear um amarrotado *Catecismo romano*), o agricultor mandou avisar que não ia parar com aquilo, o padre – que era o representante de Deus na Terra, não era? – que viesse pessoalmente e descascasse aquele abacaxi.

– Padre Estanislau ficou muito chateado com o seu recado, compadre – disse o ministro da eucaristia, o rosto vermelho, a imensa papada, toda preguenda, tremelicando em cima do colarinho duro.

– Ele, é? E eu? Homem sem palavra!

– Aliás, ele está muito contrariado com essa quizília toda. Gostaria que tudo acabasse logo e em paz. Diz que está sendo pressionado... Você sabe, os padres... Até o bispo, parece, está preocupado. Por outro lado, o pároco tem você e sua família em muita boa conta.

– Eu não entendo, eu não entendo – seu Boleslau balançava a cabeça. – Os sinais de Deus não deveriam ser aceitos, mesmo quando na nossa cabeça não fazem sentido?

– Você disse bem: os sinais de Deus. Mas como ter certeza?

– Como ter certeza? Ora, você viu a guria, não viu? Me diga se uma coisa dessas pode vir do homem?

– Sim, não tem explicação, a não ser por uma intervenção sobrenatural...

– Agora, se fosse do diabo, não estariam acontecendo tantas graças, tantas conversões... Dona Zenóbia não vive dizendo que o diabo não promove orações?

– Mas você sabe: a Igreja é muito precavida. Leva anos pra canonizar um santo, aprovar uma aparição, reconhecer um milagre...

– Tudo bem, tudo bem! Que leve dez, vinte ou cem anos, eu não me importo. Mas que mande alguém aqui, pra nos acompanhar, nos orientar... Ou até proibir, mas depois de ter examinado tudo, tintim por tintim.

– Todos os santos penaram muito, seu Boleslau... É preciso ter paciência, saber "sofrer as demoras de Deus", como diz o *Eclesiástico*.

– Aí é que a porca torce o rabo, seu Ladislau. Eu tenho medo é que esse Deus às vezes seja muito lerdo.

– É o jeito dele, compadre. Veja Abraão, quando recebeu a ordem de sacrificar Isaac. Só quando ele estava com o punhal na mão, pronto pra matar o guri, é que o anjo aparece. E enquanto ele subia a montanha, preparava a lenha, amarrava o filho no altar, quanta agonia! O anjo não podia ter acudido antes? E São José, quando descobre que Maria está grávida? Quanta angústia, quanta vigília, até tomar a decisão de fugir! O anjo não podia também ter aparecido mais cedo, poupando esse sofrimento?

– Tudo bem, tudo bem. Mas, bolas, por que Deus tem que agir assim? Por que ele não avisa desde o começo pra preparar a gente?

– Ora, compadre, Deus age dessa maneira pra nos provar. É assim que ele nos santifica, seu Boleslau. Mas, como disse São Paulo, ele nunca vai permitir que sejamos tentados além de nossas forças.

– Sei não, seu Ladislau, sei não... Mas você, diga aí o que é que pensa: é ou não é de Deus isso que está acontecendo com a minha filha?

– Quer uma resposta sincera?

– Com toda a sinceridade que pode haver debaixo do céu.

Seu Ladislau coçou a cabeça branca, balançando a barbela que formava como que vários queixos concêntricos. Pigarreou e, encarando o compadre, que nesse meio tempo não despregara dele os olhos claros, sentenciou:
– Eu, que já assisti a três florações de taquara, nunca vi algo assim em toda a minha vida.

* * *

Franz Frank, indo mais longe, falará de uma "despotencialização da consciência do Logos", de modo a se tornar uma consciência finita, embora receptáculo de um conteúdo infinito que nela se restringe e se limita. Ainda mais radical, Wolfgang Gess afirma que, ao tornar-se carne, o Filho de Deus despoja-se também de seus atributos divinos imanentes e de sua autoconsciência eterna.

* * *

Boa noite, padre, desejava-me alguém. Boa noite, eu repisava. Muito bonita a sua homilia. Ah, obrigado. Feliz Natal. Pra você também. E eu sorria, apertava mãos muito bem manicuradas, saudava e era saudado pelos meus paroquianos, alguns dos quais, pelo rosto que eu nunca vira, eram daqueles que só apareciam em datas como Natal, Sexta-feira Santa, batizado da sobrinha, comunhão do afilhado. E quanto aos outros, os mais assíduos, os engajados em movimentos e pastorais, sem falar daqueles cuja participação consistia em assistir ao maior número possível de missas e atazanar o padre o maior número possível de vezes, confessando sempre os mesmos liliputianos pecados, eu já não lembrava o nome de todos, como antigamente, no interior, em paróquias de áreas bem mais extensas que esta. Se o bom pastor é aquele que conhece as suas ovelhas pelo nome, eu já estava muito longe não só de *bom*, que hoje eu sei que nunca fui, mas mesmo de *pastor*. De igual modo, eu já não dispunha do mesmo fôlego, do mesmo ânimo juvenil que primeiro me fez querer transportar as pessoas ao céu e depois me fez pelejar para trazer o céu à terra ou, quanto mais não seja, fazer com que esta tivesse menos ares de inferno para os mais desfavorecidos. Quando dei por mim, não me lembro exatamente em que momento, o zelo havia se transformado em algo muito parecido com rotina, a paixão em hábito, o ímpeto em perícia. Creio que isso ocorre com todo mundo, ou quase todo mundo: o revolucionário de ontem é muitas vezes o burocrata de hoje, o místico desandou em simples asceta e o profeta de palavras de fogo converteu-se num mero executor de ritos memorizados. Em geral não há problemas com essa "rotinização do carisma." O perigo é quando o sacerdote ainda se julga vidente, o místico toma mortificação por êxtase e o burocrata confunde progresso com ordem. Quanto a mim, conheço hoje o meu lugar. Sei de onde caí, e não foi assim de muito alto. Sem instrumentos de navegação, em meio à noite escura que se fez, não tenho mais a pretensão de servir de guia a ninguém. Dispenso imitadores, não quero acólitos nem discípulos, pois hoje sei que nunca fui apóstolo. Aliás, acho o entusiasmo tão temerário quanto a indolência e a ânsia de virtude ainda mais prejudicial que o vício: estão aí Torquemada e Robespierre que não me deixam mentir. Ademais, todo ardor arrefece, todo rigor amolece. Não é assim no casamento? Ex-companheiros do seminário, casados e recasados, afirmam isso da vida "lá fora", sem muita convicção de que seja necessariamente melhor. Eu pelo menos nunca passei necessidades, como muitos deles ao recomeçar a vida no mundo secular. Sempre dispus de carro, cama limpa, secretária e empregada doméstica, além de um cordão de baba-ovos sempre dispostos a me beijar a mão – o que sempre detestei – e para quem eu sou, independente de minhas qualidades morais, um representante de Deus. No mais, sempre contei com um ou outro coroinha a fim de armar, não raro com mais criatividade que eu, o velho presépio. Alguns leigos, sem dúvida, são mais aptos que o padre para determinadas atividades, como por exemplo palestras sobre o matrimônio ou a educação dos filhos, e se acaso lhes falta conhecimentos teóricos, sobra-lhes boa vontade e, nesses casos, experiência comprovada. As celebrações que não exigem sacerdote, segundo a visão corporativista do direito canônico, o diácono as preside com o mesmo desvelo que me possuía vinte anos atrás e quem sabe com maior ingenuidade, requisito indispensável ao fervor. As homilias, para que despender tanto tempo em seu preparo, se o povo mal as acompanha, mais preocupado com a cava do vestido da mulher da frente ou com o resultado da corrida de Fórmula 1? Quanto à teologia, negligenciei minha atualização – afinal, na prática a teoria é outra – e posterguei indefinidamente o projeto do doutorado, abrindo mão de veleidades acadêmicas e convencido de que a mitra não me cairia bem. O breviário também está encostado. Esses dias até que o peguei, mas suas palavras, que tanto deleitam meu paroquiano escritor, a mim me aborrecem, além de me recordar o legalismo romano, que ao longo dos séculos tem imposto o seu rito imperial ao preço da supressão de tantas liturgias autóctones, mais vivas, mais enraizadas, mais inculturadas – viu, ainda levo jeito para falar bonito. Mulheres? Ora, quando a paixão esfria de um lado, é natural que se manifeste de outro. Apaixonei-me duas ou três vezes. Numa delas, quando íamos fugir, a moça recuou e preferiu permanecer com o marido, um simpático paroquiano que nunca desconfiou que lhe tinham metido chifres – e muito menos quem. Chorei amargamente. Como Pedro no Getsêmani. Como Cristo às portas de Jerusalém. Como Madalena. No entanto, a primeira paixão, como sempre, foi a mais bonita. Simplesmente dei por mim que gostava de vê-la, de estar ao seu lado, de ouvir sua voz. Mais tarde, demorava-me horas, abobalhado, recordando-me de cada detalhe de nossas conversas, de cada movimento dos seus olhos, um suspiro, um sorriso mais tímido, um roçar inesperado de braços, uma palavra em falso. Tudo quanto lhe dizia respeito – um livro emprestado, uma lembrancinha de retiro, uma receita de bolo – enchia-se de um inopinado encanto. Ainda muito escrupuloso à época, perguntava-me como um sentimento tão cândido poderia ser pecado. Bendizia e amaldiçoava o sacerdócio que, ao mesmo tempo em que me interditava possuí-la, me fizera conhecê-la e sem dúvida era a causa de boa parte do fascínio que eu exercia sobre ela. Sim, ela vinha confessar-se regularmente comigo. Como se tivesse muitos pecados! E o maior deles, o de gostar do padre, ela nunca confessou, se é que realmente o tinha... Ao absolvê-la, aprazia-me, no gesto de imposição de mãos, tocar-lhe os cabelos, e um dia ousei fazer-lhe um carinho enquanto perorava sobre o abismo da misericórdia divina. Houve, contudo, ocasiões menos honestas, em que terminei entre os lençóis venenosos de algum motel de beira de estrada – não com ela, claro, mas com outras, mais tarde, menos belas, menos puras –, sem encantamento algum e, ainda, sem o menor travo de culpa ou remorso. Sou um pecador, eu sei. Mas o meu maior pecado é o acovardamento. Ah, se eu tivesse ao menos uma parte, ínfima que fosse, da coragem do Nazareno! Boa noite, padre. Boa noite. E feliz Natal. Feliz Natal. Era a última pessoa. Uma jovem mulher, casada de alguns anos, sem filhos, que vinha à missa sempre desacompanhada.

* * *

Na passagem para o século XX, a vaga kenótica atingiu em cheio a Grã-Bretanha. Enquanto os alemães se desvencilhavam da herança idealista, a impostação hegeliana ainda se fazia sentir nos ambientes anglicanos e congregacionalistas da ilha. Para o bispo Charles Gore, o que de fato ocorre na encarnação é que "Deus renuncia a suas propriedades divinas na medida em que isso é necessário para ser até o fundo homem de nossa humanidade."

* * *

Deus não queria o nosso sofrimento, dizia padre Hugo. Jesus viera para que todos tivessem vida e a tivessem em abundância. Mas o certo é que nós sofríamos. Ah, se sofríamos. E a nossa vida muitas vezes era escassa, rara, rala, como se suas raízes escavassem um solo seco, arenoso, ruim de nutrientes. Todavia, em vista da situação, Rosália até que não podia se queixar. No bairro onde morara na capital já vira mãe perder filho por dívida com o tráfico, mulher perder marido executado pela polícia, filha perder pai atropelado na canaleta do expresso. Certo dia um belo garoto da vizinhança amanhecera com um tiro na têmpora. Nenhum bilhete, mas tudo indicava suicídio. No velório, a certa altura, apareceu um homem de boné e óculos escuros, que entregou ao pai do rapaz um pedaço de papel dobrado. O pai abriu e viu uma porção de cifras. O que era aquilo? O montante da dívida que o filho deixara na biqueira: o bastante para comprar um carro! O pai se recusou, aquilo era um absurdo, foi à polícia, ligou para o jornal, falou com o presidente da associação dos moradores do bairro. Resultado: dois meses depois foi encontrado numa valeta, a boca cheia de formigas. Não, em vista dessas histórias – e de outras que ouviria mais tarde, ao entrar no Movimento, de lideranças assassinadas a sangue frio por pistoleiros ou policiais –, Rosália não podia se queixar. Mas bem que ela comeu o seu quinhão do pão que o diabo amassou. Trabalhara de doméstica, auxiliar de serviços gerais numa escola particular, operária numa fábrica de plástico, doceira na confeitaria de um bairro de classe média, beneficiando-se das fórmulas de dona Florentina na confecção de gulodices polonesas. (Uma vez, numa casa de família, o dono irrompera no seu quarto, braguilha aberta, mandando: pega.) Felício também tivera a sua quota no mesmo bocado de pão. Entre outras ocupações mais incertas, fora jardineiro, servente de pedreiro, entregador de galões de água mineral, segurança particular, embora na maior parte do tempo tenha permanecido desempregado ou de ocupação indeterminada. E na cidade grande, longe da roça em que nascera e fora criado, era natural que, nos longos períodos de inatividade, ele se visse atraído para as mesas de bilhar e as companhias nada exemplares que gravitam em sua órbita. O dia do nascimento de Maria Albertina – este o nome da filha, em homenagem à velha tia que a auxiliara nos tempos de suas mazelas –, ele o passara na rua, totalmente bêbado. Culpa? Medo? Angústia? Afinal de contas, era mais uma boca para alimentar. Na maternidade pública, sendo conduzida às pressas para a sala de parto, ela leu nos olhos aflitos e acusadores do pai: e o teu marido? Não, ela nunca revelou que chegou a temer que Felício se envolvesse com as quadrilhas do bairro, cujos integrantes por vezes eram também seus comparsas de copo e taco. Certa feita ele chegara em casa numa beca, camisa e sapatos novos, e lhe dera de presente um par de pingentes de prata. Pelo nosso aniversário de casamento, querida, ele disse, embora a data não tivesse a menor relação com o dia em que os dois haviam subido ao altar numa capela da periferia. Como ele conseguira aquilo, já que estava há tempo sem trabalho? Ah, foi um bico que eu fiz para um amigo.

 Entretanto, para alívio dela, ele pegou de participar de uma das inúmeras igrejas das redondezas, levado por um vizinho que, conta-se, já tivera uma longa ficha na polícia. Uma noite, atendendo às reiteradas instâncias do marido, Rosália deixou os filhos com a mãe, que então não morava longe, e o acompanhou ao culto. Num recinto não muito maior que o salão de uma barbearia de subúrbio, cerca de vinte cadeiras de plástico eram divididas por um estreito corredor. Num lado postavam-se os homens, cabelos emplastados, antiquados paletós, colarinhos ensebados; no outro, as mulheres, rostos lavados, vestidos longos e simplórios, cabelos na cintura; ambos sobraçavam pequenas bíblias de zíper e capa preta de couro sintético. Ainda que não ignorasse as diferenças entre as Igrejas, ela não pôde deixar de estranhar, no reboco caiado das paredes, a ausência de nichos e imagens. Também não viu por lá a tradicional lamparina acesa diante do sacrário – nem tampouco este –, a qual, conforme as irmãs da Sagrada Família lhe haviam incutido na catequese, era o sinal da presença de Deus. Além do mais, as pessoas, ao entrarem, em vez de se ajoelharem voltadas para frente (também não havia genuflexório), enfiavam a cabeça nos assentos, dando as costas ao único objeto ali que poderia ter algum significado sacro, um despojado púlpito de madeira, e, em vez de uma oração silenciosa, punham-se a bradar lamentações. Rosália, por seu turno, apenas sentou-se, muito ereta, desconfortável dentro da saia comprida com que o marido a fizera vir. Todavia, o maior susto ainda estava por vir. De repente, por uma portinhola lateral que ela ainda não havia percebido, trajando um terno coçado, entrou um mulato magricela – e uma gritaria de proporção inimaginável para o pouco mais de uma dúzia de fiéis ali presentes se elevou, acompanhada de semblantes agônicos e gestos espasmódicos. Quando ela pensou que sua cabeça ia estourar, o alarido finalmente amainou, dando lugar a um hino estridente, marcado com palmas rítmicas. *João viu o número... dos redimidos... e todos louvavam ao Senhor...* Na frente, o homenzinho, exibindo os dentes ruins, conduzia o coro, andando de um lado para o outro. Findo o cântico, empertigou-se atrás do púlpito – ah, era o pastor – e, bracejando muito, pôs-se a falar. Deus te criou para a felicidade, esbravejava, como se a sua voz, sem amplificação, tivesse que atingir a última fileira de um templo com milhares de assentos. Aleluia, Glória a Deus, respondia aqui e ali um fiel. Deus te criou para a felicidade, repetia o pastor, numa surpreendente semelhança de conteúdo com aquilo que Rosália ouviria mais tarde do padre Hugo. Deus te criou para ser feliz, insistia, e ao fazê-lo ela tinha a impressão de que o dedo em riste do pregador apontava em sua direção. Deus te criou para ser feliz, ele dizia, e agora Rosália tinha certeza de que era para ela, e, girando os braços, dando pulos de fazer estremecer o púlpito, ele explicava a dimensão dessa felicidade: as coisas que o olho não viu, e o ouvido não ouviu, e não subiram ao coração do homem, são as que Deus preparou para os que o amam. De soslaio, Rosália não deixava de reparar no marido, o qual, como os outros, de olhos semicerrados, cenho franzido, murmurando expressões de louvor e aprovação, parecia relativamente à vontade no meio daquela algaravia. Entrementes, o pastor, enxugando as frontes com um lenço xadrez, agora mais contido, porém com a mesma impostação teatral, lia uma passagem de sua Bíblia de capa igualmente preta: E o Senhor te dará abundância de bens no fruto do teu ventre, e no fruto dos teus animais, e no fruto da tua terra, sobre a terra que o Senhor jurou a teus pais te dar. O Senhor te abrirá o seu bom tesouro, o céu, para dar chuva à tua terra no seu tempo e para abençoar toda a obra das tuas mãos; e emprestarás a muitas gentes, porém tu não tomarás emprestado. E o Senhor te porá por cabeça e não por cauda; e só estarás em cima e não debaixo, quando obedeceres aos mandamentos do Senhor, teu Deus, que hoje te ordeno, para os guardar e fazer. Um novo surto de ovações ecoou: amém, aleluia, glória a Deus, louvado seja... Então de repente Rosália se sentiu tonta. E triste, porque lembrou que havia uma lua cheia lá fora e um cheiro travoso de jasmim e, em mais de uma noite, ela deitara os filhos mais cedo para dormirem logo porque não tinham nada para comer. Depois, mesmo com tudo se enevoando a sua volta, ficou alegre, porque João vira o número dos redimidos e Deus a criara para a felicidade, e não só ela, mas também os filhos, o marido, e o pai, e a mãe, e o irmão do outro lado do planeta. Mas o que será que o olho não viu e o ouvido não ouviu? E com que finalidade o Senhor tirou a terra que jurara dar? Os mandamentos, sim, os mandamentos, quais eram os mandamentos? E a lamparina, cadê ela, cadê ela, meu Deus? Então, de repente tudo girou muito rápido: a Bíblia preta, o púlpito de madeira, as cadeiras de plástico, os vestidos simplórios, o paletó do vizinho, os dentes ruins do homenzinho, o rosto do Felício, os olhos arregalados do Felício, sua boca grande perguntando se estava tudo bem com ela... Sim, querido, está tudo bem, tudo bem.

Felizmente, Rosália não retornou mais à igrejinha e em poucos meses até o fervor do marido, que nunca lhe parecera lá muito convincente, arrefeceu. Nesse ínterim, o Movimento aparecera em suas vidas e de repente suas reuniões de formação e organização passaram a ocupar todo o tempo anteriormente dedicado por Felício à sinuca e à Igreja. Uma bênção, o Movimento.

*   *   *

Outro bispo anglicano, Frank Weston, no intento de corrigir as deficiências de Gore, insistia em que, ao encarnar-se, o Logos não deixou de possuir nenhum dos atributos divinos. Ele apenas teria limitado voluntariamente o exercício dos mesmos a ponto de não estar mais consciente de possuí-los. Hugh Mackintosh, por sua vez, declarava que no Verbo encarnado estão presentes todas as propriedades divinas, mas não em forma de atualidade, e sim de potencialidade, as quais ainda precisariam ser desenvolvidas.

* * *

Os dias corriam velozes, as frentes frias se sucediam, uma depois da outra, quase ininterruptas. E depois daqueles céus límpidos de geada, livres da mais leve garoa, sobrevieram outros, sombrios, chuvosos, em alguns dos quais a água escorria a potes sobre os engalochados viventes. Mas não havia frio ou chuva ou lama que detivesse o fluxo de peregrinos que acorriam diariamente a Colo do Céu. Seu Boleslau, que a princípio se apoquentara com aquela súbita perda de privacidade – ele que era um homem de hábitos arraigados e um tanto birrento, como todo colono –, não apenas se conformara com a nova condição como ultimamente até a aceitava com ânimo menos arredio. Os danos da geada e a repentina privação da mão de obra – todos, inclusive Zé Candonga, azafamavam-se agora só em função de Rosália – eram compensados pelos crescentes donativos que alguns dos visitantes mais abastados insistiam que aceitassem.

– Toma uma ajudinha pras despesas – dizia dona Idalina, a mulher do dono da botica.

– Olha a blusa que eu fiz pra sua filha – dizia a mulher de seu Nicolau. – Tadinha, está tão frio.

– Ó, vai comprar mais farinha pra fazer pão de ló – dizia dona Risolina, a mulher de seu Ladislau.

Dona Florentina não queria aceitar, onde é que já se viu.

– Aceita, mulher, aceita – rezingava o marido, quando a sós. – Senão amanhã a gente não tem o que comer.

Para evitar constrangimentos, Zé Candonga confeccionou, sob as instruções do patrão, uma caixa de pau cuja tampa, munida de dobradiças e salvaguardada por um cadeado, dispunha de uma pequena fenda longitudinal. *Ofertas* – o rapaz talhou, com mãos de artesão, na face frontal do receptáculo, o qual foi afixado à parede, ao lado do altar em que já se consumiam inúmeras velas votivas. Não é que agora dava até para viver? – constatou seu Boleslau, no dia seguinte, quando computava as cédulas e moedas depositadas em seu interior. A continuar desse jeito, calculou, dentro de um ano estariam quitadas todas as dívidas. E por mais que não fosse lá muito agradável topar a todo instante com uma fuzarca de estranhos na cozinha, no corredor, na sala, na varanda, à porta da cafua – a privada externa –, ainda assim era melhor que esfalfar-se sob o sol (ou sob a chuva), cavoucando uma catanduva (ou lamaceira) indócil. A canseira que sentia ao tombar na cama no final do dia ainda era canseira, mas *diferente*, e ele não saberia precisar se aquilo se devia mais ao fato de ter-se poupado à enxada ou porque agora ele era, mais do que um mero agricultor, o "seu" Boleslau Klossosky, o pai da *estigmatizada*. Quando ia à cidade adquirir os provimentos que, agora, graças a Deus, cada vez menos faltavam – farinha de trigo, de milho, arroz, sal, açúcar, arame, querosene –, era apontado na rua com reverência. Quem não o conhecia, vendo-o assim tão assediado, perguntava de quem se tratava. Das janelas e das ruas acompanhavam-no com os olhos cheios de admiração, e não eram poucos os que, à sua passagem, descobriam a cabeça, como se se tratasse de um cônego, um monsenhor, um arcebispo. Houve até um que, ajoelhando-se a sua frente, beijara-lhe compulsivamente a mão, rogando-lhe pela filha desenganada. É óbvio que seu Boleslau, criado na roça, sem estudos, sem luxos, sem rapapés, incomodava-se com tais louvaminhas. Ah, mas bem que compreendia: por trás desses exageros havia o desespero – e ele sabia perfeitamente o que era isso –, e por trás do desespero pulsava surdamente, absurdamente, a fé, força do alto para alguns, autoengodo para outros, não importa, mas capaz de acender os olhos embaçados, vibrar a voz amortecida, firmar os passos vacilantes, experiência esta que os que a desconheciam nunca seriam capazes de entender e os que já a perderam jamais encontrariam um sucedâneo, fé que via nele o mensageiro de sua filha, e nela, ainda que nunca a tivessem visto pessoalmente, um vaso de eleição divina, um canal do poder taumatúrgico de Deus, um ícone vivo da Paixão de Nosso Senhor Jesus Cristo. Ora, ele não ouvira falar que a fé move montanhas, aterra vales, salva o fiel do dardo envenenado do maligno?

Mas nem tudo eram rosas. Atazanavam-no os fuxicos que os desocupados e as mexeriqueiras de plantão lhe traziam: em Imbiruçu, alguns "quebra-santos" – os verdadeiros heréticos, como o doutor Günther, segundo o catálogo de renegados de dona Zenóbia – espalhavam que a origem do fenômeno era o pai da mentira e que aquilo tudo não passava, no fundo, no fundo, de logro satânico. Ou fraude vulgar, aventava um ou outro bacharel da cidade, mais estudado, mais lido, menos crédulo em anjos e demônios. Sim, magoava-lhe saber que havia gente para quem a filha era um instrumento do demônio ou então que tudo aquilo – e isto lhe feria ainda mais – não passava de tramoia de impostores em busca de prestígio e dinheiro. Espinhos toda rosa tem, pensava. E consolava-se ao lembrar-se da vida dos santos e santas cujas agruras e tribulações dona Zenóbia nunca cansava de detalhar nos intervalos das intermináveis rezas todas as noites – sim, pois agora ela aparecia praticamente todas as noites – em Riacho de Prata/Colo do Céu. Incomodava-o também não poder mais participar da vida paroquial de Montes Claros: as festas, as reuniões, as missas, às quais ele antes nunca fora muito constante, mas que agora lhe faziam dolorosamente falta. Não que o padre o proibisse – isto nunca acontecera e, tinha certeza, nunca aconteceria –, mas porque antevia que ele e sua família seriam recebidos com ressaibo por boa parte das lideranças da paróquia. Espinhos toda rosa tem, toda rosa tinha, ele sabia.

Na falta do médico da alma – pastor que abandonara a ovelha, ao contrário de seu modelo na parábola bíblica –, seu Boleslau valia-se do médico do corpo para as suas "confissões". Não obstante a risadinha nervosa e o fato de ser alemão (polaco é meio cabreiro com russos e alemães), doutor Günther era homem de boa cepa. Apresentava-se em Riacho de Prata uma ou duas vezes por semana e lá, depois de tornar a examinar a menina, deixava-se ficar, conversando com seu Boleslau, com os outros, chimarreando, bebericando um café recém-coado, um licor de ovo servido pela dona da casa, e não raro atendendo aos demais doentes que, na esperança de uma cura ou algum alívio, enxameavam na propriedade dos Klossosky. Quanto a Rosália, ah, o doutor não sabia mais o que inventar. Já lavara e relavara os ferimentos com água oxigenada, com soro fisiológico, com chá de folha de cajueiro. Já tascara mercúrio cromo, tintura de iodo, permanganato de potássio. Já apelara inclusive para pó de café, leite de babosa, compressas com suco de limão e sal. Curativos? Experimentara todos: secos, úmidos, com pomada, com drenos. O passo seguinte fora o garrote, cujos torniquetes, nos antebraços e nas coxas, causaram um sofrimento considerável à paciente. Sem medo de ser tomado por charlatão, um dia aparecera com sanguessugas, escandalizando a pobre Maria Albertina, para quem não havia dúvida de que aquele alemão-batata tinha mesmo um parafuso a menos. Além disso, doutor Günther já suturara os cortes mais de uma vez. Em vão: dois ou três dias depois os pontos abriam e o sangue voltava a verter. Não era possível que a ciência fosse achincalhada desse modo, pensava o médico, intrigado, coçando a cabeleira fulva no topo da cabeça. Sim, ele admitia que andava desatualizado. Fazia muito tempo que *Faust* e *Kritik der reinen Vernunft* haviam suplantado a leitura de livros e artigos de medicina, que agora, nessas circunstâncias, podiam lhe ser úteis. De mais a mais, depois de formado, não fizera um único curso de atualização, nem tampouco convivia com seus confrades, dos quais aliás não suportava a empáfia e o espírito de casta. Desacorçoado, uma tarde, entre uma risadinha e outra, chegou a exclamar: só Deus, só Deus! Entretanto, foi percebendo que apesar de uma fraqueza constante, por conta da perda de sangue, Rosália não apresentava um quadro de piora. Conversava normalmente, tinha vez que até sorria, e em não poucas noites dormia por longas horas a fio. Decididamente, salvo algum fato novo, ela não corria risco de vida. Milagre? Não, doutor Günther não acreditava em milagres: o que ocorria é que existiam mistérios que a mente humana ainda não penetrara. Com o tempo, acabou se afeiçoando à pequena. Quando acaso a sós com ela, tentava lhe incutir ideias ora céticas, ora da fé de sua juventude – que julgava morta, mas que, nesses serões à meia-luz, junto ao cheiro de frascos e velas, parecia paradoxalmente reviver: afinal, aquele catolicismo polaco, meio barroco, meio cafona, era o antípoda do seu luteranismo juvenil. Dizia-lhe que a verdadeira fé não carece de obras, sinais ou milagres, que o verdadeiro crente é aquele que se lança no escuro, sem apoio humano algum. Rosália, com seus olhinhos fora de prumo e seus cabelos de cobre, era de uma paciência a toda prova e às vezes até espirituosa nas respostas. É verdade que não conseguia articular inteligivelmente o que sentia e menos ainda a experiência pela qual passava. Mas às vezes o seu sorriso exprimia uma candura, uma suave aceitação, tocantemente evangélicas. Santa? Não, ninguém podia ser santo com tão pouca idade – ainda mais em meio a todas aquelas crendices polonesas. Melhor assim.

Caminhando pelo pomar ou pelo pasto, seu Boleslau abria-se com o doutor Günther. Encorajado pelo silêncio aparentemente receptivo do alemão, malgrado suas desconcertantes risadas, narrava fatos de sua vida, falava dos parentes distantes e houve um dia em que discorreu sobre a Polônia com surpreendente familiaridade para quem nunca se afastara mais de cem léguas de seu torrão natal.

– Sabe, doutor, a Alemanha fez muito mal pros poloneses.

– Sem dúvida, seu Boleslau, sem dúvida. Mas quem mais sofreu com os desmandos da Alemanha foram os próprios alemães – respondia o médico, brandindo as manoplas sardentas.

Todavia, tirante os aspectos estritamente clínicos do caso, seu Boleslau nada indagava acerca de suas possíveis causas espirituais. Afinal, doutor Günther não era nem católico.

– O senhor não acha que seria aconselhável internar Rosália?

– Olha, pra ser sincero, acho que não vai adiantar muito. Pelo contrário, o ambiente de hospital pode até não lhe fazer bem. E sem falar da exposição maior à curiosidade alheia. Sabe, seu Boleslau, eu me sinto meio responsável por sua filha. Não gostaria que ela virasse cobaia na mão de meus colegas.

* * *

No entanto, toda essa série de distinções não somente levaram a doutrina da Kénosis a um alto grau de complexidade e sofisticação, geralmente herméticas, como também a conduziram a um dilema teórico: as múltiplas tentativas de explicar, em categorias lógico-racionais, o processo pelo qual uma consciência ilimitada se restringe numa mente finita se revelaram frustradas, ocasionando as críticas daqueles que, em vista do mesmo impasse, passaram a considerar a Kénosis e a encarnação como metáforas.

* * *

Boa noite. E feliz Natal. Feliz Natal. Era a última pessoa. Uma jovem mulher, casada de alguns anos, sem filhos, que vinha à missa sempre desacompanhada. Nas confissões queixava-se com frequência do marido, que era grosso, bebia, tinha amantes. Perguntei-lhe certa vez por que não se separava, já que para ela a relação estava longe de ser satisfatória. Daí em diante, em nossas conversas, diminuiu sensivelmente o número de menções ao casamento. Ela, em vez de virar-se e partir, fitou-me com seu belo par de olhos verdes. Tudo bem com o senhor? – indagou. Ah, sim, claro, tudo nos conformes. O Natal é uma data que mexe com a gente, ela disse. Lembra a infância, a família, o tempo em que a família parecia perfeita, filosofei, e logo percebi que ferira uma corda íntima em sua alma. Ela baixou os longos cílios. Depois os ergueu novamente e tornou a perguntar, cravando-me aqueles punhais de esmeralda: o senhor tem onde passar a festa? Ah, sim, tenho, na casa de um amigo, menti. Ah, bom. Passar o Natal com amigos é às vezes melhor do que com os parentes, ela suspirou. Jesus falou que os inimigos de alguém seriam as pessoas de sua própria casa, eu comentei. Ele sabia o que dizia, ela murmurou e sorriu-me mansamente. Pensei em lhe fazer um agrado nos cabelos. Mas só pensei: minha mão não se moveu. Então até mais, ela disse. Até, respondi. Feliz Natal, desejamos juntos. Ela sorriu de volta, descobrindo os dentes perfeitos; eu sorri também, consciente de que os meus não eram feios (eu é que estava velho). Por um momento aquela imagem se congelou – aquele sorriso, aqueles olhos, a lembrança de algo terno e triste – e eu pensei que a *Summa theologica* e o *Das Kapital* eram insuficientes para dar conta da realidade, mesmo de suas parcelas mais ínfimas. As cinco vias da existência de Deus? A origem da mais-valia? Ah, todos os livros, todos os tratados, todos os saberes são como a erva dos campos, que hoje existe e amanhã será lançada ao fogo. Compreensível a atitude daquele aloprado que ateou fogo na Biblioteca de Alexandria. Compreensíveis as palavras de Tomás de Aquino: tudo o que escrevi é palha. Compreensível o pedido de Kafka ao seu amigo Max Brod. Mas a imagem – aquele sorriso, aqueles olhos – se descongelou e ela se virou. Afastou-se. As palavras que então não vieram acorreram-me agora, aos borbotões. Eu poderia tê-la convidado para um gole de ponche em minha casa, para ver minhas fotos da Terra Santa, para explicar-lhe as implicações eclesiológicas da Kénosis, para falar-lhe das doces asas da Shekinah, para me confessar. Confessar o padre? Sim, preciso dizer que me fascinam olhos esmeraldinos. Que sou um homem solitário. Malogrado. Que às vezes abro minha janela de madrugada e tenho vontade de morrer. Mas não. Não disse nada. Às vezes não temos as palavras, elas nos fogem, escorrem entre os dedos como água, esvoaçam como pássaros rebelados. Outras, elas são excessivas, catafáticas, como em minhas homilias. Ou insuficientes. A inadequação de todas as palavras. O vazio de todos os discursos. O abismo que voz alguma alcança. Toc, toc, toc... Os saltos dela ressoavam no adro (sempre gostei desta palavra: adro, adro). Pararam. Tinido de chaves, de porta se abrindo, batendo, de carro arrancando, sumindo. Silêncio. Só os grilos no jardim da igreja e um ou outro automóvel distante. Mais nada. Todos se foram. Cada qual para a sua solidão, às vezes uma solidão ruidosa, festiva, colorida, outras vezes uma solidão *estritamente* solitária, árida, monástica, como a minha. Mas solidão. De um modo ou de outro, sozinhos ou acompanhados, no meio da multidão ou enclausurados dentro de nosso eu, sempre seremos sós. Ninguém poderá nos compreender. Nem nós poderemos compreender alguém. (E Deus, padre? – imagino alguém indagar. Deus? Ora, Deus é a resposta *ex machina* para todas as perguntas sem resposta. Presumo meu hipotético interlocutor arregalando os olhos, espantado. O ateísmo moderno, meu caro, não é necessariamente a rejeição ao conceito de Deus, mas antes a um *determinado* conceito de Deus desenvolvido no Ocidente: um Deus pessoal, tapa-buracos e punitivo, sempre escarrando no chão e obcecado com a atividade de nossos órgãos excretores. O eterno celibatário dos mundos, como disse Chateaubriand, ignorando a Trindade. Veja se faz sentido um pensamento desses para um budista ou um taoísta! Aliás, a proibição de imagens no Antigo Testamento foi o primeiro passo para a depuração dessa ideia que no fundo não passa de um bezerro de ouro. Infelizmente só a mística apofática soube aprofundar essa trilha: desnudar Deus de imagens, de conceitos, de nomes é mergulhar no grande nada que é tudo ou no grande tudo que é nada. Se nem todo niilista é um místico, todo místico radical é um niilista: ousou atravessar a *noche oscura* e descobriu que o sol do novo amanhã é a fulguração do Vazio. Se minha carreira teológica não houvesse sido abortada pela tacanhice de meus superiores, teria sido este o tema de meu doutorado.) Olhei para cima. No céu, as estrelas tiritavam como luzes numa gigantesca árvore de Natal. Em frente, na maioria das casas, pinheiros natalinos e enfeites os mais variados não deixavam que se esquecesse a natureza da festa: a celebração da glutonaria e da ostentação. Com gestos lentos, pus-me a fechar as pesadas portas do templo vazio: depois de vigário de comunidades modestas, pároco de igrejas do interior e da periferia, agora sou o responsável por uma bela e conceituada paróquia de classe média. Sinal de que gozo de boa reputação aos olhos do bispo, eu que me desliguei da congregação, cansado de suas carolices, e me incardinei aqui na diocese. Até o meu discurso se tornou mais comedido: não mais a opção preferencial pelos pobres e sim consciência, testemunho, equilíbrio. Sinal dos tempos? Amadurecimento? Conformismo? Ainda falo de justiça social, é verdade, questiono a escandalosa desigualdade de renda, defendo a causa da reforma agrária – mas isso até políticos conservadores hoje em dia fazem. Em conversas particulares não omito minha opinião a respeito de temas controversos na Igreja e no mundo. União civil de pessoas do mesmo sexo? Ordenação de mulheres? Descriminalização da maconha? Apoio tudo. Se minha franqueza desconcerta os mais beatos, não deixa de me conferir um certo charme – ao mesmo tempo em que me exclui automaticamente das listas de candidatos ao episcopado, já que Roma tem ouvidos por toda parte. Fechadas as portas, liguei o alarme: a violência está aí e não poupa nem mesmo os membros do clero, como eu já tive a infelicidade de constatar. Sempre tem alguém que me ajuda neste serviço prosaico: o de fechar as portas. Desta vez parece que estavam todos por demais azafamados. Afinal, em breve seria a ceia com seus pratos típicos – lombo com maçãs, salpicão, profiteroles – e a tradicional troca de presentes. Você, de repente, com aquela cara de tacho, ao constatar que os presentes que recebeu são bem mais caros que os embrulhinhos modestos que você está distribuindo. (Nada como as vigílias natalinas da infância, por mais humildes que fossem, com a partilha do *oplatek*, o pão ázimo polonês, ao som de antiquíssimas colendas.) Mas aquela noite, pela primeira vez em muito tempo, eu estava livre desse constrangimento: não daria nenhum presente, presente algum receberia. Sozinho na nave fechada, atravessei o corredor, os sapatos italianos – presente de um próspero advogado – reboando na laje nua.

* * *

Já Gore dizia, a respeito da compatibilidade do estado kenótico com o exercício simultâneo das funções divinas em outra esfera, que isso se dá "de uma maneira inconcebível para nós." O congregacionalista Peter Taylor Forsyth, por sua vez, declarou que "não podemos formar nenhuma concepção científica acerca do processo preciso pelo qual um ser completo e eterno poderia ingressar num processo de vir-a-ser; de como a Divindade poderia aceitar o crescimento; e de como uma consciência divina poderia reduzir sua própria consciência por meio da vontade." Para Mackintosh, "descrever o método com exatidão naturalmente pode estar além de nossas capacidades." E um defensor contemporâneo da Kénosis, Brian Hebblethwaite, afirma: "Nós não captamos a essência da encarnação em maior grau do que captamos a essência de Deus."

* * *

Deus te criou para ser feliz. Deus te criou para a felicidade. Ora, ora, seu Pilatos, a pergunta não é o que é a verdade, a pergunta é o que é a felicidade. Mesa farta, terra, frutos? A despeito da frugalidade da mesa, da extrema precariedade das condições e de lembranças nem sempre gratas, Rosália era feliz. Sim, sofrera, ainda sofria, mas era feliz – o que demonstra que felicidade e sofrimento não são necessariamente antagônicos. Aliás, a felicidade, quando é intensa, quando é violenta – pois a felicidade não deixa de ser uma violência, sobretudo para quem ao lado não é feliz –, não deixa de ser também um sofrimento, uma urgência dolorosa, um sufocamento de êxtase. A gente sofre quando não é feliz (um sentimento de baixa intensidade, diria o doutor Günther) e a gente sofre quando é *muito* feliz (sentimento de altíssima intensidade). Rosália já sofrera dos dois modos, mais do primeiro que do segundo, é verdade, mas agora não sofria mais, ou melhor, não sofria tanto. Era feliz. Sim, feliz. Não uma felicidade satisfeita, complacente, de mulher estabelecida (ainda teria, se Deus quisesse, essa espécie de felicidade), mas uma felicidade de expectativa, de vigília, de latências: látego latejante, passarinho recém-nascido na palma da mão – será que você me entende? Mas ao mesmo tempo, ao olhar para trás, ela constatava realizações, passos dados, voltas no caminho. Calosidades. Traquejos. Um útero experimentado. Afinal, já era mãe de três filhos, brotos de oliveira ao redor da mesa – o pastor também citara este versículo. Brotos de oliveira. Ou melhor: tubérculos. Tubérculos se espraiando em derredor pela terra preta, terra que ainda seria deles. Rosália provavelmente desconhecia este vocábulo, que pode abranger tanto batatas quanto cenouras e rabanetes. Tubérculo: caule curto e grosso, rico em substâncias nutritivas. Não importa. Brotos de oliveira ou tubérculos, numa versão mais polaca, os filhos cresciam em graça e estatura aos olhos de Deus e dos homens – e sobretudo agora, no acampamento, longe da sandice da cidade, aos olhos atentos do marido. Que graça, num mundo como o de hoje, tão desconcertado, os filhos poderem crescer na presença do pai! Que graça, num mundo como o de hoje, tão esbodegado, o marido estar ali ao lado, longe do caminho dos botecos, novamente um lavrador, um camponês, refazendo os laços ancestrais com a terra. No fundo, um homem bom, o marido, apesar das fraquezas, ou por isso mesmo, que um homem sem fraqueza alguma não pode ser bom. Só quem se sabe fraco pode compreender as fraquezas dos outros, só quem já foi ferido é capaz de pensar as feridas dos outros – ensinava padre Hugo, atrás do altar, tão elegante com sua estola de motivos indígenas, ou então, metido numa camisa larga sobre uma calça jeans surrada, sorvendo o mate ou bebericando um cafezinho recém-passado, aparentemente tão forte, o padre, com suas mãos grandes, seus gestos calmos e seguros, e se por um lado mostrava uma enorme capacidade de compaixão era porque devia trazer, bem oculto em alguma parte, lanhos profundos. Forte porque ferido, o padre; bom porque fraco, o marido. Contraditória, a vida. Paradoxal, diria o sacerdote, tantos anos de estudo. Complicada, dizia Felício, quase analfabeto, com suas mãos não tão grandes, mas de dedos longos, ásperos e um tanto nervosos. Sim, um homem bom, seu marido, José Felício da Cruz, quase bobo (entre o *b* de bom e o *b* de bobo, sentenciava sua mãe, não havia muita diferença), alguém que de certa forma a completava, e que, se não era polonês, nem lituano, nem pomerano, nem ucraíno, mas antes bem brasileiro, meio bugre, meio galego, meio negro, era em todo caso um belo espécime de macho, com o perdão da palavra, que sempre despertara inveja entre suas amigas, e mesmo agora, no acampamento, ela já flagrara sobre ele não poucos olhares de cobiça. Não fora fácil convencer o pai – sete anos, como Jacó, uma pequena eternidade – a consentir naquele casamento, apesar de todo o carinho que o velho sentia por Zé Candonga, conforme o horrível apelido com que era conhecido em Imbiruçu. Mas ele não é da nossa raça, retrucava seu Boleslau. E que importância tem isso, pai? Ele é bom, gosta de mim e é trabalhador. Sim, sim, ele era bom, sobretudo distante das más influências; gostava dela, muito, de paixão, ela sabia; apenas não era lá muito trabalhador, Rosália descobriria mais tarde. Mas quanto polaco também não era? José Felício da Cruz. Felicidade e tormento inscritos em seu próprio nome. Mais o nome do carpinteiro de Nazaré. E ainda que ela não fosse Maria, ela era Rosa – e Rosa Mística era um dos títulos de Nossa Senhora, conforme a Ladainha: Rosa Mística, Torre de Davi, Torre de Marfim, Casa de Ouro, Arca da Aliança... José Felício da Cruz. Felicidade, fatalidade?

    Deus te criou para ser feliz. Deus não quer o nosso sofrimento. O Senhor te porá por cabeça, não por cauda. Só estarás em cima, não debaixo. Kénosis: esvaziamento, rebaixamento, retraimento... Mas se Deus era fraco, por que a Bíblia falava de seu *braço forte*? E os milagres, e a ressurreição? Num dos cursos de que participara, Rosália ouviu o termo "desmitologização", isto é, a necessidade de purgar os textos escriturísticos dos elementos mitológicos e mágicos inerentes à cosmovisão das comunidades em que foram gerados – explicava o professor. Então não foi Deus que abriu o Mar Vermelho, foi Moisés que conhecia um caminho por meio do qual se podia atravessar na maré baixa. Sansão, que com uma queixada de jumento matara mais de mil filisteus, é lenda. Jó é uma história emprestada da Mesopotâmia, vejam os nomes dos personagens. Nunca houve a tal baleia que engoliu Jonas – isso porque nem mesmo Jonas existira. O que importa é o sentido, não o fato. O espírito, não a letra, dirá Paulo. Mas nesse caso, se Deus não é todo-poderoso, a quem recorrer nos momentos de dor e desamparo, quando o temporal desaba lá fora e aqui dentro está tudo escuro? Estamos sozinhos no mundo, disse-lhe alguém um dia. E não há nada que possamos fazer. Não, não estamos sozinhos, disse-lhe padre Hugo, estamos juntos, todos juntos, neste pequeno planeta azul. E dessa vez não haverá outra Arca de Noé. Ou nos salvamos todos ou todos nos perderemos. E as coisas que esquecemos, padre, os detalhes, os odores, os reflexos, em que memória, em que livro, em que arquivo ficam registrados? O calor do sol na pele, a brisa nos cabelos, aquele bem-te-vi no pessegueiro em flor, o teu olhar agora, sei lá, tão atencioso, para onde vão, para onde foram? Estão conservados em Deus? Retornarão algum dia? Ou se perdem, como uma moeda no poço, uma lágrima no rio, uma concha no fundo do mar? No grande oceano da vida, Rosália, estão guardadas todas as lágrimas, todos os rios, todos os seres, com todas as sedes, todas as sanhas, todos os sonhos. Nada se perde e nada permanece. Somos e não somos, explicava padre Hugo, não mais o padre Hugo real, histórico, mas sim um padre Hugo mitológico, luminoso, que morava em sua imaginação e cuja função era justamente lhe responder a perguntas bem mais difíceis do que aquelas de que aprendera as respostas nas cartilhas do Movimento.

Por que há os que têm e os que não têm, os que têm tanto que sozinhos poderiam alimentar a cidade e os que não têm nem para o almoço de hoje? – perguntava-se numa apostila, citando-se um poema. Ah, essas perguntas são fáceis de responder: os Tomás Correia de Albuquerque estão aí para não nos deixar enganar.

Padre Estanislau, padre Hugo, dona Zenóbia, o pastorzinho saltitante... Cada cabeça uma sentença, bem dizia sua mãe. E se no mundo há milhões de cabeças, haverá também milhões de sentenças, não é mesmo? Uma verdade, muitos caminhos. Um caminho, uma verdade. Muitos caminhos, nenhuma verdade. Dona Zenóbia, padre Estanislau e o pastorzinho saltitante – pelo menos na única vez em que o vira – pareciam seguros, muito seguros de suas verdades. Padre Estanislau e dona Zenóbia, por exemplo, acreditavam em santos, ainda que o sacerdote os situasse preferencialmente num passado remoto e a mulher do fazendeiro vivesse à cata deles no presente mais imediato. No entanto, os dois concordavam numa coisa: santo é um cristão que sofre pra caramba. (Ou cristã, que também existem mulheres santas, embora em menor quantidade.) O pastor, é claro, não acreditava em santos, mas acreditava – e muito – em demônios, ponto no qual estava de acordo com padre Estanislau e dona Zenóbia. O padre Hugo, por sua vez, não acreditava em demônios – o capeta, dizia, é o nosso próprio ego – mas acreditava em santos. Só que para ele os santos não são necessariamente cristãos que sofrem horrores (aliás, nem precisam ser cristãos, como Gandhi, mais cristão que muito padre, ele dizia), mas são antes aqueles que, sem medo do sofrimento e mesmo do martírio, lutam por um mundo mais justo – e aí tanto faz se ele morreu faz tempo, como Bartolomeu de Las Casas, ou recentemente, como dom Romero.

Mas também tinha pastor que pensava desse jeito. Um domingo, algumas semanas após o batizado do caçula, houve uma celebração ecumênica em Nova Canaã. Presidiram-na o padre Hugo e um pastor comprido e loiro de sobrenome alemão, que não ficou pulando no tablado nem indigitando os fiéis. Era luterano, da mesma Igreja que o doutor Günther. Ao tomar a palavra na homilia, o pastor, de calças jeans e camisa de flanela, falou de maneira serena, sem dar um único salto, mas não sem entusiasmo. Não falou de cabeça e cauda, bênção e maldição, céu e inferno, mas de terra, partilha, generosidade, luta. Se fechasse os olhos – e o timbre da voz fosse outro –, ela podia jurar que o sermão era do padre Hugo. Ah, houve uma única vez que o pastor apontou o dedo. Foi quando disse, indicando o povo, que a terra é de quem nela trabalha.

Depois do culto, padre Hugo o levou à barraca deles para um cafezinho. Assim, caneco na mão, discutindo futebol, rindo, brincando com as crianças, até parecia uma pessoa normal. Rosália perguntou se ele não conhecia o doutor Günther. Ah, sim, como não? Mas não há jeito de arrancar aquele turrão de casa, ele disse. Já me prometeu mais de uma vez que viria aqui. Boa gente, esse médico. Daria um ótimo vereador. Até mesmo um prefeito. Mas não quer se meter em política. Enquanto os bons se omitem, os maus se locupletam. *Locupletar-se* – ela não conhecia a palavra. Mas o seu sentido lhe parecia óbvio. Uma palavra complicada dessas não devia ser para pobre. Pobres nunca se locupletam.

Quando os dois ministros saíram, Felício, na porta da barraca, comentou: esse pastor, hein, parece que nem tem fé. Ah, Felício... Logo ele que, depois que se filiaram ao Movimento, parecia ter mudado de religião. Em vez dos personagens da Bíblia, quando frequentava a igrejinha, seus heróis passaram a ser Marx, Lênin, Che, Mandela, Chico Mendes – cujos atos e palavras ele apreendia em longos seminários de formação, às vezes pousando fora, deixando-a, muitas vezes sem dinheiro e comida, sozinha com as crianças. Mas ela não se queixava, ao contrário: incentivava-o, encorajava-o. (A única vez que Rosália vacilou foi quando, após aquele despejo, o viu todo contundido.) Mil vezes ele no Movimento, com atividades, motivação, sonhos, do que rodando pelos botecos, sem esperança, ou naquela igrejinha, mãos erguidas, rosto aflito, esperando cair tudo do céu. Mas hoje, quase dois anos depois, até essa fé esfriara. Nas assembleias deliberativas do acampamento, ele agora se manifestava pouco, seu braço levantado apenas acompanhando os braços levantados da maioria. Mas o que é fé pra você? – ela perguntou, lavando as xícaras numa bacia. Ficar pulando, sacudindo os braços? Claro que não, pra mim fé é você poder enxergar o que ainda não existe, Felício respondeu, o sol poente contornando-o com um halo de luz dourada. E citou, de memória: fé é o firme fundamento das coisas que se esperam e a prova das coisas que não se veem. Ora, pelo que ele disse, esse tipo de fé ele tem, ela falou. Tá bom, tá bom, não vamos discutir.

* * *

A constatação dessas dificuldades – além da entrada em cena de outras cristologias, tanto cristologias "de cima", como as da neo-ortodoxia barthiana e do agnosticismo bultmaniano, quanto cristologias "de baixo", como a de Wolfhart Pannenberg, focadas mais na ressurreição – fizeram com que o tema da Kénosis se eclipsasse novamente na primeira metade do século XX, não obstante alguns empenhos ocasionais, como o de Paul Althaus e Simone Weil, de mantê-la em pauta. Para Pannenberg, por exemplo, a linguagem da Kénosis beirava perigosamente a mitologia.

* * *

Mesmo sem ser submetida a uma bateria de exames, num hospital com um mínimo de recursos – o que teria sido prudente, mas que fora veementemente desaconselhado pelo atrabiliário doutor Günther –, não era difícil prever que o caso de Rosália não ficaria por muito tempo restrito ao ambiente eclesial. Com efeito, não tardou a apresentar-se em Colo do Céu o repórter de um conhecido hebdomadário local, cuja tiragem, se estava longe de ser expressiva, o mesmo não se podia afirmar do seu prestígio. Até há bem pouco tempo redigido integralmente em polonês, era o periódico mais longevo – de circulação ininterrupta desde o fim da Segunda Guerra – e o mais importante da região (na verdade, atualmente, o único, com exceção dos populares *almanachy*). Muito simpático o moço, por sinal, bem-apessoado, reverente, movido ao que parece de um fundo sentimento religioso, o que já não era muito comum nas novas gerações. Um ótimo partido para Rosália, se ela não estivesse, digamos assim, tão perrengue, pensou dona Florentina, enquanto lhe servia uma fatia de strudel e um copo de tubaína. Aliás, ele ficou visivelmente impressionado com a menina. Inclusive solicitou um momento a sós com ela. Mais tarde, como quem não quer nada, dona Florentina especulou com a filha o que teriam conversado.

— Ele queria saber o futuro — disse Rosália.

— Como assim, o *futuro*?

— É, o futuro dele, o que vai acontecer com ele, essas coisas.

— E o que você disse, menina?

— Eu disse que se ele continuasse nesse caminho um dia seria um grande jornalista.

— Mas como você me diz uma coisa dessas? Enganar o pobre moço!

— Eu não enganei, mama. Eu disse o que senti.

Dona Florentina balançou a cabeça, os olhos cinzentos entre desolados e céticos.

— Deixa a guria, mulher, quem não garante que Deus não lhe tenha dado também o dom da vidência? — interveio Maria Albertina, que friccionava um esfregão no piso escuro do quarto. — Aliás, pra quem já recebeu a graça dos estigmas, os outros carismas é troco.

Dona Florentina deu de ombros e saiu. Tinha mais coisas para fazer do que discutir com a irmã: uma excelente pessoa, não restava dúvida, pau para toda obra, mas meio cabeça-dura. Maria Albertina ergueu o pano sujo, aproximou-se da cama e, arreganhando as gengivas onde apontava uma fieira de dentinhos miúdos e direitos, perguntou:

— E pra esta sua velha tia, Rosália, que futuro será que Deus tem reservado?

— Ah, tia, é difícil dizer assim...

— Então dá uma rezadinha, minha filha. Fecha os olhos e vê o que o Senhor te mostra.

Rosália cerrou as pálpebras e por alguns segundos quedou-se em silêncio, um débil sorriso se insinuando nos lábios exangues. Não era sempre que ela sangrava nas frontes, mas naquela noite, pelo jeito, devido às manchas que já assomavam na testa, ela iria mais uma vez reviver, junto às cinco chagas da cruz, a coroação de espinhos. Para Maria Albertina isso era sinal da iminência de graças ainda maiores.

– Tia, eu vejo a senhora numa enorme sala branca, servindo os convidados de um grande banquete. Todos estão vestidos com roupas de padres e estão muito felizes.

– Ai meu Deus! Que bonito, Rosália!

Baixinha e atarracada por um lado, sanguínea e expedita por outro, Maria Albertina servia de contrapeso ao doutor Günther, com o seu catolicismo tridentino sapecado de tinturas polonesas. Para ela, fé mesmo era fé sensível, isto é, aquela que você pode pegar, palpar, experimentar. Avessa a toda devoção abstrata, nas celebrações solenes apreciava mais os paramentos litúrgicos, a pompa e o número de acólitos do que o mistério por eles evocado. Nesse sentido, ter sido designada para pajear a sobrinha equivalia a uma grande honra e, desde o instante em que seus olhos expectantes pousaram pela primeira vez sobre a pequena, não teve dúvidas de que se tratava de um milagre divino. De onde lhe vinha essa fé? Uns diziam que fora recusada em todas as casas religiosas em que pretendera entrar e, frustrada, convertera sua vida num convento; outros, que fora abandonada pelo noivo aos pés do altar (o desgranido teria fugido com uma polaca mais vistosa). Mas não era nada disso. Acontece que os anos foram passando e ela foi ficando para tia e, sempre muito piedosa, leitora voraz dos almanaques vicentinos, valeu-se cada vez mais de rezas e de santos para preencher uma vida doutro modo insossa. Ao contrário de dona Zenóbia, quem aliás mal suportava, sua fé não tinha tons apocalípticos: era colorida, buliçosa, festiva e não de todo refratária a pecadilhos como a curiosidade.

– E então, me conta, o moço da revista ficou feliz com a revelação?

Todavia, na semana seguinte, nem Maria Albertina, nem dona Florentina, nem seu Boleslau, ninguém ficou satisfeito com a reportagem publicada. Ao lado de relatos dos romeiros, com testemunhos de curas e conversões prodigiosas, dava-se um espaço considerável à opinião do doutor Wladislau Glussowski, o dono do cartório de Imbiruçu. Segundo esse notório livre-pensador, como ele gostava de se definir, aquilo não passava de um típico exemplo de paranormalidade, num ambiente extremamente supersticioso e sugestionável. Os estigmas, explicava, nada mais eram do que a somatização de ideias profundamente impregnadas: prova do grande poder do psiquismo sobre o organismo. Na Igreja, aliás, eram raras as notícias de estigmatizados antes do século XIII, justamente quando se inicia uma ênfase doentia na Paixão de Cristo. O tabelião, inclusive, citava um caso, cientificamente documentado, de uma família da Pomerânia em que reinava uma descabida devoção ao Sagrado Coração: pois bem, nascera-lhe uma criança com o coração do lado de fora do tórax. Enfim, em circunstâncias tais, onde se associavam ignorância, crendice e recalques, era perfeitamente possível que se produzissem, sobretudo em mulheres (ainda mais na puberdade), manifestações patológicas como aquelas. À luz da razão, concluía o ilustrado notário, o sobrenatural era natural.

Outro cuja posição fora consultada – olha a foto do malacara! – era o padre Estanislau. Numa linguagem cheia de firulas e circunlóquios, o religioso afirmava que era preciso ponderar e levar em consideração os mais variados fatores. Por esse motivo a Igreja era sempre cautelosa e, além do mais, fenômenos daquela natureza poderiam ter as mais diferentes causas. Somente após um acurado exame, com a consulta a peritos dos mais diversos ramos das ciências – embora, era bom frisar, elas não explicassem tudo –, é que a autoridade competente poderia se pronunciar a respeito. Até então pedia-se aos fiéis, por obsequioso consentimento, que se abstivessem de frequentar quaisquer reuniões de cunho religioso na referida propriedade. Fora isso – finalizava o pároco de Montes Claros, em meio a argutas distinções entre revelação e revelações, tradição e tradições, aludindo mais de uma vez aos documentos do malfadado Concílio –, a Igreja sempre tivera em boa estima todas as expressões de piedade, inclusive as populares, desde que conforme à sã doutrina e às normas de prudência.

Comendo palavras, não entendendo muitas, saltando frases, sem atinar com a sutileza dos arrazoados, o sangue eslavo subiu à cabeça de seu Boleslau. Ora, o seu Wladislau, aquele bode-preto, sabujo de fazendeiros e políticos, nunca examinou a menina, jamais se interessou em averiguar pessoalmente o ocorrido, para poder declarar alguma coisa. Mas agora, o padre, o representante de um crucificado, funcionário de uma instituição fundada igualmente sobre fatos não de todo explicáveis (como dissera o doutor Günther certa feita), não vira com os próprios olhos as chagas, não conhecia de longa data a família, para constatar que ali não havia nenhum paspalho nem doidivanas? Além disso, não tinha em boa conta a filha, a ponto de ter incentivado a ideia – precipitada, sob todos os aspectos – de ela vir a entrar num convento?

Não bastasse isso, uma semana depois irrompeu uma equipe do maior jornal da capital e, no domingo seguinte, ocupando quase duas páginas inteiras no primeiro caderno, lá estava a reportagem com a manchete: *A estigmatizada de Imbiruçu: farsa ou milagre?* A matéria, mais uma vez, trazia uma série de depoimentos: dele, da mulher, de dona Zenóbia – que agora garantia que a menina recebia locuções interiores de Nossa Senhora –, de um teólogo de sobrenome alemão – asseverando que revelações particulares não exigem adesão de fé divina, mas apenas humana –, de um renomado professor universitário –, o qual, com argumentos muito semelhantes aos de seu Wladislau, servia-se de expressões que o pequeno e escangalhado dicionário de seu Boleslau não dava conta, como "dermografia", "fagocitose", "exsudação sanguínea" – e até do bispo, que, à maneira de seu subordinado em Montes Claros, recomendava a todos os fiéis leigos muita prudência e bastante cautela. No meio, uma fotografia grande de Rosália, entre bonecas e pisankis, a aparência frágil, os olhinhos estrábicos, as mãos enfaixadas com uma mancha escura ao centro.

Seu Boleslau mal completara o primário, mas não era homem macufo não. Graças a uma curiosidade nata, herança quem sabe de um bisavô cracoviense, um sapateiro mais amigo dos livros que de alargadeiras e sovelas, ele adquirira ao longo dos anos, à custa da vista cansada, alguns laivos de instrução, lendo e treslendo almanaques, manuais de agricultura, trechos da Bíblia e um ou outro livro que lhe caísse nas mãos, como *Os doze cézares*, *A vida de santo Estanislau* ou *Meu pé de laranja lima*. Por isso estava convencido que o reporterzinho de Curitiba, recebido tão bem por eles, da mesma forma que o outro, o da colônia, fora, como este, *tendencioso* (é provável que o agricultor desconhecesse esta palavra, assim como outras que tivemos a liberdade de colocar em sua mente, mas é mais ou menos assim que ele se expressaria se tivesse tido a oportunidade de prosseguir os estudos). Com efeito, quem não estivesse a par do caso, ao se deparar com a reportagem – aparentemente tão isenta, dando voz aos envolvidos, auscultando as autoridades e os especialistas – concluiria que tudo aquilo não passava de invencionice ou tresvario de uma família extremamente carola de polacos do meio do mato.

– Eles pensam que nós somos mocorongos – esbravejou seu Boleslau, retomando pela enésima vez o periódico amarfanhado.

– Mas afinal o que está escrito aí? – quis saber dona Florentina, pergunta que já fizera duas ou três vezes ao longo do dia, sem resposta.

Não que ela não soubesse ler. Ela lia, sim, o folheto da missa, uma ou outra página dos almanaques de seu marido, as receitas que as vizinhas ocasionalmente lhe passavam garatujadas em papel de pão. Mas os olhos combalidos, ou a preguiça, ou o desgosto ante o que estivessem dizendo a respeito da filha e da família a indispunham com aquele amontoado de letrinhas. Só vira a foto, ou melhor: *contemplara*. A filha estava linda, aquele quarto nem parecia o dela. Apenas achara-lhe o olhar mais triste do que o costumeiro. Seu Boleslau finalmente engroliou meia dúzia de palavras, entre as quais se ouviu "fanatismo" e "engodo", palavras que pelo fato de não pertencerem ao seu vocabulário usual deviam sem dúvida provir do jornal. Os dois estavam novamente à mesa da cozinha, quase meia-noite, a última visita acabara de se despedir. Maria Albertina devia estar dormitando na poltrona nova – presente do vereador –, ao lado de Rosália.

– O que é que nós podemos fazer? – rezingou Dona Florentina. – Você não pode imprimir outro jornal pra contar a verdade.

Em vez disso, ele amassou de vez o jornal e o meteu no braseiro do fogão, fazendo bailar algumas faíscas na penumbra do ambiente.

– Não tem como não ficar revoltado – murmurou, observando as chamas que por um momento se atiçaram.

– Ficar por ficar não adianta nada.

– Que quer que eu faça? Vá até Curitiba tirar satisfações com o rapazinho? Ademais, o mundo está cheio de injustiça. Isso é só o começo. Prepara que vem mais.

– Que mais ainda que pode acontecer?

– Perdermos a terra, sermos presos...

– Meu Deus! O que que nós fizemos pra sermos presos?

– Perturbação da ordem, charlatanismo, como já me explicou seu Ladislau.

– Charlatanismo?

– Exploração da fé alheia.

– Mas nós não estamos explorando ninguém! Aliás, não fizemos nada para que isso acontecesse. Por mim eu internava a Rosália.

– Você já ouviu o que o doutor Günther disse? Quer a nossa filha afastada de nós? Amarrada numa cama, cercada de cientistas, jornalistas, fotógrafos do mundo inteiro?

Calaram-se. Decorreu um minuto, dois minutos, dez minutos – o silêncio, agora, interrompido somente pelo

ruído da faca de dona Florentina picando cebola, pelos pigarros intermitentes de seu Boleslau ou, de quando em quando, pelo pio aziago de alguma ave noturna.
– Vem, vamos deitar.
– Pode ir, mulher. Eu já vou.
– Vamos, você já rezou mais do que o suficiente hoje.
– Oração nunca é demais, não diz a dona Zenóbia?
– Ai, essa dona Zenóbia... – ela balançou a cabeça, erguendo os olhos numa expressão de enfado. – Boa noite. Não demora, hein, senão amanhã você não aguenta.
– Ora, não aguento – e ele fez um muxoxo. – Ainda não apareceu peso que vergue este pau de guamirim.

Tão logo dona Florentina saiu, ele catou a garrafa de aguardente dentro do guarda-comida e, resmoneando – esses jornalistas! –, tomou um caneco inteiro.

Na semana seguinte, antes mesmo do despontar do sol, quando seu Boleslau saía para uma volta pelos campos agora abandonados, qual não foi o susto ao topar com o furgão de uma equipe de televisão.

* * *

Assim, a inflexão kenótica – que era constituinte de uma cristologia "de cima" – sofre um obscurecimento na teologia ocidental ou então é absorvida por outras abordagens, como a do sofrimento da Deus, na obra de autores como Jürgen Moltmann e Urs von Balthazar. Todavia, a especulação kenótica ainda experimentaria um desdobramento surpreendente com a chamada teologia da morte de Deus, florescida sobretudo nos Estados Unidos nas décadas de 1960 e 1970, sob o influxo tanto de Hegel quanto de uma teologia da secularização de Dietrich Bonhoeffer e Friedrich Gogarten.

* * *

Não daria nenhum presente, presente algum receberia. Sozinho na nave fechada, atravessei o corredor, os sapatos italianos – presente de um próspero advogado – reboando na laje nua. De volta ao presbitério, desliguei as luzes, uma por uma, observando o efeito que a escuridão progressiva causava no recinto. As velas já estavam apagadas, tarefa de que o diácono ou algum ministro nunca se descuidava, mas o seu cheiro, de mistura ao das flores do altar, ainda pairava no ambiente. Por alguns segundos quedei-me ali, apoiado ao ambão, os olhos aos poucos se acostumando à obscuridade. Pelos vitrais com motivos geométricos filtrava-se a difusa luminosidade da noite, banhando de uma aura opalina os bancos vazios. As duas únicas estátuas (as outras mandei retirar logo que cheguei), libertas momentaneamente do mau gosto do molde, lembraram-me querubins que de tanto guardar o paraíso houvessem se imobilizado, as espadas flamejantes finalmente apagadas. E assim, despovoado da turba que até há pouco o apinhava, o templo, que não possuía nem o arrojo da arquitetura moderna nem a graça das igrejas antigas, afigurava-se mais belo, majestoso, hierático. Dei alguns passos e postei-me ante o suntuoso presépio – montado, aliás, com muito esmero, pelo meu coroinha, filho da empregada –, onde um rubicundo Menino Jesus não sentia fome nem frio. Aproximei-me em seguida do tabernáculo, sobre o qual lucilava uma lamparina escarlate, agora a única luz no local. Lembrei-me de um cântico da infância: *no silêncio do sacrá-*

rio, rósea chama tremeluz... Sorri, perguntando-me se não seria oportuno fazer uma oração, endereçando algumas palavras ao responsável por aquela festa: afinal, não era ele o aniversariante? Ah, mas eu acabara de celebrar uma missa. Não era o suficiente? No entanto, dei por mim sussurrando: aproveita esta noite, menino. Os anjos cantam glória, pastores e reis te homenageiam. Chegará um dia, porém, em que, traído, vendido, negado, te erguerão num madeiro e tu talvez nem saibas por quê... Virei-me. E de repente a solidão – não a solidão metafísica, teológica, literária, que é sempre suave e inspiradora, mas a solidão real, concreta, despida de atavios – caiu sobre mim. Irremediável. Vinte e cinco anos de sacerdócio. Bodas de prata... E o primeiro Natal a passar sozinho. Nos anos anteriores eu sempre fora convidado para a casa de alguém, um paroquiano, um conhecido, um colega do clero. Melhor assim, tentei consolar-me, não precisarei forçar um sorriso ao receber uma nova camisa com colarinho romano ou o mesmo cedê do ano passado com músicas sacras em roupagem pop. Eu que pensava que fugia de Deus no serviço divino, hoje sei que fugia – que fujo – de mim. Quem sabe não tenha chegado o fim dessas fugas, a hora do encontro, do confronto definitivo comigo, o dia terrível do meu próprio juízo? De um modo ou de outro, sozinhos ou acompanhados, no meio de um deserto ou de uma festa, sempre estaremos sós, como eu já disse. Sempre. Sempre. Não há remédio. Nenhum anjo me escutaria. Os céus estão mudos. É melhor encarar a verdade, as rugas no espelho, os olhos baços, a mágoa. Como aquele menino, trinta e poucos anos depois, na hora da morte (e morte de cruz): meu Deus, meu Deus, por que me abandonaste? Ou como o salmista: a luz dos meus olhos já não habita comigo. Não, não, chega de citações, chega de teologia, chega de literatura! Balancei a cabeça. Saí. Depois de me desparamentar na sacristia e guardar no armário a túnica, a estola e a opulenta casula – esta, por sua vez, um regalo de um grupo de empresários da paróquia –, dirigi-me por uma porta interna à casa paroquial, contígua à igreja. Na sala, ao pé de um pinheiro luminoso, divisava-se outro presépio – este, diminuto, modesto, *made in China* –, cercado de alguns cartões de boas festas. Num deles, assinado pela coordenadora de catequese, lia-se, com a letra alongada dela: *Neste Natal, cada estrela que se acende no céu é uma promessa de felicidade.* Sorri novamente. Talvez a felicidade não passe nunca de uma promessa. A gente espera o seu cumprimento e esquece que a graça – graça mesmo, em todas as suas acepções – está justamente na espera, na vigília, na expectativa. Em outras palavras: não há felicidade, o que há é esperança. E pior do que perder a fé é perder a esperança. Oh, perdoem-me essa resvalada em fórmulas que beiram a autoajuda – este sucedâneo pós-moderno da religião. Já falei que não quero ser guia de ninguém, não posso ser guia de ninguém, eu que perdi o facho que me conduzia no deserto. Aporrinhado com meus interlocutores imaginários, estendi-me no sofá – sofá de couro, notem bem. Espreguicei-me, sentindo estalarem os ossos: pensam que presidir missas não cansa? Após um momento, liguei a televisão (tela plana, 36 polegadas). Controle remoto na mão, troquei rápido o canal que transmitia a Missa do Galo direto do Vaticano. Filmes natalinos, noticiários, entrevistas... Nada que me interessasse. Pior do que Natal sozinho, só mesmo Natal acompanhado da televisão. *Vade retro satana.* Desliguei o televisor e acionei um sofisticado aparelho de som (este sim, não foi presente, eu mesmo adquiri). Meti uma tocata de Bach, almejando quem sabe, num átimo, uma fração de transcendência. Este sim conheceu a Deus, pensei. Longe das pompas e das vaidades do mundo, levou uma vida austera, operosa e devota – tudo *soli Deo gloria*. Mas depois de alguns minutos até mesmo este pretenso conhecimento me exasperou. Quem pode afirmar que conhece alguma coisa? Quem pode garantir que conhece a Deus? Aliás, *qual* Deus? O Deus de Camilo Torres? O Deus de Karol Wojtyla? O Deus tribal de Abraão, de Isaac, de Jacó? O Deus que Jesus Cristo chamava de pai? O Deus único e indivisível do Islã? O Deus trinitário dos Concílios de Niceia e Constantinopla? O motor imóvel, a causa eficiente? O Espírito Absoluto? Aquele-que-é, Aquele-que-era, Aquele-que-vem? O Supremo Arquiteto do Universo? O Totalmente Outro? O Incompreensível mas meu semelhante? Baphomet? Nhanderuvuçu? Olorum? Braman? Gaia? Desliguei o aparelho: aquela música ainda ia me fazer chorar. Experimentei extrair alguns acordes de minha velha gaita de boca – o que eu não fazia há muito, muito tempo. Os sons saíram confusos e eu fiquei com um gosto de ferrugem nos lábios. Apanhei então o telefone, disquei o código da operadora, da área, da linha e alguns segundos depois eu estava, em meio a muitas frases convencionais, desejando feliz Natal à minha mãe, a quinhentos quilômetros de distância. Deus te abençoe, mãe. Ah, como é bom ter um filho sacerdote. É, deve ser, repliquei. Liguei também para os meus irmãos, todos morando longe, na pequena cidade em que nascemos ou nas metrópoles para onde a vida moderna os levara. Só a irmã caçula lembrou de perguntar se eu não estava sozinho, se tinha onde passar a festa. Daqui a pouco vou pra casa de uns paroquianos, menti. Olhei o relógio: um pesado carrilhão que pertenceu ao primeiro padre desta paróquia. Vinte e cinco minutos para a meia-noite.

* * *

Para Thomas Altizer, um de seus principais expoentes, "só o cristão pode falar verdadeiramente da morte de Deus, porque só o cristão reconhece um deus que se nega a si mesmo em seus atos reveladores e redentores." Com efeito, a Kénosis não seria apenas um momento na história da Divindade e sim um movimento descendente e irreversível que resultaria em sua supressão dialética. Aquilo que começara como autoesvaziamento divino e continuara como progressiva autolimitação e autorretração terminaria agora – para Altizer – na radical autossupressão de Deus, o qual renunciaria de uma vez por todas à sua transcendência e passaria a se identificar tão somente com a imanência.

* * *

Imaginem todo aquele povo saindo do Egito. Se não houvesse organização, disciplina, não teriam ido muito longe, explicava padre Hugo numa de suas homilias. Por isso Moisés organizou aquela turba em grupos menores, constituindo chefes de mil, chefes de cem, chefes de dez. Determinou metas, prioridades, estratégias. Dividiu funções, atividades, ministérios. O mesmo ocorria ali no acampamento, cujos principais serviços foram definidos em reuniões desde o primeiro dia da instalação. Cada um, segundo suas habilidades e sua experiência, foi alocado num setor, sob a responsabilidade de um dirigente: saúde, estrutura, segurança, lazer, comunicação, higiene, almoxarifado, alimentação... A partir daí cada equipe cumpria a sua tarefa, supervisionada pela direção geral e constantemente avaliada pela grande assembleia. Regras, portanto, eram imprescindíveis, afinal não era fácil regular a convivência de pessoas de origens e condições tão diversas – ainda mais vivendo sob pressão e em condições bastante desfavoráveis. Daí os horários, as múltiplas reuniões, as ponderações. Se as refeições da manhã e da noite, por exemplo, cada família as realizava em sua barraca, ao meio-dia o almoço era coletivo. Como dar conta de alimentar tantas bocas sem um mínimo de planejamento? Por sinal, aquele dia o cardápio – preparado com ingredientes doados pelos assentamentos vizinhos, em grandes caldeirões, panelas e tachos sobre o fogo de chão – até que fora rico: feijão carioca, arroz branco, frango com quiabo e polenta, folhas de chicória. Para beber, baldes de uma limonada rala. Esse era em geral o grande momento de confraternização, desabafo, bate-papo.

– Cara, você é o herói do dia.

– Eu? – fez José Felício, limpando com o garfo sua tigela de comida.

Estava sentado sobre um tronco caído, numa roda com alguns homens. A mulher encontrava-se na barraca, com as crianças, talvez trocando as fraldas do pequeno. O azul do céu, agora menos intenso, ganhara matizes alvacentos que se acentuavam à medida que se aproximavam do horizonte, onde uma nuvem ou outra já se desenhava, circundando à distância os alcantis da serra. Não devia ter esquentado muito, porém o esforço braçal da manhã, responsável pela fome descomunal que eles mal conseguiram abrandar, ain-

da os mantinha aquecidos, de sorte que alguns se achavam em mangas de camisa.
– Não viu o jornal?
– Que jornal?
– Jorjão, traga aqui o jornal.

Em segundos chegou às mãos de Felício as páginas amarrotadas de um grande jornal de Curitiba – o mesmo que há anos estampara aquela reportagem de Rosália estigmatizada. Era uma matéria sobre o Movimento e a questão da terra no Brasil. Havia declarações de especialistas, políticos, funcionários do governo, depoimentos de fazendeiros e trabalhadores rurais sem-terra. Naturalmente, como de praxe, dava-se espaço a opiniões de ambos os lados, e a uma ou outra que hesitava entre um extremo e outro, entre estas a do bispo (não, não mais aquele), que defendia a reforma agrária mas condenava toda e qualquer forma de violência para se alcançá-la. Entre os que propugnavam uma radical distribuição de terras, havia um famoso dirigente nacional do Movimento, que trazia números da concentração fundiária no país: quase metade da terra cultivável estava nas mãos de apenas um por cento dos fazendeiros, enquanto uma parcela ínfima, menos de três por cento, pertencia a 3,1 milhões de pequenos produtores. Do outro lado, por sua vez, um economista alegava que o único futuro viável para o campo era integrar-se ao mercado global, através de modernas fazendas empresariais, por mais dolorosa que fosse a transição. A agricultura familiar, como o Movimento a pretendia, nada mais era do que um resíduo do passado. Além disso, um representante dos ruralistas dizia que as invasões de terra, cada dia mais ousadas e sob os pretextos mais estapafúrdios, observadas com complacência pelas autoridades, estavam causando desânimo entre os investidores. Um técnico do governo federal acrescentava que infelizmente o Movimento, nascido de uma causa justa, havia se desvirtuado, convertendo-se num partido político, dominado por um grupelho de radicais que se serviam do desespero das massas para atingir os seus próprios objetivos.

Ainda bem que havia, para contrabalançar, testemunhos de um ou outro sem-terra. Lá embaixo, num boxe, viam-se suas falas e fotografias. José Felício ficou branco como cera quando se reconheceu numa delas: barba por fazer, desgrenhado, um esparadrapo no supercílio. Na legenda, a frase que lhe atribuíram: *Só haverá paz no campo depois da morte do último latifundiário nas tripas do último tira*. Assim mesmo, sem tirar nem pôr. Após alguns segundos, durante os quais uma zoeira lhe fez girar a cabeça, ele se perguntou em que circunstâncias afirmara aquilo e quando e onde fora tirada aquela foto. Ah, lembrou: foi na saída do hospital, no desfecho daquela malfadada ocupação, quando levara uma tunda de laço. Sim, ele estava com raiva, de modo que, ante a pergunta arrevesada de um repórter, deve ter repetido algum bordão ouvido de passagem no Movimento. Agora, de uma coisa ele tinha certeza: ele não empregara a palavra *tira*, que não era do seu costume, embora a conhecesse dos filmes de televisão. Ele deve ter dito meganha, polícia, milico. Tira, ora, ele não era gringo.

– Como você me diz uma coisa dessas? – exclamou o Ivaldo, agora sem o gorro, sua calva precoce resplendendo ao sol do meio-dia. – Os homens vão marcar você. Se houver reintegração, eles vão entrar aqui e vão te catar, não tenha dúvida. Olha, se eu fosse você, dava um tempo, ficava alguns dias fora, inventava uma visita ou trampo urgente longe daqui.

— Que nada — dizia um outro. — Está na hora de dizer algumas verdades. O problema do Brasil é esse: uma elite que não solta a rapadura e os políticos corruptos a serviço dela.

— Mas eu não me lembro de ter dito isso — protestava Felício, ainda pasmo.

— Não esquenta, companheiro, não esquenta. Não vai acontecer nada.

— Essa foto tem mais de ano. Por que foram publicar justo agora?

— Olha, se a intenção era pintar a gente como um bando de baderneiros, eles não podiam ter escolhido foto melhor.

Houve risos.

— E a frase? Eu nunca disse isso.

— Se disse ou não, a frase caiu como uma luva.

— Em todo caso, se eu fosse você — insistia Ivaldo —, dava uma sumida por algumas semanas: todo mundo lê esse jornal. Você é pai. Seus filhos não vão ganhar nada se ficarem órfãos.

— Agora, se a tua pretensão é virar mártir — interveio o Jorjão, que até então se mantivera alheio à conversa —, não se preocupe: não vai faltar gavião pra tua polaca. Aliás, é engraçado como a tua barraca vive cheia de gente.

Felício sentiu o sangue golpear nas têmporas. Num segundo viu Rosália adolescente, a palma das mãos perfuradas, viu a cruz da igreja onde casaram quase uma década depois, viu o pai saindo de casa, corneado, viu o padre entrando na barraca. Respirou fundo e encarou o outro, que sustentou o olhar. Em volta fizera-se um silêncio de morte.

– O que você está querendo dizer com isso, companheiro? – perguntou com aparente fleuma, mas sua voz saiu grave, roufenha, como a de um robô.
– Só estou repetindo o que todo mundo já sabe.
– E o que é que todo mundo já sabe que eu não sei?
– Ora, meu, você não vai querer que eu fale aqui, não vai?
– Gente, que isso! – interveio Ivaldo. – Vamos acabar com essa história!
– Alguém por acaso pode me explicar esse paranauê? – continuou Felício, olhando em torno. – Minha mulher por acaso está me botando chifres, Ivaldo?
– Ô meu amigo, larga disso. Vamos, vamos dar uma andadinha...
E olhando de volta para o Jorjão, ajuntou Felício:
– O que é que todo mundo sabe? Diga na minha cara se você tem culhões.
– As visitas na tua barraca...
– Que tem essas visitas?
– Bom, é que... é o que estão falando...
– Estão falando o quê? Seja claro!
– Vamos, cara, vamos dar uma volta – insistia Ivaldo, de pé na sua frente, estendendo-lhe o braço.
Felício se levantou. Antes, no entanto, apanhara à socapa uma pedra do chão. Ora, bebidas alcoólicas eram proibidas no acampamento. Era uma das tais regras, apesar de que eventualmente se fizesse vista grossa ante uma cervejinha ou outra. Todavia, Felício, um pouco antes do almoço, havia virado uns goles de cachaça, de uma garrafa emprestada às escondidas do Ivaldo, que fazia as vezes de supridor clandestino dos vícios dos acampados – esse e outros. Então, foi um átimo – e não devemos creditar

toda a culpa ao álcool –, e José Felício, dando a entender que ia embora, virou-se e caiu sobre o já antigo desafeto. Engalfinharam-se, rolaram no chão, unharam-se. Jorjão era mais alto uns dois palmos, como dava a entender o seu apelido, e seus bíceps estufavam as mangas justas. Mas a desvantagem física de Felício foi compensada por duas pedradas enérgicas que desferiu no rosto do adversário. Logo Jorjão estava cuspindo sangue, com um ou outro dente quebrado.

Meia hora depois, apartados os brigões e serenada a confusão, os dois receberam uma severa advertência da coordenação: mais uma daquelas e seriam terminantemente expulsos não só de Nova Canaã como do Movimento. Onde é que já se viu? Como iam vencer o inimigo se estivessem divididos? Não é necessário falar que Rosália ficou terrivelmente vexada e apoquentada com aquele quiproquó todo. Elias é que se encheu de orgulho do pai. Felício não voltou ao trabalho aquela tarde e ainda teve que ouvir de Jorjão, quando os dois se despediram um do outro, sob os olhares atentos do júri improvisado que se formara:

– Tomara que *eles* te peguem, cara.

* * *

Desse modo, na morte de Deus se completa o processo de hominização divino iniciado com o propósito da encarnação. Na solidariedade radical da mesma morte, na irmandade absoluta da mesma finitude, é que Deus se revelaria plenamente humano. Se a Divindade fosse poder e resplendor, ela não seria mais do que um ídolo universal, titânico e tirânico. É necessária sua morte para que o ser humano possa viver. E assim se ilumina o sentido último do hino de Filipenses: este não é apenas um hino cristológico, mas acima de tudo soteriológico. O autoesvaziamento divino é condição *sine qua non* para o desenvolvimento pleno do humano. Num mundo sem ídolos, homens e mulheres podem construir sua existência, sem ilusões.

* * *

– Vamos levantar os braços pro alto, homem, e agradecer a Deus outro milagre.
 – Quem foi dessa vez?
 – Dona Catarina, mulher de seu Miroslau. Suas varizes! Desapareceram todas, completamente. Ontem, da noite pro dia.
 – Não foi ela que já tinha recebido uma cura semana passada?
 – Sim, sim, de uma hérnia de hiato. É uma mulher de fé, filha de Maria, legionária, zeladora das capelinhas...
 – Quero ver o que o padre Estanislau vai falar.
 – Calma, homem. Ele pode ser indeciso, ressabiado, mas é um representante de Cristo. Temos que ter paciência, com o tempo as coisas se ajeitam. Mas eu estou achando o amigo meio abatido. O que há?
 – Olha, às vezes as coisas parecem tão difíceis...
 – Eu entendo, eu entendo. Mas não devemos desanimar.
 – É muita futrica, muito fuxico. E quem devia ajudar, como o padre, se esconde, até ataca.
 – Os caminhos de Deus são assim. Estreitos, apertados, cheios de espinhos.
 – Por isso são poucos os que neles entram.

— Poucos não. Veja essa multidão: quando que você um dia ia imaginar ver tanta gente assim no seu sítio?

— Mas não perseveram. Vieram todos em busca de graças. Logo que alcançam, desaparecem. Nem todos são como dona Catarina.

— É verdade, é verdade. É fácil ser cristão no Domingo de Ramos. Difícil é continuar a ser na Sexta-feira Santa. Mas eu lhe digo, homem, vale a pena. Veja eu, por exemplo: veja estas mãos que antes não paravam de tremer — e o velho congregado mariano estendia os braços finos, de veias saltadas. — Está vendo? Nenhum tremelique. Louvado seja o Senhor! Por isso eu digo: não devemos desanimar. Não devemos dar esse gosto ao diabo.

— Pois é, seu Nicolau, mas eu às vezes fico pensando, cá com meus botões: e Rosália, tão novinha?

— É uma santa, seu Boleslau, uma santa. Uma escolhida de Deus. Orgulho da sua família e de toda Imbiruçu. De tanta gente no mundo, imagine só, Deus foi escolher justo ela, aqui, em nosso meio. É muita honra.

— Duro entender os motivos de Deus...

— Com certeza, seu Boleslau, com certeza. Mas ele sabe o que faz. É por isso que a gente não pode nunca deixar de agradecer. Desde o dia em que toquei em sua filha, eu nunca mais fui o mesmo. Louvado seja o Senhor! Por isso eu digo, homem, não devemos desanimar. Não devemos dar esse gosto ao diabo.

— Claro que não.

— Ele fica rondando, rondando, o tinhoso, na espera de um momento de fraqueza. É como o leão que ruge, como diz a Bíblia. Já viu leão atacar animal forte, sadio, no meio do bando?

Não, seu Boleslau nunca tinha visto um leão atacar. Aliás, ele nunca vira leão. Só no circo – uma vez, um leão velho, de pelagem rala, ruça. Não, seu Boleslau nunca tinha visto um leão atacar. Aliás, nunca vira leão algum. Só no circo. Uma vez, um leão velho, de pelagem rala, ruça. Onça sim, ele já vira. Duas vezes. (Onça – ou como se diz por aí: acanguçu, iauaretê, jaguaraí, jaguarapinima, piabuçu, sororoca, urujauara...) Um dia, bem moço ainda, percorrendo um carreador perto de Rio Bonito, topara com uma, grande, parda. O felino, muito gracioso por sinal, acompanhava-o do picadão batido, ao lado, caminho dos igualmente temíveis caingangues.

– Não – continuava o outro –, o leão espera a gente se afastar, fraquejar. Aí ele vem de mansinho e... babau.

–Disgrafute!

A onça o seguira por um bom tempo, ao longo do qual ele rezara todas as orações de que se lembrava, em "brasileiro" e em polonês: *Wierzę w Boga Ojca Wszechmogącego*... Não satisfeito, tartamudeou todo tipo de promessa – entraria num convento, migraria para a Polônia, não tomaria mais uma gota de álcool –, nenhuma das quais, não é preciso dizer, ele cumpriu. A outra vez foi alguns anos depois. Era de noitinha. Ele voltava da casa de dona Florentina, então sua noiva, quando se deparou com o animal diante dele, num capão escuro. Dessa vez ele levava a espingarda. Não vacilou: pregou chumbo. O bichano, em meio a espantosos urros, sumiu numa nuvem de fumaça. Era pintada, a onça. Segundo o povo, são das piores. Hoje ele não faria mais isso – exceto se atacado, é claro. Os animais estavam desaparecendo ante o avanço de um animal ainda mais terrível: o homem branco. (Não, seu Boleslau não pensou assim. Isso foi inferência – aliás, ingerência – do narrador, que não consegue manter-se oculto.)

– Por isso a gente tem que estar juntos, unidos. E dá-lhe oração, dá-lhe jejum. Alguns tipos de espíritos, diz a Bíblia, só são expulsos à força de muita oração e jejum. E você, seu Boleslau, tem jejuado?

– Dona Zenóbia me aconselhou toda sexta. A pão e água. Até a hora da janta.

– Eu, quando jejuo, não ponho nada na boca até a meia-noite. Mas cada um faz do jeito que pode, segundo as suas forças. Experimente jejuar também às quartas, seu Boleslau. Você vai ver que diferença. A gente fica fraco, sente tontura. Mas espiritualmente, homem, que fortaleza!

– Vou tentar.

– E no mais, você sabe que pode contar comigo, comigo e com a patroa. Afinal, a gente se conhece desde quando Imbiruçu era um muquifo, não é verdade?

– É verdade. Faz tempo, foi quando vocês vieram de Santana. Em todo caso, obrigado pela força, seu Nicolau. De coração. É bom saber que temos amigos. – E depois de uma pausa, durante a qual seu Boleslau ergueu o chapéu e ajeitou os cabelos: – E lá na quitanda, como vão as coisas?

– Os filhos é que estão tocando. Agora é a vez deles. Quanto a mim, depois desse milagre, estou só dedicado a Colo do Céu. Aqui é meu céu, seu Boleslau. Meu e de muita gente. E olhe lá que tem mais ônibus chegando! Hei, hei, aqui! – gritou seu Nicolau, acenando os braços descarnados, agitando a cabeça alta, de um loiro pálido; apontava para uma das poucas vagas que sobravam do terreno reservado aos veículos de grande porte.

Mas milagre, milagre mesmo, ainda estava para acontecer. Entre os romeiros e curiosos que por lá apareceram aquele dia encontrava-se um que chamava particularmente a atenção: era um jovem magro, quase molambento, com um embornal surrado pendente do ombro. No rosto encovado, os olhos acinzentados, de uma fixidez intimidadora, junto à barba de dias e o cabelo escorrido, não ajudavam na composição da figura – cujos traços eslavos, porém, denunciavam uma procedência familiar.

– Como eu faço pra ver a santa?

– Olha, não são todos que podem vê-la. Só os mais doentes e necessitados.

– Mas eu preciso, pelo amor de Deus. Onde está o pai dela?

Conduzido a seu Boleslau, o forasteiro exclamou, abrindo os abraços:

– Pai!

O velho agricultor levou alguns segundos para reconhecê-lo. Afinal, eram anos de afastamento, anos que não tinham passado sem sedimentar suas marcas, sem refazer-lhe os traços, sem afilar e envelhecer precocemente o rosto do rapaz. Então, de repente, como na parábola, o pai abraçou o filho. E como na parábola também, depois das palavras iniciais, engasgadas, embargadas, embaraçadas, o pai levou o filho para dentro de casa, onde lhe deu uma muda de roupa limpa e um par de calçados novos.

– Florentina, vem ver quem está aqui!

À noite fez preparar um churrasco com o novilho cevado (como na parábola), acompanhado de música alegre e gasosa abundante – que bebida alcoólica estava proibida por ordem de dona Zenóbia.

— Caramba, pai, como Rosália está famosa. Quem ia imaginar? Foi um colega que me mostrou o jornal: olha, Romualdo, essa garota aqui tem o seu sobrenome. Olhei e levei um susto: meu Deus, é a minha mana!

Contudo, diante da irmã, à tarde, ele não havia demonstrado muita emoção.

— Rosália, como você está crescida! Com uma beca nova, ia fazer sucesso na cidade.

— Você precisava ver ela antes de cair de cama – comentara dona Florentina, ao lado, esta, sim, verdadeiramente emocionada.

Maria Albertina, todavia, aboletada na poltrona, quase entalada, não deixara de olhar torto para o sobrinho desnaturado.

No dia seguinte, Romualdo, escanhoado, cabelo lavado, traje novo – parecia outra pessoa! –, tratou de dar uma volta pelos três ou quatro alqueires da velha propriedade. O sítio, com efeito, estava uma desolação: mato, lama e mandorovás por toda parte. Uma vaca, sarapintada de carrapichos e roída de bernes, mascava os pendões das couves no que restava da horta. O galinheiro jazia em ruínas e o único galináceo que ele achara foi um garnisé quase depenado, ciscando junto ao Tob. Além disso, qualquer um, na maior cara de pau, se dava a liberdade de arrancar os caquis e as laranjas que sobravam no pomar, jogando depois o caroço e o bagaço onde bem entendesse. Mas acima de tudo o que o impressionou mesmo foi o número de peregrinos que desde manhãzinha não parava de aumentar e só refluía tarde da noite, muitos dos quais não se faziam de rogado ao oferecer um donativo – inclusive em cheque – à família da estigmatizada. Do mesmo modo, a caixa de ofertas ao lado do altar não lhe passou despercebida, nem quando, à partida do último visitante, o pai a abriu e se pôs a conferir a féria do dia, a qual pelo jeito não tinha sido nada módica.

Durante alguns dias, o jovem foi um dos obreiros mais dedicados de Colo do Céu. Com dois ou três voluntários, empreendeu uma rigorosa limpeza do terreno, e as tiriricas e o capim-duro viram-se de repente em vias de erradicação. Em seguida conseguiu de um pequeno fazendeiro um rolo de aramado e concertou a cerca do pomar. Com retalhos de tábuas e caixotes, armou três ou quatro bancos, de modo que agora se dispunha de mais assentos para o contingente cada vez maior de idosos e enfermos. Na entrada da propriedade, levantou uma placa com os dizeres "Santuário Colo do Céu", e mais ao lado, encimando uma seta, "estacionamento", para o qual organizou um minucioso sistema de cobrança que se valia tanto do tamanho do veículo quanto do tempo de permanência; atendendo a apelos, isentou cavalos e bicicletas. Finalmente, transferiu para o paiol, mais amplo, mais apto para grandes assembleias, as reuniões de oração que até então se realizavam na sala da modesta residência. Seu Boleslau aprovou a decisão, pois assim eles voltariam a dispor de certa privacidade pelo menos dentro de casa. Segundo os vizinhos, esse novo filho pródigo era a prova mais cabal dos poderes miraculosos de Rosália. Quem, senão ela, para endireitar o antes incorrigível irmão? No entanto, quem não gostou nem um pouco da novidade foi o Zé Candonga, que até então vinha se recusando a cooperar com o intrujão. Que é que aquele safardana pensava que era? Depois de escafedido por anos, sem dar sinal algum de vida, pensava que podia simplesmente voltar e fazer tudo o que lhe desse na telha?

Certa feita, saboreando o seu mate vespertino, sentado ao pé de um marmeleiro, o outro veio abancar-se ao seu lado.

– Aceita? – o empregado perguntou de má vontade, estendendo-lhe a cuia.

– Não, obrigado. Prefiro chupar isto aqui ó – respondeu o filho do patrão, apontando a guimba do cigarro de filtro que fumava. – E após uma baforada, cravando os olhos fundos no interlocutor: – Olha, eu queria saber quais são as suas reais pretensões a respeito de minha irmã.

Zé Candonga ficou aturdido.

– Rosália?

– E eu tenho outra?

– Como assim *minhas* pretensões?

– Não me aluga, meu irmão. Eu saquei que você arrasta a asa pro lado dela.

– Mas como eu posso ter alguma pretensão nesse estado em que ela está?

– Se ela não morreu até agora, não morre mais. E isso tudo, essas feridas, esse sangue, um dia passa. Também, pudera, criada neste fim do mundo, no meio dessa gente carola até o osso, você queria o quê? Mas ela está crescendo e isso vai sarar.

– É o que eu também quero.

– Sabe, meu, eu fui com a tua cara, apesar de você não ter ido com a minha. Não, não, não adianta negar, eu sei. Acha que não percebi? Pra vocês daqui, eu que vim da cidade, de fora, sou uma figura antipática, reconheço. Mas como eu ia dizendo, eu fui com a tua cara. De certa forma, você é o filho que o meu pai sempre quis ter. O predileto

morreu. Só ficou eu, esta ovelha negra. Então você é como filho pra ele. Você só tem um defeito...
– Como?
– Só um defeito: não é polonês, não é da comunidade. Pior: ainda por cima é meio bugre. Mas paciência, ninguém é perfeito. E esse negócio de sangue é besteira. Outra: meus pais precisam de alguém que olhe por eles na velhice. Eu não sirvo pra essa vida no campo. Deus me livre! Em breve volto pra Curitiba. Pretendo juntar uns caraminguás e me mandar pros States. Não gosto de gringo. Mas é lá que a grana rola. Vou fazer a América, meu amigo, que esta aqui debaixo gorou. – Romualdo deu outra tragada. Acrescentou: – Agora, se o teu objetivo for apenas descabaçar a menina, saiba que de onde eu estiver eu volto e encho os teus cornos de chumbo.
Zé Candonga agitou as mãos, em sinal de protesto.
– Mas se for pra casar, constituir família, essas coisas, saiba que tem o meu apoio. Mas te garanto que o trabalho de bastidor pra convencer os velhos não vai ser fácil... Ah, quem é aquele grandalhão ali com cara de songamonga?
– Onde? Ah, é o doutor Günther, o médico.
– O doutor Günther? Me lembro dessa peste. Não me esqueço o dia em que o desgramado me deu uma injeção que me deixou duas semanas de cama... E o que ele pensa dessa história toda?
– Bem, ah, sei lá... Esse alemão é meio cabeça-dura.
– Oh, olá! – saudou o médico, de longe, acenando a mãozorra.
– Olá – responderam os dois.
De fato, depois de uma semana mergulhado em velhos alfarrábios do tempo de estudante, doutor Günther

chegava para experimentar um novo tratamento heterodoxo. Primeiro – a missão mais difícil e delicada – precisava livrar-se daquele cão de guarda, a Maria Albertina, a qual somente depois de muita relutância consentiu em deixar o quarto.

– Olha lá o que o senhor vai fazer com a minha sobrinha, hein!

– Vamos, vamos, anda. E lembre: preciso de meia hora sem nenhuma interrupção – ele disse com a sua tradicional risadinha, o que deixava a velha ainda mais enjerizada.

O médico fez a menina sentar-se confortavelmente na poltrona, enquanto ele postava-se, muito aprumado, numa cadeira em frente dela. Depois de alguns minutos de conversação, durante os quais repisou as perguntas de praxe, recebendo as mesmas respostas de sempre, ele afirmou:

– Pois bem, hoje vamos testar um método novo. Em vez do corpo, vamos abordar a mente, já que está aí, em última instância, as bases de nossa saúde. Mas pra isso é preciso que você confie no médico. Não vai doer nada, não vou fazer nenhum curativo, não será necessário medicamento algum. Só preciso da sua boa vontade. Vamos tentar?

– Sim, doutor.

– Muito bem. Olhe então pros meus dedos – prosseguiu o alemão, com voz mansa, porém firme.

Com a mão direita, ligeiramente acima dos olhos da garota, fazia girar lentamente os dedos indicador e médio, enquanto com a outra mão tocava de leve em sua fronte.

– Não tenha medo, não tenha medo, Rosália. Vai acontecer exatamente o que nos acontece toda noite. Isto é, você vai passar do estado de vigília, de atenção, ao estado de sono, de relaxamento. Olhe, continue olhando pros meus dedos. Não afaste os olhos deles. Isso, isso. Você não terá mais consciência do que se passa ao seu redor, seus membros ficarão pesados e uma doce canseira tomará conta de todo o seu corpo. Somente quando eu ordenar, você vai acordar. Vamos, vamos, Rosália. Olhe pros meus dedos. Assim, assim. Os seus olhos estão ficando pesados. Você sente um suave entorpecimento. Nenhum ruído externo lhe incomoda. O sangue vai se retirando aos poucos das extremidades dos seus membros. O seu coração vai batendo mais devagar. Você respira com mais facilidade. Inspira, expira. Inspira, expira. Lentamente. Isso. E mergulha pouco a pouco num sono profundo e restaurador.

Por alguns segundos, o médico interrompeu sua cantilena e, aproximando os dedos dos olhos de Rosália, baixou delicadamente suas pálpebras descoradas.

– Feche os olhos. Durma, durma. Repouse profundamente. Enquanto você dorme, o sangue deixará de verter das feridas, que se fecharão e cicatrizarão. Em breve não restará o menor sinal delas. Você vai levantar completamente sã. Voltará à escola, às suas atividades cotidianas, perfeitamente normal. Vamos, vamos, durma...

Pois não é que a pequena agora ressonava, o rostinho mais cândido que nunca? Dez minutos depois, porém, o médico a despertou com um estalo de dedos. Rosália acordou feliz, dizendo ter adorado a experiência. Por três dias seguidos foi este o procedimento do doutor Günther, que achava que dessa vez a menina se curaria. Realmente, no segundo dia o sangue tinha estancado. No terceiro, parecia que as feridas fechavam. No entanto, quando ele retornou no dia seguinte, pronto para uma nova sessão, Rosália expelia tanto sangue que seria possível encher com ele várias terrinas. Maria Albertina, vermelha, apoplética, vociferando impropérios, não deixou que ele visse a menina.

– Boche! Leite-azedo! Nazista! Deixa em paz minha sobrinha!

Doutor Günther deu de ombros e ficou dias sem aparecer. Sua luta era contra a doença, as patologias. Agora, contra a ignorância, a teimosia, o obscurantismo, não podia fazer nada. Entretanto, os fiéis tomaram aquele acontecimento como uma vitória da fé sobre a ciência. Houve inclusive quem visse no recrudescimento das chagas um sinal de que os alemães não eram assim tão sabichões quanto julgavam. Romualdo riu muito. Zé Candonga ficou preocupado.

– Por mim esse herege não punha mais os pés aqui – rezingava dona Zenóbia, com o que Maria Albertina não pôde deixar de concordar. – Pra não contaminar este santuário!

Acontece que seu Boleslau gostava do doutor e não via maldade nele. Além do mais, por via das dúvidas, era sempre bom contar com um médico por perto, argumentava dona Florentina, de modo que em uma semana doutor Günther, já meio reabilitado, estava de volta a Colo de Céu, circulando entre os peregrinos e enfermos.

– E então, doutor, quando o senhor vai se converter?

– Me converter? Me converter a quê, seu Ladislau?

– Ora, se converter à Igreja, à *nossa* Igreja, a única fundada por Jesus Cristo.

– Olha, eu não estou muito certo disso.

– Como não? Quem fundou então?

– Parece-me que o imperador Constantino teve a sua parte de reponsabilidade nisso. Por outro lado, não me parece muito provável que o filho de um carpinteiro tenha querido fundar uma instituição assim tão complexa.

– Faça-me o favor, doutor, o senhor, uma pessoa tão inteligente! – e a papada do ministro, vermelha, plissada, tremia feito gelatina. – Não foi ele que disse: "Tu és Pedro e sobre esta pedra edificarei a minha Igreja"?

– Quem disse isso foi Mateus, e cinquenta anos depois – retrucou o alemão, entre duas risadinhas nervosas. – A mesma passagem no Evangelho de Marcos, mais antigo, não faz menção nenhuma à Igreja. Além disso, essa palavra, "igreja" – *ekklesia* em grego – está aludindo a uma palavra em hebraico (nota do narrador: *qahal*, termo com o qual os hebreus designavam a assembleia do povo de Israel; pedante esse narrador, além de intrujão) cujo sentido está muito mais próximo de comunidade, congregação, agremiação do que o sentido que hoje atribuímos à Igreja.

– Ora, ora, o senhor é mesmo teimoso. Mas causa-me espécie que um discípulo de Lutero não leve em conta a fé!

– Fé é uma coisa, seu Ladislau. Fé é uma coisa, crendice é outra bem diferente.

*   *   *

Todavia, outras questões ainda estão abertas. A Kénosis afeta somente o Filho ou também as demais pessoas da Trindade? Para Charles Gore, a criação, ainda antes da encarnação, já seria um ato de autolimitação divina – ou abdicação, como dirá Simone Weil. Ao criar o mundo, ou seja, um outro distinto de si, Deus já estaria se autolimitando e se auto-humilhando. Efetivamente, como é possível que Deus tenha criado o mundo a partir do nada – a chamada *creatio ex nihilo* – se nem o "nada" existia, já que Deus era tudo e a tudo preenchia? Portanto, antes mesmo da criação como *opus ad extra*, foi preciso uma retração de Deus, um recolher-se de Deus dentro de si mesmo – *opus ad intra* –, a fim de que se produzisse o *nihil* necessário à "expansão" criadora.

* * *

Daqui a pouco vou pra casa de uns paroquianos, menti. Olhei o relógio: um pesado carrilhão que pertenceu ao primeiro padre desta paróquia. Vinte e cinco minutos para a meia-noite. Arrastei-me até o banheiro e aliviei a bexiga num longo e gorgolejante jato. Ato contínuo, abri a torneira e lavei o rosto. No espelho contemplei com certa satisfação os vincos com que o tempo me cobrava o seu ineludível tributo. Atentei nos olhos miúdos, muito juntos, a respeito dos quais não era possível saber se expressavam angústia, passividade ou simplesmente cansaço. Sobre a fronte larga de polaco os cabelos rareavam e assumiam uma coloração de prata. Sabedoria? Experiência? Tarimba? Não, o mais provável é que seja mesmo fadiga de material. Apanhei a escova de dentes, o tubo de dentifrício. Enquanto friccionava os molares, pensei no quanto a civilização ocidental é devedora do conceito de higiene. Boa parte das leis mosaicas não passavam de preceitos sanitários. Boa parte das leis morais são também sanitárias: devemos manter a uma distância segura o leproso, o louco, o estropiado. Nada de sangue ou emissões corporais. Não nos contaminemos com animais impuros, biscateiras, sicofantas. Já no quarto de dormir, troquei a camisa suada e borrifei-me com perfume, um perfume caro, importado, presente – adivinhem? – da coordenadora de catequese. Como água benta, o perfume. *Asperge-me com hissopo até que eu me purifique, lava-me até que eu me torne mais alvo que a neve.* Assim, dissimulados os odores naturais, roupa limpa, cabelo penteado, um sorriso pregado no rosto quase satisfeito, podemos ser readmitidos à comunidade dos homens. Eu não. Nunca serei um igual. Profissional do sagrado num tempo profano, membro de uma instituição bimilenar que se crê detentora do monopólio da verdade, pai sem filho, pastor sem cajado, serei sempre uma excrescência, um ádvena, a pústula, a mácula, o cabrito malhado entre as ovelhas brancas. Sal da terra? Luz do mundo? Creio que o meu sal perdeu há muito o sabor e os meus olhos se embaciaram irremediavelmente... A mente num tal torvelinho, tomei dois grandes copos d'água do filtro de barro da cozinha. Respirei fundo. Na geladeira, apanhei um resto de comida e uma garrafa, envolvendo aquela num pano de prato e metendo esta, com mais alguns utensílios, numa sacola plástica de supermercado. Encaminhei-me à garagem. Meu labrador, no pátio, latiu. Chamei-o: Tob, Tob! Fiz-lhe um agrado e ele se acalmou. Entrei no carro: um modelo popular, porém novo, e com todos os adicionais. Permaneci parado por alguns segundos, a chave na ignição. Se alguém me perguntasse em que eu pensava, eu diria que não pensava nada. Passavam-me, evidentemente, palavras e imagens pela cabeça – quem? onde? –, mas não havia trama, não havia drama, não havia eixo. Vagas ideias, apenas. Providência? Destino? Acaso? Não sei, não sei. Talvez sincronicidade. (Aliás, nunca fiz análise, ao contrário do meu paroquiano escritor, mas ultimamente tenho preferido Jung a Freud. Picareta, é o que ele pensa do Jung, picareta chique.) Finalmente acionei o portão automático pelo controle remoto e dei partida no veículo. Acelerei. Engatei a segunda. Saí, sentindo a suave rotação do motor. Depois de alguns minutos, liguei o rádio. Ouvi algumas notícias – *novas regras para crimes e acidentes graves de trânsito* –, parte de uma música: *What can I do without you? / I've got no place, no place to go.* Desliguei. Não, eu não queria que nada me distraísse, nada me alienasse. Era Natal, não era? Vamos celebrá-lo, então, de maneira condigna. A cidade estava, como era de se esperar, toda enfeitada, principalmente nos bairros mais elegantes. Anjos, duendes, Papais Noéis, luzes multicores, pinheiros salpicados de algodão branco. Pelas janelas abertas, rumores de vozes, risadas, crianças abrindo grandes embrulhos. Um menino nos nasceu, um filho nos foi dado, diz de novo o velho Isaías, seiscentos anos antes do nascimento de uma criança pobre a quem os apologetas cristãos atribuíram o cumprimento do vaticínio. Um menino nos nasceu. Para quê? Para que trocássemos presentes? Para que enchêssemos o bucho? Para que contemplássemos o céu estrelado e de repente sentíssemos uma nostalgia não se sabe de quê? (Quando meu pai morreu, todos esperavam que eu proferisse algumas palavras, palavras de fé, palavras de esperança – só porque eu era padre, *o padre da família*. E eu não queria falar nada, queria só permanecer ali, quieto, olhando o velho, que parecia sorrir. Aí eu repeti o discurso de que sempre me sirvo nessas ocasiões. Falei de ressurreição, vida eterna, paraíso. Até citei o famoso verso de José Martí, que sempre faz sucesso nessas situações: morrer é fechar os olhos para ver melhor. Mas contemplando meu pai, e sabendo que aquele corpo magro e carcomido pelo câncer já entrara em processo de decomposição, e mesmo tendo em mente que para muitos teólogos o conceito de ressurreição já não é assim tão literal, pareceu-me difícil acreditar que aquele rosto, nesta ou em outra qualquer dimensão, ainda abriria os olhos cansados debaixo das sobrancelhas espessas e me falaria...) Um menino nos nasceu. Sim, um menino nos nasceu. Para quem? Para os cristãos? Para os judeus? Para Mahmoud Ahmadinejad? Para os índios, os poloneses, os analfabetos? Para os ricos, que montam lindos pinheiros e trocam caros presentes? Para as crianças que ainda não se alimentaram hoje? Para todo mundo? Para ninguém? E lhe foi dado este nome: Conselheiro-maravilhoso, Deus-forte, Pai-eterno, Príncipe-da-paz, firmando-o, consolidando-o sobre o direito e sobre a justiça, continuava Isaías, um profeta (ou três, segundo os exegetas) a quem rei algum conseguira calar a boca. Conselheiro-maravilhoso. Príncipe-da-paz. Direito, justiça... Ah, Isaías, hoje você não se criava. Depois de muito circular – já era quase uma hora –, enveredei pelas ruas do centro velho. A paisagem de repente mudou: latões transbordando de lixo, lúgubres edifícios, muros cobertos de pichações, ruas esburacadas, um ou outro tipo suspeito.

* * *

Ora, se Deus é completo em si mesmo, ele não precisa de outrem. Por outro lado, se ele se desplenifica, se ele cria um vazio dentro de si, ele passa a carecer de um outro que o complemente e preencha. Este autoesvaziamento que teria precedido e preparado a criação foi denominado por Isaac Luria, no século XVI, de *zinzum*, que significa propriamente a concentração de um ser em si mesmo. Desse modo, ainda antes do princípio, havia o *zinzum*, o nada aberto no todo divino. "Portanto, o primeiro de todos os gestos do ser infinito não foi um 'passo para fora', mas um passo 'para dentro'", afirma Moltmann ao explanar a doutrina de Luria. E continua: "Com isso, o seu interior e o exterior correspondem-se entre si a modo de espelho." Consequentemente, o *zinzum*, antes mesmo da criação, é o primeiro ato kenótico.

* * *

Albertina, que até então vivera com a família em minúsculos apartamentos e diminutas casas, sempre presa por conta do seu pouco tamanho, aliado ao medo da violência e do trânsito assassino das metrópoles, agora descobria o que era liberdade, o que era esgravatar o solo fresco, trepar nos galhos retorcidos de uma árvore, deparar-se com um assustadiço gambá, um travesso sagui, uma festa de araras, o bico comprido de um tucano, topar com uma cobra debaixo de um tronco caído, magoar o pé num seixo pontiagudo, correr pelo faxinal sem fim atrás dos flocos de paina levados pelo vento, beber com as mãos em concha da água transparente de uma bica de taquaruçu na encosta do monte. Ah, aquilo sim que era vida! Além do mais, aquele clima de aventura, de filme americano, com invasão, derrubada de cerca, heroicos brados e hinos retumbantes – *forjaremos desta luta, com certeza, pátria livre, operária e camponesa* –, a excitava. Lembrava com nitidez da noite em que ali entraram. Depois de muito sacolejar na carroceria apinhada de um desconjuntado caminhão, sua mãe os acordara, a ela e ao irmão, com um beijo e a inesquecível palavra: *chegamos*. Em seguida foi o corte do arame e aquele povo todo marchando, debaixo de garoa, no escuro, com tochas, lanternas e imensas bandeiras que na manhã seguinte, no alto de compridas hastes de taquara, tremulavam, vermelhas, em meio a uma cidade de lona preta surgida da noite para o dia. Seus pais diziam que em breve aquela terra seria deles, e aí sim eles teriam melhores condições para educá-los, comprar roupas, sandálias novas, uma bolsa que nem a que ela vira uma vez e bonecas de verdade, não aquelas de trapos que a mamãe lhe dera. Todavia, para Betina, do jeito que estava, já estava bom. É verdade que lá não tinha televisão, banheiro, água encanada, além de ser desagradável dormir no frio naquela barraca de chão úmido, cheia de frestas e insetos que subiam na perna da gente. Mas, tirando isso, o resto estava ótimo.

– Ah, você está aí.

A guria, acomodada entre os galhos de uma tipuana, virou-se e olhou para baixo.

– O que você está fazendo aqui? – perguntou ela.

– Ué, a terra não é de todos?

Era o irmão, o nariz escorrendo e os dedos como os dela, sujos de terra. De um salto, ela se pôs no chão.

– Não, este lugar aqui é meu – ela disse, firme, esfregando as mãos no vestidinho puído. – Eu cheguei primeiro.

– Mentira, foram os adultos que chegaram primeiro.

– Não, não foi. Antes deles os índios viviam aqui.

– E pra onde eles foram?

– Eles quem?

– Os índios, ora.

– Eles foram embora, pro mato, quando os brancos chegaram.

– Mentira de novo. Eles casaram com os brancos e nasceu gente misturada que nem a gente. O pai é filho de índio.

– Não: o pai é neto de índio. A vó dele é que é índia, a mãe me contou. Agora, se você é tão sabido assim, me diga onde fica a Polônia.

Elias pensou, pensou, coçou o queixo e disse:
– Do outro lado do mar.
– Isso qualquer um sabe. Qual que é o nome do local? Viu, você não sabe nada. É *Europa*, seu burro.
– Dobra sua língua pra falar comigo.
– Não dobro.
– Dobra.
– Já falei que não dobro, seu burro.
– Como?
– Burro.
– Repita.
– Burro. Burro, burro.

Foi um segundo só e Elias estava em cima da irmã, segurando suas mãozinhas. Albertina era miúda, ossuda, mas não era fraca: no segundo seguinte, ela já o dominava, depois de terem rolado duas vezes no chão, espojando-se na terra, sujando-se ainda mais de pó e folhas mortas. Imobilizado o irmão, ela ria dele. Acontece que Elias também não estava para brincadeiras. Num puxão, conseguiu libertar-se e, depois de um novo giro, era novamente ele quem dominava a situação, segurando contra o solo os braços da irmã. Agora era ele quem ria.

– Me larga, seu piá de bosta – ela dizia, debatendo-se.
– Quero ver você agora se soltar.
– Me larga...
– Viu, eu sou forte que nem o pai. Agora, seja boazinha e peça desculpas.
– Não peço.
– Peça.
– Não peço.
– Estou mandando...

– Não, não... Me solta...

– Anda...

Lico continuava a segurar os bracinhos dela, agora pressionados sobre o pescoço. Ela ia ficando vermelha e aos poucos diminuía a resistência. Já não tentava se desprender, apenas o peito subindo e descendo ao ritmo da respiração arquejante. Mas no seu rosto via-se ódio. Então, reunindo todas as suas forças, Betina se sacudiu inteira, agitou, balançou as perninhas finas, numa tentativa extrema de libertar-se. Não foi sem esforço que o irmão a manteve presa.

– Eu vou contar pro pai, você vai ver!

– Se contar, você vai apanhar ainda mais.

– E ele vai surrar você...

– Ah, ah.

Os olhinhos dela (claros, ligeiramente estrábicos, lembravam a mãe) se encheram de lágrimas. De repente, Lico deu um salto para trás, liberando-a. Depois de um segundo de imobilidade, ela se levantou, zonza, a roupa manchada de terra, o rosto desfigurado pelo choro, que agora fluía, solto, como um comporta aberta de represa.

– Você vai ver, eu vou contar pro pai!

– Pode contar, pode contar. Eu não tenho medo nenhum! E você sabe: você vai apanhar mais depois – ele gritou, já que a irmã dera meia-volta e agora corria, desembestada.

Lico sentou-se no chão, ainda trêmulo, a respiração descompassada. Entretanto, uma sensação boa – de vitória, de superioridade – perpassava-lhe o corpo, em ondas brandas de calor. Sentia-se um herói. Claro que a irmã não era páreo para ele, apesar de ágil e traiçoeira: era menor, um ano mais nova – e mulher. Mas ele fora injuriado. Não podia senão revidar. E dar uma lição. Foi o que fizera, ora. Ela merecera. Ela sempre merecia. Era uma metida, uma chata, uma *fedelha* – conhecera não havia muito esta palavra, quando, numa roda de adolescentes, um guri lhe dissera: sai daqui, fedelho. Repetiu: fedelho, fedelho. Não sabia o que significava, mas pelo jeito como fora pronunciada (além de associações com outras palavras: fedor, pentelho), não devia ser boa coisa... Ora, a Betina é que era uma fedelha.

– Fedelha!

Um vento soprava, gelado. O menino de repente sentiu frio. E medo. Sua pele estava arrepiada. Fungou: dois fios de coriza lhe escorriam do nariz. Limpou-o com as costas da mão. Não se sabia qual estava mais sujo: o nariz ou a mão. Ou a camisa. Pó, ranho, sangue. Lembrou-se da última surra que levara do pai: de cinta. Deixara vergões vermelhos – nas costas, nas nádegas, nas pernas. Raciocinou que hoje, em virtude da briga em que o pai se envolvera – o último assunto no acampamento! –, ele devia estar de pavio ainda mais curto. O pai era fogo às vezes, perdia a paciência por qualquer coisa e, sobretudo longe da mãe, tascava a mão – sem dó nem piedade. Seria conveniente, portanto, ficar algum tempo longe. Até passar. Até esquecer. Até cair a noite. Até... Para tanto, o moleque conhecia um esconderijo infalível.

* * *

Entretanto, a Kénosis, na teologia judaica, não para por aí. Toda a história salvífica será a história das constantes auto-humilhações de Deus. A eleição dos patriarcas, o cativeiro do Egito, a aliança, o êxodo, o exílio – a tudo isso Iahweh se acomodará. Ele é um "fogo devorador" (Ex 24, 17), mas se revela no "murmúrio de uma brisa" (1Rs 19,12). Sintetiza Moltmann: "Ele é grande, mas olha para o que é pequeno. Ele reina nos céus, mas habita junto às viúvas e aos órfãos. Como um servo, empunha o facho para Israel através do deserto."

* * *

Com efeito, o sítio transformara-se num santuário. Romualdo vinha até levantando dinheiro, por meio de rifas e coletas periódicas, para a construção de uma capela – ou, quem sabe, um grande barracão para as reuniões nos dias de chuva, já que o paiol também ficara pequeno. Houve quem sugerisse – parece que um fazendeiro na bancarrota – que se envazasse e vendesse a água do córrego que cortava a propriedade, o mesmo que inspirara o seu nome original, pois não poucos testificavam os seus poderes terapêuticos. Pensaram, também, em organizar um bingo com uma ximbica doada pelo vereador, mas este item foi vetado por dona Zenóbia, visto que a Bíblia proibia jogos de azar; nunca mais se viu o automóvel e muito menos se soube de alguma quantia resultante de sua venda. Mas isso não era problema: entre os peregrinos mais endinheirados – aqueles que chegavam em possantes caminhonetes ou muito bem instalados em ônibus com ar-condicionado e motoristas de quepe –, nem todos eram mão-de-vaca, via-se pelo conteúdo das sacolas especialmente confeccionadas para as ofertas. E mais: de todos os pontos de um raio cada vez mais extenso, organizavam-se excursões e caravanas.

Ontem mesmo viera gente de São Paulo e Santa Catarina – e até do Paraguai já haviam aparecido curiosos. Houve um domingo, inclusive, em que Zé Candonga contara mais de cem ônibus! Queriam conhecer a santa dos estigmas, a menina das visões, pois no dizer de muitos ela também recebia visitas de Nossa Senhora. É por esse motivo que Romualdo, na condição de tesoureiro do conselho gestor de Colo do Céu, insistia na necessidade de uma edificação grande, verdadeiramente grandiosa: um galpão, um ginásio, um anfiteatro com amplas arquibancadas. Por que não um majestoso templo, maior que a catedral do bispo, com colunas jônicas e poltronas de cinema? Um arquiteto, que tivera a sogra curada de uma pancreatite aguda, prometera a planta; um engenheiro, cujo filho mongolóide começara a balbuciar ali as primeiras palavras, ofereceu o cálculo estrutural. Afinal, não apenas a segurança e o conforto dos fiéis, mas também a dignidade do sacrifício eucarístico exigiam tais investimentos, argumentava dona Zenóbia, pois ultimamente o padre dissidente de uma congregação de Ponta Grossa vinha aparecendo para presidir apoteóticas celebrações. Moreno para mulato, segundo os brasileiros, mulato para negro, segundo os poloneses, o religioso, se não tinha a pachorra e a teologia do padre Estanislau, compensava de sobejo tais deficiências com um entusiasmo a toda prova e ritos inusuais para as rubricas do missal, como baldes de água benta despejados sobre a multidão ou complexos movimentos coreográficos. Acompanhava-o um ministério de música, composto por animados jovens munidos de guitarras, teclado, bateria e baixo elétrico. Ao final da cerimônia, Rosália era conduzida ao palco – sim, pois a prefeitura, satisfeitíssima com a receita do turismo, providenciara toda uma parafernália de tablado, gerador de energia e caixas de som – e com as mãozinhas enfaixadas, toda trêmula, abençoava a assembleia. Prorrompiam gritos de júbilo, soluços de emoção e o baque de um ou outro corpo que estatelava no solo, desacordado. Depois, metido em sua batina cinza com cordão de franciscano, exalando um bodum de dias, o sacerdote refestelava-se na cozinha, dando vazão a um apetite digno de frade medieval.

– O padre e Rosália, hein, formam uma ótima dupla – comentava Romualdo, igualmente entusiasmado, atacando um prato de feijão com bucho. – Temos que planejar uma turnê pelo Brasil!

– Com certeza, pois afinal essa menina é uma dádiva pro mundo inteiro e não apenas pra nossa região – confirmava o frei, lábios e narinas lustrosos de gordura.

Devido ao chuvisqueiro renitente e ao pisar de tantos pés, o pasto virara uma lameira só, dificultando ainda mais a vida para as quatro ou cinco cabeças de gado que restavam aos Klossosky. Seminaristas de colarinho romano, três ou quatro irmãs da Sagrada Família, moçoilos de braçadeiras e cabelo à escovinha, piguanchas de xale, barangas arrependidas – aquela com quem Zé Candonga dormira parecia uma das mais contritas –, jovens engrouvinhados de bolsas de crochê a tiracolo, macutenas, aleijões, aluados, entre outros, circulavam entre a turba. Um rapaz, que por muito tempo andara de muletas, exibia as pernas miraculadas. Ao lado, um amigo de seu Wladislau narrava ao repórter de uma rádio fluminense como recobrara a fé perdida. No paiol, agora transformado em sala de ex-votos, uma senhora acendia uma vela de sebo do tamanho do filho, ao lado de braços, pernas, mamas, orelhas, fígados, rins e outros órgãos humanos confeccionados em cera ou talhados em madeira por artesões cada vez mais atarefados. Próximo à pocilga, deixando os animais em polvorosa, um brutamontes estrebuchava, ganindo sons glossolálicos. Além disso, havia gente que alegava ter visto o sol circungirar no céu; outros afiançavam que, depois de horas debaixo de chuva, não se haviam molhado, como em Fátima; outros ainda proclamavam que, volta e meia, longe de qualquer roseira, sentiam um maravilhoso odor de rosas, ou então, em rodas de oração, à noite, no meio de capões, presenciaram o fogo santo, isto é, a misteriosa combustão de ramos e gravetos que ardiam sem calor e sem se consumir. Também não faltavam relatos mais esdrúxulos, a exigir mesmo dos mais crédulos doses adicionais de fé, como a história do hermafrodita de Tomás Coelho, que, após banhar-se sete vezes no riacho, desapareceram-lhe as partes femininas. Todavia, o caso do homem que levitara era atestado por muitas testemunhas, entre elas a fidedigna mulher de seu Ladislau, dona Risolina, uma polaca cadeiruda que mal começava a relatar o caso desatava num choro inconsolável. Doutor Günther, por seu turno, nunca se viu tão sobrecarregado; mudara-se de mala e cuia para a propriedade (dormia na água-furtada, junto com dois rastaqueras a serviço de Romualdo) e não havia dia em que não trabalhasse pelo menos dezesseis horas. Não admitia, evidentemente, os milagres, mas não deixava de se impressionar com a indubitável melhora da saúde de muitos ali presentes. Quanto a Rosália, não conversava mais a sós com ela, pois Maria Albertina, sempre de atalaia em sua inamovível poltrona, não o permitia.

– E daí, doutor, pronto a reconhecer a existência do sobrenatural?

– O sobrenatural é só aquilo que ainda não conseguimos explicar, seu Nicolau.
– E todos esses doentes sendo curados?
– Apenas provam o poder da sugestão.
– Então haja sugestão pra curar tanta gente!

No meio de tanta balbúrdia, não se sabia desde quando começara a circular um opúsculo xerográfico com as mensagens que a Mãe de Deus teria transmitido à jovem estigmatizada. Dias terríveis estavam por vir, advertia a dulcíssima Virgem. Era preciso muita penitência e oração para que o comunismo – em conluio com a franco-maçonaria – não se introduzisse no país, levando de roldão a família, a moral e a propriedade privada (sinal da veracidade desses vaticínios era o terrorista que, de volta do exílio, exibira-se de tanga lilás nas praias da Babilônia tropical). Houve pânico em algumas pessoas. Um rapaz foi internado numa cidade vizinha em estado de grave inanição depois de duas semanas de jejum absoluto. Não faltou gente que resolvesse desfazer-se de todos os seus bens e depor o valor das vendas aos pés de seu Boleslau, o qual, escandalizado, recusava tal absurdo, para grande desapontamento de seu filho.

– Deixa que eu tomo conta dessas coisas, pai.
– Não e não! Depois esse povo sem eira nem beira vem acampar aqui e isto, que já está um estrupício, vira um pandemônio dos diabos.
– Mas pai, cadê a fé?
– Cautela e caldo de galinha não fazem mal a ninguém.

Contudo, não obstante o teor apocalíptico das profecias, nada diminuía a atmosfera de quermesse que se instalara em Colo do Céu. Antes do despontar do sol, barracas que vendiam desde terços e medalhas, passando por fotografias da videntezinha, até pisankis e outros artigos do artesanato polonês, disputavam palmo a palmo o espaço e a clientela com os carrinhos de cachorro-quente, as caixas de dolés e os latões cortados ao meio, transformados em fogareiros, onde se assavam espetinhos de xixo e queijo coalho. Mas, além disso, em tudo quanto é parte pululavam os tabuleiros de doces e quitutes típicos: salames cracóvia, queijos coloniais, pierogues, strudels, cuques, serniks, bigos, broas, chineques, bolos de mel, bolos de passas, bolos de frutas, o escambau. E entre a mixórdia de vozes que se elevava, percebia-se, aqui e ali, em meio a um português não raro arrevesado de sotaque, não apenas expressões e frases mas também conversas inteiras em dialeto – e um desavisado, se fechasse os olhos, podia-se acreditar de volta à ancestral Galícia. O sítio do vizinho em frente virara pousada e, ao que tudo indica, ele estava bastante satisfeito com o movimento, reservas agendadas para os próximos seis meses. Até um *tour* ele preparara para os hóspedes, um passeio numa tradicional carroça polaca pelos pontos turísticos da localidade: a igreja matriz, o palacete da prefeitura, a Pharmácia Internacional, o açude, uma casa de toras remanescente dos primeiros colonos (a típica *dom wenguowy*, feita de troncos enormes, entalhados e encaixados, sem o uso de um prego sequer), o salto d'água onde o arcanjo Gabriel teria aparecido à Rosália quanto esta ainda não completara sete anos...

* * *

Mais tarde, essas ideias – as seguidas auto-humilhações de Deus ao longo da história – serão desenvolvidas de uma maneira muito peculiar pela teologia rabínica da Shekinah. Para esta corrente, a Shekinah é a presença do próprio Deus, não como uma presença qualquer, a modo da onipresença divina, mas uma presença especial, concentrada, primeiramente na Arca da Aliança, que era transportável, depois no templo, de forma estável. Com a destruição deste e a deportação do povo hebreu para a Babilônia, passou-se a indagar onde estaria a Shekinah. Surge então – sobretudo depois da destruição do segundo templo – a concepção de uma inabitação permanente de Deus em meio a seu povo.

* * *

Enveredei pelas ruas do centro velho. A paisagem de repente mudou: latões transbordando de lixo, lúgubres edifícios, muros cobertos de pichações, ruas esburacadas, um ou outro tipo suspeito. Aí eram raros os sinais que denotavam o teor da festa. Aliás, ignorava-se que era festa. Festejar o quê? Festejar para quê? Além disso, o motivo da data – o nascimento de uma criança numa estrebaria, a se dar crédito a Lucas –, além de não ser muito condizente com sua natureza atual, parecia não oferecer grandes razões de júbilo. Crianças nascem todos os dias em tugúrios não muito mais cheirosos que o cocho de Belém. Nem por isso passa pela cabeça de alguém comemorar tais nascimentos, muito menos com comilança e bebedeira. A propósito, o Natal é uma festa ideológica. Foi instituído para obliterar uma antiga festividade pagã, o nascimento do deus Sol, que ocorria no solstício de inverno do hemisfério norte. Na verdade, ninguém sabe o dia em que Jesus nasceu. Mas 25 de dezembro é certo que não foi. Até o século quarto não há notícias de que a natividade de Cristo fosse comemorada; a festa cristã por excelência era – e é – a Páscoa. É somente em meados do século quinto que o Natal começa a ser celebrado, primeiramente em Jerusalém, depois em Roma, a partir de onde se difunde por toda a cristandade. Mas de toda forma, o Natal caiu no gosto popular: quem que não gostaria de festejar o aniversário do Salvador? Os comerciantes agradecem – ainda mais que aquela criança enjeitada, tão pouco vendável, foi substituída primeiramente por São Nicolau, o santo que distribuía moedas de ouro aos necessitados, e mais recentemente pelo anódino Papai Noel, com suas bochechas coradas, seu volumoso abdômen e seu riso bonacheirão... Eram mais ou menos esses os meus pensamentos quando, entrando por uma ruela sombria, deparei com uma mulher que trotoava na calçada oposta. Vestia uma minissaia de brim, debruada de rebites, e uma blusa curta, puída, que já fora vermelha, deixando exposto o ventre chupado. Fez um trejeito que interpretei como um sinal para que eu parasse. Estacionei junto ao meio-fio e baixei o vidro da janela do passageiro, por onde seu rosto de olhos claros assomou pronunciando palavras que deveriam, ao menos em tese, produzir um efeito libidinoso. Vi que lhe faltavam dentes, apesar de jovem, e quando entrou não pude deixar de reparar nas manchas escuras das coxas descarnadas. Eis aí alguém para quem não havia Natal, Ano Novo, Páscoa... Todo dia a fome a impelia às ruas, a mesma fome que lhe encovava precocemente as faces e lhe fechava as portas de saunas e boates onde o pagamento e a segurança deveriam ser pelo menos mais compensadores. Seguindo sua orientação, chegamos a um hotelzinho mequetrefe algumas quadras adiante. Depois de apanhar a chave na portaria com um brutamontes de palito entre os dentes e barba por fazer (desculpem o clichê mas isso foi real), galgamos dois lances de escada e, ao fim de um corredor estreito e mal iluminado, fomos parar num quarto cujos únicos móveis eram uma cama de casal esbodegada, uma cadeira de assento de palha e uma acanhada cômoda em cujo tampo descansavam uma jarra d'água e um rolo de papel higiênico. O assoalho de madeira tinha mostras de cupim e da parede nua pendia um espelho rachado com os olhos de um sacerdote grisalho. No ar, um cheiro enjoativo em que um dos ingredientes devia ser esperma. Bom, primeiro o dindim, ela falou. Puxei a carteira. Toma aqui, e eu lhe estendi cédulas que dariam para pagar pelo menos três programas. Ela arregalou as olheiras e sorriu. Mais que depressa amarrotou as notas dentro da diminuta bolsa. Qual é seu nome? – eu quis saber. Bertha, ela disse. Bertha? Sim, e com *th*. É mais chique, ela riu. É um nome bonito, comentei. De guerra ou de batismo? De guerra, é claro, que com meu nome de batismo eu não ia conseguir muita coisa: Maria. Também é um nome bonito, o da mãe de Jesus. Ah, mas estou mais para Madalena, ela gracejou, demonstrando não desconhecer rudimentos de catecismo. Madalena, ou Maria de Magdala, pensei, a que tinha sete demônios, segundo Lucas, a que servia sexualmente as tropas de ocupação, conforme os exegetas. (Na aldeia de Magdala, à beira do lago de Genesaré, é que se localizava o quartel general dos romanos na Palestina. Imaginosos, os exegetas. Agora, segundo um evangelho apócrifo, Madalena fora amante de Jesus. Amante não. Palavra com conotação negativa. Companheira. Aquela que comparte o pão.) Na hora da Paixão, lá estava ela, aos pés da cruz, junto com as outras Marias, a mãe de Jesus e a mulher de Cléofas. Os homens todos haviam debandado, com exceção de João, que ainda não passava de um garoto. Que força não tem o amor dos jovens e das mulheres! Não, não precisa tirar a roupa, eu falei. Não me acha boa? – ela se melindrou, cobrindo de novo as tetas caídas. É verdade que eu já tive tempos melhores, já fui cheinha, de peitos durinhos. Não, não, eu não vim aqui pra isso. Eu sou padre. E daí? – ela replicou, eu já atendi muito padre, pastor, reverendo. De baixo da roupa é homem igual. Eu sei, eu sei, mas eu vim aqui por outro motivo. Outro motivo? Qual? Eu vim aqui pra gente celebrar. Celebrar? Sim, celebrar. Celebrar o quê? O Natal. Ah, sim, eu tinha até me esquecido que é Natal, ela disse, o que é ruim pra mim. Não fosse o senhor, eu estava na pendura hoje. Que bom então, eu falei. E em seguida desenrolei o embrulho e saquei o que havia metido na sacola. De repente, na cama, apareceram um pedaço de peru, um champanhe, duas taças de cristal, talheres, pratos de plástico. Que é isso? É o nosso Natal, respondi, a nossa festa. Peguei a garrafa. Agitei-a rapidamente. Agitei mais. Maria me olhava, entre incrédula e jocosa. A rolha espocou. Ela bateu palmas com uma risada estridente. Enchi as taças com o líquido borbulhante. Ofereci uma a ela, com uma leve mesura. Brindamos. Feliz Natal, Maria. Feliz Natal, seu padre. Ela achava graça, parecia divertir-se com este insólito cliente: nos seus olhos, onde se percebia um discreto estrabismo, a desconfiança inicial, quando me vira sair do carro com aquele embrulho suspeito, esvaíra-se por completo. Mas então o padre é uma espécie de Papai Noel das putas? Não, não tenho essa pretensão, mas como Jesus disse que as prostitutas e os cobradores de impostos entrariam primeiro no Reino dos Céus, eu estou aqui, para ver se pego uma carona. Ela tornou a rir e, com um gole, liquidou o conteúdo da sua taça; eu também. Pediu mais. Em seguida pôs-se a devorar o peru com sofreguidão, limpando a boca engordurada nas costas da mão. O senhor me desculpe, mas é que eu estava com muita fome.

* * *

Aonde quer que vá Israel em suas peregrinações e angústias, aí segue a Shekinah, errante e solidária com o povo. Quando dois se sentam juntos para estudar a Torá, a Shekinah está no meio deles. Na sinagoga, no conselho dos anciãos, em família, nas orações, mas especialmente entre os pobres e doentes, lá estão as doces "asas" da Shekinah, como uma presença terrena, espacial e temporal da Divindade. Falar-se-á inclusive de um "exílio da Shekinah".

* * *

– Você ficou doido, é?
– Você queria o quê? Que eu vestisse a carapuça?
– Não interessa. Levasse o caso pro coletivo. Você põe quase tudo a perder. Queria que fôssemos pra beira da estrada, com as três crianças na mão?
– Desculpe, querida. Pisei na bola.
– Pisou mesmo. E bonito.
Estirado no colchão, José Felício aplicava um pano de prato úmido no olho intumescido. Pelo jeito, a mulher ainda não sabia da malfadada reportagem, senão já a teria mencionado também. Mais cedo ou mais tarde, porém, al-

guma desocupada se encarregaria de lhe transmitir as novas: o teu marido, hein, que coragem. Está se referindo à briga? – perguntaria Rosália, arredia. Não, não, a briga é até fichinha se comparado ao que ele falou no jornal. Jornal? Que jornal? Juro por Deus, Rosa, eu não disse isso, pelo menos não do jeito como eles colocaram aí, Felício asseguraria, convicto, quando interpelado pela mulher – e polaca, você sabe, quando fica brava, sai de perto. O ideal, mesmo, era dar um tempo, como o Ivaldo sugerira, sumir do mapa, picar a mula, ralar o bucho, até que esquecessem aquela infeliz declaração que o repórter – com que intenção, hein? – ressuscitara ou botara em sua boca. Amanhã mesmo ele daria um pulo na cidade, procuraria os amigos, os conhecidos, para ver se arranjava um bico, e antes de partir explicaria tudo à mulher. São só algumas semanas, querida, segura as pontas, logo estarei de volta. Antes, contudo, precisava zerar aquele pequeno débito com o Ivaldo – o qual, gente boa, nunca pressionava, ao contrário de outros para quem já ficara devendo até quantias menores. Lembrava de uma vez quando, na bodega que costumava frequentar para jogar uma sinuquinha, o dono da boca de repente apareceu e disse: para cachaça você tem dinheiro, não é? Aquele velho hábito, do qual chegara a se julgar liberto, quando o pastor impusera as mãos sobre ele, pois bem, aquele velho hábito, por força das circunstâncias, voltara. E agora, no acampamento, por sorte – ou por azar, ele nunca estava bem certo – ele descobrira um fornecedor. O material nem sempre era de primeira, tinha muita semente e estrume de vaca. Mas, de todo modo, era uma questão de honra acertar com o Ivaldo. Ainda bem que agora dispunha de um álibi para pegar dinheiro emprestado com a

mulher (ele nunca pagava, é verdade, nem ela tampouco cobrava, mas ele falava sempre que era emprestado): uns caraminguazinhos, querida, pra aguentar uns dias, até pintar um trampo.
– E o padre?
– Que padre?
– O padre Hugo, ora. Tem outro padre que visita a gente?
– Que tem o padre Hugo?
– Ele não veio hoje aqui ainda não?
– E por que ele viria aqui?
– Ele não te visita todo dia?
– Todo dia não. Uma ou duas vezes por semana. E não só eu, ele visita todo mundo que ele encontra no acampamento.
– Mas parece que ele tem uma especial predileção por esta barraca.
– José Felício, você por acaso está insinuando alguma coisa?
– Você que sabe...
– Olha, se você prefere – ela parecia nem um pouco disposta a brincadeiras, e o seu pezinho, martelando o chão, era sinal de que Felício se avizinhava perigosamente do início de uma altercação cujas consequências poderiam ser bem mais graves do que aquela com o Jorjão –, se você prefere dar ouvidos a essa conversa, eu acho melhor...
– Está bom, está bom, querida. Desculpe. Eu sou mesmo um paspalho que dá ouvidos a toda gente, como você diz.
– Você não é paspalho. Mas que dá ouvidos a muita gente que não devia, lá isso é verdade.
– Se você diz que não tem nada com o padre...
– Claro que não! Meu Deus, que que é isso?
– Eu acredito. Se você está dizendo, eu acredito...

Não, não dava para duvidar de Rosália. Se ela não era uma santa – santos não existem, ensinara o pastor –, ela era em todo caso uma escolhida, um vaso de eleição, como diria o mesmo pastor, embora ele próprio não tivesse tido a oportunidade de conferir, já que a mulher só fora uma vez à igreja (e ainda por cima desmaiara) e na única ocasião em que Felício tentara lhe esboçar um relato das misteriosas chagas o homenzinho torcera o nariz como que a dizer que aquilo não podia ser coisa de Deus. Entretanto, se não existiam santos, existiam mártires, como o Che e aquela mulher de que ele nunca esquecera o nome por lhe recordar a esposa: Rosa Luxemburgo. Então, se Rosália não podia ser santa, não porque não fosse boa, apesar de que isto ela era (inclusive na cama, ainda que este tipo de bondade não parecesse muito apropriado a santas), ela podia ser mártir. Contudo, mártir é aquele que morre, ou melhor, aquele que é morto, e Rosália não foi morta – Deus me livre e guarde! –, embora tenha sofrido feito uma condenada na adolescência. Complicada, a vida. Paradoxal, diria aquele fuxiqueiro do padre, que, convenhamos, é boa gente, senão não estaria sempre ali, metido nas barracas, incentivando os acampados. Ah, mas uma coisa é verdade: ele não tem um pingo da fé do pastor – ele e aquele outro pastor que nem terno usava. Do mesmo modo ele, Felício, não tinha a menor vocação para santo. Esse negócio de ficar desfiando terços, clamando misericórdia para cima e para baixo, como queria dona Zenóbia, aquela jararaca, ou abandonar de uma vez por todas suas talagadas de branquinha, como queria o pastor (não para que fosse santo, é claro, que isso não existia, mas para que ele fosse um homem de Deus, o que de qualquer forma parecia a mesma coisa), não era com ele. Ah, não. Agora, tornar-se mártir, um novo Che, já lhe atraía mais – e analisando sob esse ponto de vista, o comentário do Jorjão, excluindo-se a maldade, até que não era falso. De olhos fechados, ele até podia imaginar, gerações mais tarde, alguém do Movimento ensinando aos novos militantes quem fora o herói José Felício da Cruz – e via o seu rosto, de barba crescida e cabelos ao vento, estampando bandeiras, broches e camisetas vermelhas, o olhar ao mesmo tempo vago e firme de quem desde sempre se soube destinado a uma grande missão. Quem foi esse homem? – perguntaria um piá, apontando sua foto num pôster da parede. Foi alguém que deu a própria vida para que ninguém mais morresse sem pão, explicaria o professor, compungido. Ah, quanta bobagem, pensou ele, balançando a cabeça. Com os filhos ainda para criar e um mulherão dando sopa para a padraiada, não era negócio virar mártir. Aliás, tinha que admitir: desde aquele biruta do padre Estanislau, ele não gostava nem um pouco de padre. Padre? Madre? Bispo? Papa? Estou fora. Ah, mas gostava da vida, e muito, e por isso não devia morrer, não *queria* morrer, de maneira alguma. Além do mais, era sempre melhor um lutador vivo do que um combatente tombado, um soldado de pé do que uma lápide no chão, por mais heroica que tenha sido a sua história e valorosas as suas lutas. Sim, ele gostava da vida, da mulher, dos filhos, da brisa no rosto, do cheiro da terra, de um bom chimarrão e – por que não confessar? – de uns goles de aguardente e umas bolas de xibaba, que é como os malucos de Imbiruçu chamavam a maconha. Mártir, ele? Não, nada a ver.

– Tudo bem – e ela suspirou. – Então vamos cuidar desse teu olho.

– Não é nada, não é nada. Já passa. Você precisa é ver como aquele brucutu ficou.
– Só espero que isso não traga mais consequências.
– Não esquenta. Não vai dar nada. Tem coisa pior.
– Coisa pior? Vira essa boca pra lá! Com a graça de Deus tudo vai se arranjar.
– Deus te ouça.
– E nos guarde de cometer asneiras.

E das asneiras já cometidas, ele pensou. Ora, ele não dissera aquele diacho de frase! Só haverá paz no campo depois da morte do último latifundiário nas tripas do último *tira*. Bem capaz que ele ia usar essa palavra! Meganha é melhor. Só haverá paz no campo depois da morte do último fazendeiro nas tripas do último meganha.

– Amém. Agora vem cá, mulher, me dá um abraço, que estou precisando.

Com um rápido olhar, Rosália constatou, no berço improvisado, que o neném dormia a sono solto. Extenuado pela noite de choro e cólica, o pequeno devia permanecer assim por um bom tempo. Lico e Betina estavam fora, na certa brincando ou explorando os caminhos daquela vasta propriedade. Ela então se curvou em direção do marido, entremostrando, no decote largo, sem sutiã, dois rotundos e brancos seios, cujos mamilos, que já foram rosados, agora tendiam para o castanho. Que misterioso é o tempo, que amadurece não só as frutas mas também as cores e as formas do corpo... Se a cintura dela já não era mais tão delgada, as ancas, por sua vez, estavam mais largas, voluptuosas – efeito das gravidezes. Mas se haviam mudado os ingredientes da atração que ela exercia sobre o marido, o mesmo não se podia afirmar da intensidade do desejo dele.

Realmente, Felício, que há minutos parecia tão abatido, de repente encheu-se de vigor e fúria e a abraçou, enquanto sua língua irrequieta procurava-lhe a raiz dos cabelos, o céu da boca, o alvéolo das orelhas, os seios que saltavam como dois filhos gêmeos de gazela. Mais santa que as santas, mais mártir que os mártires, e no entanto ali, diante dele, mulher.

– Calma, calma...
– Calma o quê?
– Alguém pode ver.
– Não, ninguém fica aqui espiando o que os outros fazem atrás das lonas...
– E se alguém vier nos procurar?
– Vai ter o senso de voltar depois...

Rolaram. Felício mordeu a omoplata de Rosália. Ela gemeu, arrepiada. Rolaram de novo. Riram. De repente, o tempo assumiu outra consistência. O espaço liquefez-se. Os marcos antigos foram movidos, cercas de arame farpado arrancadas e uma série de atributos divinos – a onisciência, por exemplo – perderam o sentido ancestral. As estrelas do céu caíram sobre a terra, como frutos verdes de figueira sacudidos pela tempestade. Ao mesmo tempo, um novo povo, manso e humilde de coração, com foices e facões, conspirava no ventre amniótico da terra. *Leva-me, ó rei, aos teus aposentos e exultemos! Alegremo-nos em ti. Mais que ao vinho, celebremos teus amores.* Cracóvia tornara-se uma maloca e pisankis e babuskas eram agora comercializadas pelos índios guaranis – ou seriam os caingangues? – entre as barracas do acampamento. *Wierzę w Boga Ojca wszechmogącego, Stworzyciela nieba i ziemi...* No alto dos céus um evangelho diferente era urdido, com mel, limão e o sumo de imensuráveis menstruações. A partilha não tardaria, os despojos divididos entre o guerreiro e o sacerdote. *O amor é paciente, o amor é prestativo, não é invejoso, não se ostenta, não se incha de orgulho.* O sol se confundia ao orvalho das manhãs e insuflava o hálito da vida nas bonecas enfileiradas sobre a cômoda. A vida tornara-se uma fatalidade boa, como o cheiro da terra fresca removida pelo arado, o odor do café recém-coado inundando a casa, o aroma de coxas, braços, axilas misturados. *Levou-me ele à casa do vinho, e contra mim desfralda sua bandeira de amor. Sustentai-me com bolos de passas, dai-me forças com maçãs, oh! que estou doente de amor...* O retraimento de Deus era a potência dos homens, ao passo que o caminho transcorrido não trazia mais as marcas da vergonha. *Iw Jezusa Chrystusa, Syna Jego Jedynego, Pana naszego, który się począł z Ducha Świętego, narodził się z Maryi Panny...* Aliás, não havia vergonha naqueles tempos em que os gigantes pareciam gafanhotos e Czestochowa, preta que nem Aparecida, andava no faxinal de pés descalços. *Nada faz de inconveniente, não procura o seu próprio interesse, não se irrita, não guarda rancor.* A hora da vingança enfim chegara: o lobo habitará com o cordeiro e a onça pintada deitará com o cabrito. Ó tu, que habitas sobre muitas águas, rica de tesouros, é chegado o teu fim. Mas no momento da maior dor, da exasperação de todos os sentidos, seu diminuto coração eslavo abarcaria a terra inteira e todos os colonos celebrariam a Páscoa nova da libertação. *Filhas de Jerusalém, pelas cervas e gazelas do campo, eu vos conjuro: não desperteis, não acordeis o amor, até que ele o queira.* Depois, só a saudade, o desejo de que o que foi não se tenha ido por completo, a inútil nostalgia. A vida é doce e amarga, mansa e violenta, minha filha. *Umęczon pod Ponc-*

kim Piłatem, ukrzyżowan, umarł i pogrzebion... A conquista diuturna da terra, caçarolas e panelas de cobre fumegantes, a indefectível gaita de boca, telhados de duas águas, o número dos redimidos, a brisa nos cabelos, os braços levantados da maioria – cacos desprendidos de um gigantesco mosaico, pétalas arrancadas de uma rosa escarlate, o sonho inviolável sob as pálpebras cerradas. *Não se alegra com a injustiça, mas se regozija com a verdade. Tudo desculpa, tudo crê, tudo espera, tudo suporta.* Olha, preparei uma torta de requeijão, uma sopa de repolho, bolos de mel, pierogues, bigos, que nem mamãe. A felicidade dói, lateja no coração aberto, na grande chaga do amor ferido. Só quem se sabe fraco pode compreender as fraquezas dos outros. *Vê o inverno: já passou. Olha a chuva: já se foi. As flores florescem na terra, o tempo da poda vem vindo, e o canto da rola está-se ouvindo em nosso campo.* A terra é de quem nela trabalha, as crianças correrão livres pelo país e o papa anunciará, com o dedo do anel no mapa-múndi, a existência de um novo continente. *Zstąpił do piekieł trzeciego dnia zmartwychwstał...* Os idosos, os enfermos, os inválidos, esses eram o alvo dos maiores desvelos. *O amor jamais passará. Quanto às profecias, desaparecerão. Quanto às línguas, cessarão. Quanto à ciência, também cessará.* Uma semente não brota da noite pro dia. *Desperta, vento norte, aproxima-te, vento sul, soprai no meu jardim para espalhar seus perfumes. Entre o meu amado em seu jardim e coma de seus frutos saborosos.* Ah, e as flores: sempre-vivas do campo, dálias, copos-de-leite, brincos-de-princesa, orquídeas, bromélias. *Wstąpił na niebiosa, siedzi po prawicy Boga Ojca wszechmogącego...* Mais adiante, eleva-se, viril, um exército de cedros altaneiros, perobas, paus-d'arco, guabirobeiras. *Pois o nosso conhecimen-*

to é limitado, e limitada é a nossa profecia. *Mas quando vier a perfeição, o que é limitado desaparecerá.* A tudo envolve um sereno amor sem culpa. Como névoa vespertina. Como a brisa da manhã. *Vem, meu amado, vamos ao campo, pernoitemos sob os cedros; madruguemos pelas vinhas, vejamos se a vinha floresce, se os botões estão se abrindo, se as romeiras vão florindo; lá te darei meu amor...* Traziam-lhe flores, garrafas d'água, fotografias de parentes. A paz é algo que se pega e se dá e se partilha. *Stamtąd przyjdzie sądzić żywych i umarłych...* E só estarás em cima e não debaixo, quando obedeceres aos mandamentos do Senhor teu Deus. *Agora vemos em espelho e de maneira confusa, mas depois veremos face a face. Agora meu conhecimento é limitado, mas depois conhecerei como sou conhecido.* O solo se transformando em lama, entre heroicos brados e hinos retumbantes. Pela sua dolorosa Paixão, tende misericórdia de nós e do mundo inteiro. Tomai, todos, e comei, isto é o meu corpo, que será entregue por vós. *Grava-me, como um selo em teu coração, como um selo em teu braço; pois o amor é forte, é como a morte.* Ou nos salvamos todos ou todos nos perderemos. *Wierzę w Ducha Świętego, święty Kościół powszechny, Świętych obcowanie, grzechów odpuszczenie...* Deus santo, Deus forte, Deus imortal. Tomai, todos, e bebei, este é o cálice do meu sangue. *Agora, portanto, permanecem fé, esperança e amor, estas três coisas.* O sangue da nova e eterna aliança. Colendas. *Oplatek.* Páprica. Tende misericórdia de nós. *As águas da torrente jamais poderão apagar o amor, nem os rios afogá-lo.* Que será derramado por vós. Frutos para colher. *Ciała zmartwychwstanie, żywot wieczny. Amen...* Braços para abraçar, lágrimas para chorar. *A maior delas, porém, é o amor.* Contra mim desfralda sua bandeira. Rolaram. E só estarás em cima. A terra é de quem trabalha. Isto é o meu corpo. Broto de oliveira. *Wierzę w Boga Ojca Wszechmogącego...* Filhas de Jerusalém. E não debaixo. Bandeira de amor. Lábios para sorrir e pedir silêncio. *Wierzę w Boga...* Rolaram de novo. Remissão dos pecados. Dolorosa Paixão. Riram. Fazei isto em memória de mim. Doente de amor. *Ojca Wszechmogącego...* Maior é o amor. Choraram. O cálice do meu sangue. Eterna aliança. *Wszechmogącego...* Forte como a morte. Como um corte que sangra... Uma chaga. Na carne, na alma, na terra lavrada. Estrelas caindo do céu. Paixão. Esvaziamento. Paz...

Olhos vermelhos, nariz escorrendo, suja de terra e sangue, irrompeu Betina na barraca.

– O que houve, filha?

– Foi o Lico, ele bateu em mim.

Felício se levantou de um salto.

– Onde ele está?

– Escondido depois do canal.

Sem que o menino o percebesse, a irmã se voltara e o seguira. Esperta, ela.

– Mas o que vocês fizeram? – perguntou Rosália, cobrindo-se com o lençol.

– Ele não queria que eu ficasse lá.

– Eu vou buscar esse piá e vou ter uma conversinha com ele – disse Felício, enfiando atabalhoadamente as calças. – Onde é que já se viu!

– Olha lá, querido, não vá exagerar, hein. Fale com jeito com ele.

– Eu sei do que ele precisa. Me esperem um pouco.

– Venha cá, meu anjo, venha cá com a mamãe que vou te fazer um curativo...

Ao mesmo tempo que Betina se aninhou no colo de Rosália, Josué – que ainda não tinha apelido – começou a chorar.

* * *

Mais tarde, com a Cabala, esta linha de pensamento se tornaria ainda mais ousada. A Shekinah, como que hipostasiada, passa a ser entendida como uma autodistinção e até como uma emanação de Deus, que, alienada de sua origem, vaguearia pela terra junto de seu povo. Somente na consumação dos tempos, quando acabassem as errâncias do povo eleito, é que a Shekinah retornaria ao "lugar de seu repouso", e assim, "remida", reunir-se-ia a Deus. Este processo, no entanto, poderia ser acelerado pela oração dos fiéis: cada vez que um fiel recitasse o *Shemá*, ele não apenas estaria professando sua fé na unidade de Deus, como realizando antecipadamente a unificação escatológica de Shekinah em Deus.

* * *

Quem não andava nada satisfeito com aquele estrupício era seu Tomás Correia de Albuquerque, o fazendeiro limítrofe. Por meio de um encarregado, o capachudo mandara advertir que aquela fuzarca toda estava atraindo uma publicidade desagradável para a região, além de que agora a patuleia, que nunca tivera mesmo muito apreço pela enxada, não queria saber de outra coisa que não desfiar rezas e queimar velas.

– É por isso que este país não vai pra frente – asseverava. – É muita beatice e muita vadiagem! Como se pode evoluir desse jeito? Bom, de toda forma é melhor esse povo rezando do que fazendo subversão, instigado por padres vermelhos. Por falar nisso, como é mesmo o nome daquele frei que celebra essas missas barulhentas? Manda ele falar comigo.

Outro que não estava gostando nem um pouco – e já não fazia a menor questão de disfarçar – era o padre Estanislau. Todo domingo, na matriz e nas capelas, não perdia a oportunidade de vituperar aquele *engodo* (era assim que o denominava agora, às vezes antepondo o qualificativo *grosseiro*). Chegava a afirmar que os tais fenômenos, longe de manifestação da graça, eram obra do demônio, e neste pormenor o sacerdote romano não diferia em nada dos sequazes de Lutero das adjacências.

– Esses tais são falsos apóstolos, operários desonestos, que se disfarçam em apóstolos de Cristo. O que não é de espantar: pois, se o próprio Satanás se transfigura em anjo de luz, parece bem normal que seus ministros se disfarcem em ministros da justiça – bradava de trás do altar, citando o apóstolo das gentes, que pelo jeito era também polaco de pavio curto.

Do mesmo modo o bispo, abrindo mão de sua episcopal moderação, assumira uma posição francamente opositiva – sabe-se lá se consultados ou não os tais especialistas, já que nenhum deles dera as caras por lá. No exercício de seu múnus apostólico, expedira uma carta pastoral que fizera propalar por todas as paróquias, além de publicá-la no informativo diocesano, na qual admoestava severamente os fiéis contra os perigos de fanatismo, heresia e soberba implicados na atitude dos que compareciam às referidas reuniões. Insinuava, outrossim, que quem insistisse naquela rebeldia malsã se autoexcluía automaticamente da comunhão católica, além de que incorria em grave risco para a salvação da alma. Todavia, a Igreja estava sempre pronta a acolher todos os filhos que, tresmalhados ou momentaneamente desorientados, se dispusessem a ser por ela instruídos e por sua mão segura conduzidos.

    O ofício caiu feito uma bomba em Colo do Céu. A Igreja estava mesmo perdida: infiltrada de comunistas, devassos, cafumangos. Ato contínuo, circularam abaixo-assinados acusando o bispo de autoritário, subversivo e desleal ao papa. Mais: cartas anônimas acusavam o pároco de pederasta, pedófilo, podólatra, além de viver amancebado com a secretária. Havia fotos comprobatórias, asseguravam. Houve até quem garantisse que o religioso molestava as catequistas. Manifestações e atos de desagravo em favor de Rosália tiveram vez em frente à igreja matriz e até na porta da cúria metropolitana, com cartazes, faixas e palavras de ordem em defesa da livre expressão e da volta à antiga disciplina. Sucederam-se vigílias e romarias, nas quais se pedia tanto pela conversão do clero quanto pelo fim do comunismo na Polônia. Os mais exaltados clamavam pela deposição do bispo, pelo fim da abertura política e pela paz no mundo. Uma noite a radiopatrulha foi acionada e na confusão que se seguiu, entre imprecações e jaculatórias, seu Nicolau foi um dos que se feriram. Foi um deus nos acuda geral, um salve-se quem puder, com senhoras e turíbulos rolando pela escadaria e homens cordatos e devotos, armados de paus e pedras, depredando o patrimônio alheio. No dia seguinte, um jornal local estampava na primeira página: "Fanáticos ameaçam a ordem pública".

    No entanto, a despeito do empenho dos fiéis mais fervorosos, não poucos foram deixando de frequentar o sítio dos Klossosky. O tal do padre cismático entrara em consenso com os seus superiores e retornara ao convento, com menor exposição pública, é verdade, mas maior segurança institucional. (Ao que parece, uma vultosa doação de seu Tomás Correia de Albuquerque foi decisiva para apaziguar os ânimos de seus confrades.) Os seminaristas de *clergyman,* as freiras da Sagrada Família e os leigos integristas escassearam. Da mesma forma, as beatas veladas e as meretrizes penitentes. Espiritualistas e ufólogos, que também haviam baixado por lá, partiram à cata de espectros e alienígenas em outras plagas. Os enfermos, ou curaram-se, ou foram buscar auxílio alhures, ou ainda – o que é mais provável – tornaram a resignar-se com o seu estado e a tomar seus males como uma cruz enviada por Deus, o que descarregou um extremamente estafado doutor Günther, o qual, impedido de valer-se dos recursos da ciência que lhe aprouvessem, resolveu tirar algumas semanas de férias mais do que merecidas, longe da carranca de Maria Albertina e da atmosfera ali reinante de Bosch & Bruegel.

Seu Ladislau, muito sentido, cheio de dedos, veio se desculpar com seu Boleslau:

– Sinto muito, compadre, sinto muito. Mas eu prefiro errar com a Igreja a acertar sozinho.

Do mesmo modo, seu Nicolau, ainda com o braço na tipoia:

– Há um tempo pra cada coisa, homem. Agora, até a segunda vinda de Cristo, que não deve estar longe, eu vou me recolher ao silêncio.

Inclusive dona Zenóbia andava sumida. Desde que descobrira numa tapera em Santa Catarina uma moça que falava diretamente com Nossa Senhora, direcionara para lá os seus esforços e o fluxo das caravanas.

– A vantagem é que lá os padres estão todos do nosso lado – explicava um assecla da alcoviteira.

Até Romualdo viera se despedir, alegando ter descoberto um esquema seguro para trabalhar no exterior.

– Não se preocupem – disse para os lacrimosos pais. – Logo que eu descolar um trampo, começo a mandar todo mês uma grana pra vocês. Vocês vão ver.

– Que isso, filho, não precisa. Sabendo que você está bem, já ficamos satisfeitos. – disse o velho. – Mas vê se não se esquece da gente dessa vez.

– Não vou esquecer, pai. Vai ser diferente, pode crer. Aprendi muitas coisas esses dias.

– E abra o olho, filho. Cuidado com as más companhias – instou dona Florentina, arrumando a gola da camisa nova do rapaz. – E escreva, mande notícias, seu desnaturado!

– Mandarei, mandarei: notícias, fotografias e dinheiro.

No entanto, com Rosália, Romualdo pareceu se enternecer pela primeira vez.

– E daí, maninha, o que é que o maioral lá de cima diz sobre esta minha viagem?

– Ora, Rô, como é que eu vou saber?

– Não é você que tem um telefone vermelho com o cara?

– Nem sempre funciona.

Riram. Abraçaram-se.

– Deus te abençoe.

– Amém, amém. E você, vê se sara logo desse troço e casa com um cara que te faça feliz. – E baixinho, no ouvido da irmã: – O Zé é boa gente, vai por mim.

Rosália lhe aplicou um beliscão e recebeu um beijo na bochecha.

Ao partir, Romualdo não parecia guardar nenhuma relação com aquele desmangolado que por lá aportara meses atrás: estava gordo, corado, os olhos confiantes, e, em vez de um embornal encardido, uma vistosa mala de couro. Na minúscula rodoviária de Imbiruçu, seu Boleslau teve não apenas a impressão de que era a última vez que o abraçava como também de que nunca mais se falariam. Quando o ônibus sumiu, foi difícil segurar as lágrimas.

Na manhã seguinte foi a vez de Maria Albertina arrumar as malas. Precisava voltar, já sentiam sua falta. Ademais, com a diminuição do movimento, sua presença já não era assim tão necessária, Rosália até estava bem, não obstante as chagas.

– Qualquer emergência, mandem me chamar. E pelo amor de Deus, procurem outro médico!

Da antiga multidão sobraram poucos: alguns caboclos das redondezas, que visivelmente não batiam bem da bola, e um ou outro maluco beleza – cabelo grande, medalhão no peito, sandálias de couro – que garantia haver boas vibrações naquelas bandas, além de abençoados cogumelos. Até a lama desaparecera. Com a irrupção da primavera e os dias limpos que então fizeram, o capim voltou a vicejar, para a salvação das três ou quatro cabeças de gado de seu Boleslau, posto que duas, nesse meio tempo, já haviam virado churrasco. Quanto às barracas de artigos religiosos e as bancas de comes, do jeito que vieram, evaporaram. O tablado e o som foram recolhidos pela prefeitura, que, sob a acusação de malversação do dinheiro público lançada por vereadores da oposição, ainda aplicou pesadas multas ao proprietário. A Pousada da Paixão, em frente, voltou a ser o que sempre fora, isto é, uma modesta fazendola, e o seu dono praguejava contra o tempo e os investimentos perdidos, não somente dele, mas também do vizinho, que naquela quizília toda acabara sendo o mais prejudicado: onde fora parar aquela dinheirama toda, a qual, segundo alguns, era suficiente para erguer uma basílica? Seu Boleslau não sabia. Sabia apenas que os juros – isso sim, um verdadeiro demônio – haviam multiplicado a sua dívida. Para piorar as coisas, os que ainda frequentavam Riacho de Prata chegavam mesmo a pedir um prato de comida, pois vinham de longe e eram pobres. Um dia, ao abrir a caixa de ofertas, seu Boleslau encontrou apenas uma única moeda. À noite, suas tábuas serviram para alimentar o fogo do fogão.

*   *   *

A Shekinah, desse modo, é simultaneamente presença e profecia, em tensão permanente entre o "já" e o "ainda não", entre o hoje da história e o amanhã da promessa. Além do mais, é graças a esta "autodistinção divina" que Deus pode, ao mesmo tempo em que permanece nos "céus", descer à terra e participar dos padecimentos de seu povo. Assim, a Shekinah é, além de esperança do povo peregrino, expressão da Kénosis permanente de Deus.

*   *   *

Com um gole, liquidou o conteúdo da sua taça; eu também. Pediu mais. Em seguida pôs-se a devorar o peru com sofreguidão, limpando a boca engordurada nas costas da mão. O senhor me desculpe, mas é que eu estava com muita fome. Minutos depois, a champanhe, uma garrafa de um litro e meio, havia acabado – e acho que fui eu, no fim das contas, quem mais bebeu. Ela também terminara a sua imprevista ceia e eu lamentei não haver trazido nada de sobremesa. Bom, então é isso, eu disse, levantando-me. Mais uma vez, feliz Natal. Se precisar de alguma coisa, me procure, e lhe estendi um cartão com o endereço e o telefone da paróquia. Pode deixar, padre. Dei-lhe um abraço, que fiz questão que fosse forte e afetuoso, e por alguns segundos senti, junto ao perfume barato, seus membros escanzelados, frágeis como os de uma criança. Até mais, então. Te cuida, hein, eu disse. Te cuida também, padre. Cuidado ao entrar no carro. Está cheio de maluco aí que adoraria transformar teu carro numa porção de pedras. E, depois de me medir com os olhos, ela ajuntou, sorrindo: sabe, gostei do senhor. Ganhar dinheiro é bom. Agora, ganhar sem fazer esforço, é melhor ainda. Quando quiser me ver, o senhor sabe onde: sempre faço ponto naquela rua onde me encontrou. Ótimo, eu falei, e quando pensei que simplesmente voltaria para casa e descansaria os ossos, ela pronunciou as palavras que desencadeariam todo o processo de redação destas linhas. Ela disse, fitando o cartão que eu lhe entregara: ah, o senhor é padre Hugo? Sim, padre Hugo. Hugo Gluchowski. Gluchowski, ela repetiu com relativa facilidade o sobrenome polonês. Pensou que eu estava mentindo? – perguntei. Não, não, desde o início eu vi que o senhor tinha cara de padre. Que pena, brinquei. Até que tento disfarçar. Não uso clergyman – e, unindo as pontas da gola, arremedei o colarinho clerical –, como a maioria dos novos padres, e nunca usei batina. A gente não disfarça aquilo que é, padre, ela disse. E além de cara de padre, o senhor tem cara de bom. Eu vi isso desde o começo. Apesar daquele embrulho suspeito, eu pensei: sossega, que esse aí não é tarado nem pinel. Quanto a mim, eu tenho cara de puta, não nego. Mas como eu disse, nem sempre foi assim. Mas veja que coincidência, padre, que mundo cheio de coincidências: eu conheci um padre Hugo. Ah, é? Faz tempo, padre, uns quinze anos. Eu morava num acampamento de sem-terras, com meus pais. Como? É, num acampamento de sem-terras. Invadimos uma fazenda. Aí veio a polícia e expulsou a gente. Estremeci. Bertha, me diga uma coisa: qual é o seu nome inteiro? Meu nome inteiro? Maria da Cruz. Veja só, até a cruz eu trago no nome. Maria Albertina da Cruz é o meu nome de batismo. Ao seu dispor, padre. Maria Albertina da Cruz, repisei, escandindo bem as sílabas. Tornei a sentar. Parecia que um abismo se abria sob os meus pés e ameaçava me tragar. Daí Bertha, ela continuava, de Albertina. Melhor que Maria ou Betina, como me chamavam em criança. E a sua mãe, Maria, qual é o nome dela? – eu consegui articular, depois de alguns segundos, mas minha voz saiu estranha, grave, pastosa, como a voz de um outro. Ela me respondeu em seguida, mas aquelas breves frações de segundo soaram-me como eternidades. Rosália, ela disse. *Rosália*. Então o abismo se escancarou e eu caí no vazio, no vácuo, na ausência absoluta de gravidade. De repente eu vi o acampamento, vi Rosália e vi Betina com seis anos de idade ao lado dela. Até o cheiro me voltou: pó, pólvora, plástico queimado. Frio, muito frio... Você conheceu ela? – a pergunta de Bertha (Betina!) me fez retornar ao presente. Como? –

murmurei. Você conheceu minha mãe? Sim, claro que a conheci, titubeei. Rosália Klossosky, não é? Sim, Rosália Klossosky. Klossosky da Cruz, depois que casou. E onde o senhor conheceu ela, padre? Eu sou aquele padre Hugo da Paróquia de Montes Claros, em Imbiruçu, que visitava sempre o acampamento de Nova Canaã. Meu Deus, ela fez. Agora era ela que parecia ter perdido o chão debaixo dos pés. Com efeito, reparando bem, por trás daquele rosto escaveirado assomava o rostinho daquela pequena e assustada Betina, que chorava e chamava pelo pai e pelo irmão mais velho e que alguns minutos antes eu tinha abençoado e lhe pedido reciprocamente a bênção. E os seus irmãos, como estão? Depois que vocês se mudaram, nunca mais tive notícias, expliquei. Elias está no Mato Grosso, ela disse. Conseguiu uma terrinha por lá. Às vezes me manda um dinheiro. Josué está num educandário da prefeitura. E Rosália?

* * *

A propósito do hino de Filipenses, já nos debruçamos sobre a Kénosis do Filho, que vai da (decisão da) encarnação ao autoesvaziamento completo da cruz. Quanto ao Pai, já vimos também que teve sua Kénosis, que começa no zinzum e perpassa toda a história da salvação. E o Espírito, também participaria da Kénosis?

* * *

Josué mal terminara de mamar e agora regurgitava, no colo de Rosália, a qual, de pé, sacudindo-o brandamente, andava de cá para lá, do baú de lata à mesinha de fórmica. Betina, sentada sobre um trapo no chão, que devia servir de tapete, escorava a cabecinha chorosa entre as mãos, um curativo sobre a testa lavada. Como os atores, as crianças têm o dom das lágrimas. Isto é, Betina já esgotara todas as lágrimas possíveis de humilhação e raiva, durante e após a escaramuça com o irmão. Em seguida, ao segui-lo sub-repticiamente, parara de chorar, e até se divertira com a espionagem, antegozando a vingança ao imaginar o algoz pilhado pelo pai em seu esconderijo. Mas, ao chegar em casa, voltaram-lhe as lágrimas, abundantes, e não se podia acusá-la de ardilosa ou dissimulada, pois, ao rememorar a briga para relatá-la aos pais, recobrara a mesma indignação, cujo reflexo se estampava agora em seu rostinho amuado. Se o Reino dos Céus é das crianças, não é porque elas sejam isentas de sentimentos sanguíneos, mas porque nelas eles se manifestam de maneira mais direta e espontânea (perdoem-me essa digressão um tanto pernóstica de um narrador que mais uma vez extrapola sua função de mera e vera testemunha).

– O Lico é um idiota.
– Não fale assim, minha filha. Daqui a pouco vocês dois fazem as pazes e vão brincar de volta, você vai ver.
– Não vou brincar nunca mais com ele!
– Como não? É seu irmão.
– E daí? E se esse outro aí quando crescer ficar chato assim, eu não quero mais irmão.
– Vocês têm que aproveitar enquanto são pequenos. Veja eu: há muitos anos que nem vejo meu irmão. Sinto uma saudade danada dele...
– Vocês brigavam?

– Que eu me lembre, nunca brigamos.
– Eu queria um irmão assim.
Rosália não pôde deixar de rir. No entanto o riso foi breve, seco, quase uma contração: alguma coisa lhe confrangia o peito. O quê? Não sabia dizer. Sabia apenas que a vida era frágil e a deles, então, mais frágil ainda. Uma gota de orvalho numa teia de aranha, a vida. A gota? A teia? Não: a sustentação da gota sobre o fio da teia. Qualquer tremor e – vupt! – lá se ia a gota. Para aumentar a tensão, até agora nenhum sinal do marido. Já ia fazer uma hora que tinha saído. Betina falara que não era longe o buraco onde o Elias tinha se escondido. Por que a demora? Além disso, havia um burburinho excessivo lá fora, ela o percebia do outro lado da lona, embora não tivesse ainda se aventurado a sair e indagar o que se passava, talvez envergonhada do marido e da suspeita que caíra sobre ela. Sim, talvez envergonhada, mas acima de tudo indignada, revoltada: a vida era dela e ninguém tinha o direito de meter o bedelho. De todo modo a movimentação no acampamento era incomum. Ainda não dera a hora final do eito. O que seria? Uma reunião extraordinária? Outro arranca-rabo? Era estranho, pensou, o coração apertado. Josué finalmente adormecera. Com cuidado, então, depositou-o no berço. Frágil o berço, frágil a vida, frágil tudo.
– Ó de casa!
Rosália estremeceu.
– Olá! Tem gente?
Era a voz do padre Hugo, que irrompera dessa vez sem ter sido precedido pelos costumeiros acordes de gaita. Pela primeira vez Rosália não se alegrou com a visita do pároco: afinal, o marido, retornando, veria reforçadas suas suspeitas – suspeitas, aliás, sem o mínimo fundamento, é bom que se diga. Ah, mais ainda que a vida, uma gota

na teia, como são frágeis os pequenos contentamentos da gente, mesmo os mais inocentes – suspirou ela.

– Entra, padre, entra. Sua bênção.

– Deus te abençoe, Rosa. E o José, ainda no batente?

Os olhos do sacerdote a fixavam e, pela primeira vez diante dele, ela se sentiu embaraçada. Não eram olhos propriamente lindos. Mas não eram feios. O que os faziam especiais era a luminosidade que irradiavam. Todavia, aquele dia, eles estavam diferentes, pareceu-lhe, como que anuviados. Alguém já lhe teria contado do quiproquó?

– Ele foi atrás do Lico – ela explicou –, que brigou com essa aqui. Muito feio, não é, seu padre? O piá deve ter se escondido. O pai, quando se zanga...

Imediatamente ela se arrependeu de se referir dessa maneira ao marido.

– Mas por que vocês brigaram, eu posso saber, minha amiguinha? – perguntou o religioso, voltando-se para a menina.

– Ele é muito chato. Disse que aquele lugar, onde eu cheguei primeiro, era dele.

– Ah, esse menino precisa desaprender algumas lições da cidade.

– Vamos, Betina, peça a bênção pro padre.

Albertina, de cabeça baixa e beiço estirado, não emitiu som algum.

– Vamos, minha filha, peça.

– Bênção, padre – a voz da guria era um fio.

– Deus te abençoe. Deus te abençoe imensamente – fez o sacerdote, com certa ênfase, impondo suas mãos grandes sobre a cabecinha clara da criança. – Agora vem cá, põe as mãozinhas no meu cocuruto e abençoe o padre também.

— Mas eu não sou padre!
— Quem disse que só o padre abençoa? Quem sabe a bênção de uma criança bonita não tem mais valor?
— Diga lá, filha: Deus te abençoe, padre.
— Deus te abençoe...
— Isso. Muito bem. Assim seja. Que a paz do Senhor esteja com vocês — disse padre Hugo; e virando-se para Rosália: — Soube do jornal?
— Jornal? Que jornal?
— Uma reportagem sobre o Movimento...
— Não, aqui quase não chega jornal. Alguma novidade?
— Ah, bem... Não, nada de especial...
Crescia a agitação lá fora. As pessoas falavam alto. Nomes eram gritados. Alguma coisa efetivamente sucedera: os homens voltavam mais cedo, visivelmente alvoroçados.
— Acontecendo alguma coisa aí fora, padre?
— Pois é, recebi um telefonema... A polícia está chegando. Por isso eu vim. Acionei alguns jornalistas e advogados. Já já estão aqui.
— Meu Deus! E o Zé? E o Lico?
— É bom que eles peguem o Lico.
— Que isso, minha filha!
Uma palmada estalou no antebraço da menina.
— Sabe, é melhor a gente sair daqui — disse o padre. — Procurar um lugar mais seguro. Mulheres e crianças não podem fazer nada nessas horas.
— E o Zé? E o Lico? — repetiu Rosália, apalermada.
— Vamos procurá-los. É o jeito.
— Ai, meu Deus.
— É o que podemos fazer. Prepare uma muda de roupa, pegue só o essencial. Eu te ajudo. Onde estão os teus óculos?

Mais pelo tom do que pelo conteúdo das palavras, Betina se deu conta de que a situação era grave, e, ainda que magoada, agarrou-se à coxa da mãe. De repente, uma porção de coisas torvelinhou em sua mente de criança, como mariposas em torno de um foco de luz: a babuska que ganhara da avó – onde estaria ela, a babuska? –; as duas ou três bonecas de pano que já haviam pertencido à mãe e que agora, mais do que o irmão mais velho, eram suas confidentes; uma saudade vaga, cujo objeto podia ser tanto a infância, que no entanto ainda estava longe de acabar, quanto a cama onde dormia na cidade ou o colo macio e bom da mãe; e o medo, o medo súbito de nunca mais voltar a ver e falar com o Lico. Quem sabe ele não tinha razão quando se queixava daquele lugar, tão longe, tão frio, tão cheio de bicho? Afinal, eles não eram felizes onde moravam antes? É verdade que não era grande, não tinha pátio, não tinha árvore, não dava para plantar, mas pelo menos tinha paredes e banheiro de verdade, com chuveiro quente e privada com assento. E mais: lá não havia esse medo de a polícia aparecer a qualquer hora – e ainda que a polícia fizesse uma incursão ou outra no bairro, ela sabia que, por algum misterioso desígnio, a casa deles estava a salvo dessas batidas, diferente de agora, quando todos e qualquer um podiam ser vítimas do acaso.

De repente, Josué gemeu, choramingou. O coitado, pelo jeito, estava com cólica outra vez – ou então teria também sentido a tensão no ar?

– Vamos – tornava padre Hugo, a voz mansa, apesar da visível apreensão. – Quer que eu apanhe a criança?

Rosália estava lívida. E assim, branca, imóvel, de cabelos soltos, um cachecol comprido pendendo dos ombros, parecia uma santa que teria descido do nicho de uma igreja polonesa para palmilhar as sendas poeirentas dos arredores de Imbiruçu.

* * *

Respeitando as respectivas diferenças teológicas, podemos aproximar a terceira pessoa da Trindade da ideia rabínica da Shekinah. O Espírito, como pessoa em muitas pessoas (Heribert Mühlen), é a presença de Deus "exilada" na história, "alienada" na vida cotidiana dos homens e mulheres. Assim como a Shekinah, ele habita em nós, sofre em nossa carne, em nós geme (Rm 8,26), entristece-se (Ef 4,30) e corre o risco de extinguir-se (1 Ts 5, 19). Por isso, a ideia da Shekinah aponta para a Kénosis do Espírito, o qual se autoesvazia na vida dos fiéis, assim como outrora se ocultara por trás do ministério de Filho e da ação criadora do Pai.

* * *

No gargalo mesmo, tomou algumas talagadas de graspa, que era para afugentar o frio que até então teimava em fazer. Subiu o zíper da japona, enfiou o desfiado chapéu. Saiu. Ainda estava escuro, tão escuro que era possível contar, no céu limpo, limpo, todas as estrelas. As hastes molhadas da relva batiam-lhe nos joelhos, e algumas, mais crescidas, chegavam a vergastar-lhe o rosto. Ao longe um urutau cantava, e o seu canto pareceu-lhe triste. Todavia, se atentasse bem, podia-se perceber, ao leste, na barra do horizonte que se insinuava, traços indistintos da não mais distante alvorada, e assim, com esta expectativa visual, o canto do pássaro notívago já não era mais tão soturno. De repente, o galo cantou também e seu Boleslau acendeu o cigarro de fumo de rolo, embora uma coisa não tivesse necessariamente relação com a outra. De repente, o galo cantou outra vez (o último sobrevivente, que os outros haviam virado sopa, fugiram ou foram surrupiados). O galo cantou outra vez e seu Boleslau, que zanzava a esmo pelos campos quase selváticos do sítio – com a natureza retomando a posse daquilo que o homem a custo lhe arrancara –, acelerou o passo, forçando Tob a retornar da malograda tentativa de caça a um guati. Um fiel escudeiro, o Tob, embora Cervantes nunca tenha feito parte do minguado rol de leituras de seu dono, mas nessas caminhadas madrugueiras – hábito novo, este, adquirido não fazia mais de um mês – era o seu único companheiro, além, é claro, de seus pensamentos, pensamentos desencontrados, centrípetos, barrocos, em desalinho como os cabelos de Rosália sobre as almofadas, mas pensamentos, e pensamentos seus, que estes ninguém lhe podia arrancar, nem os homens, nem os bancos, nem o governo, e que lhe ajudavam a povoar a dura solidão humana na áspera condição da terra.

Meia hora depois, quando a aurora já era uma evidência, o velho entrou no paiol. Esquivou-se de olhar a parede onde os ex-votos semelhavam um monstruoso museu de aberrações. Fazendo um afago na cabeça do animal, reparou que as sacas de feijão e milho rareavam: quantos bons romeiros não teriam levado algumas de suvenir?

– Tob, Tob, o bocó de mola aqui pelo jeito sou eu.

Então, dentro do velho galpão de vigas grossas, falquejadas a machado, extraídas de antiquíssimas araucárias, erguido nos tempos heroicos de seu pai, quando a família se instalara na região, vinda de Brusque, aquele colono cansado, cujos sulcos que tanto abrira no solo reproduziam-se agora nos vincos profundos do rosto, caiu de joelhos, a cabeça entre as coxas, os braços abertos, o chapéu rolando no chão de terra batida.

– Senhor – a voz lhe saiu rouca, entrecortada; o cachorro, abanando o rabo, fariscava-o, como que tentando entender o que se passava com aquele homem de resto tão previsível –, Senhor, se é necessário o sofrimento pra aplacar a tua ira, já não bastam as provações do nosso dia a dia? A erva daninha, o caruncho, a geada-negra, o reumatismo, as azucrinações, seu Tomás Correia de Albuquerque, os ficais da prefeitura, o gerente do banco não são suficientes? E a morte do teu Filho, o teu Filho único, as cusparadas, os açoites, a lança, os pregos que perfuraram suas mãos e seus pés não foram o bastante? Precisa a minha filha, agora também a minha única filha, que o outro sumiu de novo no mundo, sofrer desse jeito, logo ela, tão jovem, tão nova de tudo?

Fez-se uma pausa, durante a qual percebeu-se sua respiração pesada, opressa, como se os pulmões já não dessem conta de seu cotidiano ofício.

– Agora já não temos mais nada, Senhor – continuou. – Perdemos a aveia e o trigo. Perdemos o plantio da batata. O feijão e o milho é tarde pra plantar de novo. E o pior, Senhor, perdemos o respeito, a consideração que todos tinham pela gente. Nem na Igreja, Senhor, a tua casa, podemos mais entrar, nos olham todos como loucos, como excomungados...

Faz-se outra pausa, agora mais longa, mais densa. O silêncio – se se apurar os ouvidos – é preenchido pelo chilreio de pássaros distantes (bem-te-vis, sabiás, pintassilgos; não tem mais urutau), pelo relincho do velho baio lá no estábulo, por rumores outros vagos, imprecisos. Tob late, pula, corrupia, como que querendo despertar o dono daquela catatonia, mas depois se distrai e dispara atrás de uma ratazana surgida detrás das sacas. O ar é úmido e ainda está gelado, como em todas as manhãs, mesmo agora, quando o verão se aproxima, mas penetra nas narinas conferindo vigor e ânimo como só o frio pode fazer. E junto com o ar vêm minúsculas gotículas de água e partículas microscópicas de terra. O ar tem cheiro de terra, de terra orvalhada, a que se associa, na lembrança, o cheiro de broa de centeio, manteiga fresca, geleia de araçá e leite espesso ainda morno dos úberes da vaca. Junto, como num filme acelerado, vem igualmente a memória de inumeráveis manhãs, de planos, de sonhos que, ainda que modestos, o tempo malbaratara. Outras lembranças, nem sempre boas, surgem: manchas, sangue, o padre, o quarto fechado, dona Zenóbia, Maria Albertina repimpada na poltrona, doutor Günther, o cenho franzido de dona Florentina. Santos, ladainhas, conversas a meia-voz. Abraão. Abraão se dirigindo ao monte Moriá. Abraão se dirigindo ao monte Moriá com o jumento, o filho e um feixe de lenha. Deus lhe pediu o sacrifício do filho, o único filho, concebido na velhice. Deus deve saber o que faz. Então, depois de três dias de marcha, chegam ao lugar determinado. Isaac comenta: pai, aqui estão o fogo e a lenha, mas onde está o cordeiro para o sacrifício? Abraão olha para os olhos do filho e sorri de sua candura. Se Abraão fosse polaco, mandaria Deus à merda, abraçaria o filho e diria: que cabeça de vento a minha, meu filho, vamos voltar e esquecer essa história de sacrifício, onde é que já se viu. Mas Abraão não é seu Boleslau e amarra o filho sobre o feixe de lenha. Seu Boleslau imagina como devem ter se arregalado os olhos do menino. Abraão evita olhá-los para não fraquejar feito um polaco velho. De repente vibra o cutelo no ar. Kierkegaard escreveu páginas belíssimas sobre essa cena. Mas seu Boleslau nunca ouviu falar de Kierkegaard e, se alguém acaso citasse o nome do filósofo dinamarquês, de certo pensaria tratar-se de algum tipo de queijo produzido na colônia holandesa. O cutelo do sacrifício vibra no ar e um raio de sol relampeja nele.

Seu Boleslau levanta o rosto, os olhos azuis marejados.

– Senhor, retira o teu braço de cima de mim, que ele é pesado demais...

Lá fora o dia já é realidade.

– Onde é que você andou, criatura? – perguntou a mulher, uma hora depois, quando viu o marido retornar: a cabeçorra um tanto bamba, como se o homem com dificuldade a equilibrasse, os olhos com um brilho tresnoitado.

– Estava dando umas voltas pra espairecer.

– Não me inventa de ficar perrengue também, pelo amor de Deus!

Seu Boleslau se magoou com a frase, não tanto por ele quanto pela alusão à filha.

– E Rosália, como está?

– Do mesmo jeito – resmungou a mulher.

– Pois eu acho que ela está melhor.

– Você nem viu ela hoje! Aliás, há tempos que você não tem olhos pra ela, só pra esses enxeridos que não têm nada melhor pra fazer.

Seu Boleslau entrou no quarto da filha. E, de fato, lá estava ela, do mesmo jeito: reclinada sobre as almofadas, meio picega, muito pálida, um fiapo de gente. E nas mãos sobre as cobertas, as bandagens ensanguentadas. De repente seu Boleslau teve ganas de gritar: para, para com essa farsa, para com essas marcas, para com esse sofrimento, pelo amor de Deus. Mas não gritou. A coitada não tinha culpa. Ele não tinha culpa. Ninguém tinha culpa. Seu Boleslau correu a cortina, abriu a janela. Um jorro de luz e uma lufada de vento varreram as sombras e o bafio do ambiente para os cantos, os recantos, para debaixo dos móveis. O velho sorriu e, enquanto sorria, sentiu que havia ternura em seus lábios. Iluminada do sol, Rosália retribuiu o sorriso, e nos seus olhos brincou novamente a mesma meiguice pueril que não fazia muitos meses tanto alegrava o coração do pai. Até parece que o rubor voltava-lhe às maçãs do rosto.

– Bom dia, filha.
– Bom dia, papa.
– Está um dia lindo aí fora.
– Estou vendo.
– Assim de passarinho, ó. O cuitelinho voltou pra fazer ninho na varanda. Lembra o ano passado? O tamanhinho daqueles ovos. E quando o vento batia? O medo de que eles espatifassem...
– Sim, lembro. E eles não caíram.
– Pois é. Nem depois, quando os filhotinhos já estavam grandes e nem cabiam direito no ninho.
– É verdade – disse ela, um brilho novo nos olhinhos cinzentos. – A primavera é tão bonita...
– Linda, minha filha, linda. E você, como está?
– Acho que estou melhor, pai. Quase não dói. Deus é bom.
– Deve ser, é o que todos dizem, não é?

O velho tocou-lhe o cabelo, num carinho. Era um carinho um tanto quanto avaro, deve-se admitir, mas era o melhor que aquele campônio curtido conseguia oferecer.

– Vou te levar no médico, filha.
– O doutor Günther?
– Não, outro médico. Acho que aquele alemão está meio zoroba.

Rosália riu.
– Mas ele é bom.
– Também acho. Mas como médico dizem que está meio ultrapassado. Vamos. Vou pedir pra tua mãe te arrumar.

Ao passar por Zé Candonga, meio abespinhado parado à porta, o dono da casa ordenou:
– Prepare a terra. Temos muito o que carpir. Vamos plantar feijão e milho.

Sobre os olhos rasgados, o rapaz alçou por um instante as sobrancelhas, surpreso ao reconhecer no patrão a antiga determinação.
– Vamos! Anda! É isso mesmo que eu falei. Está me olhando com essa cara de zoroba por quê?
– É pra já, seu Boleslau. É pra já!

E o agregado só faltou bater continência.
– E depois arruma aquela placa lá da frente. Põe de novo o nome verdadeiro deste sítio: Riacho de Prata.

Ao sair, o velho se deparou com um jovem esguedelhado, jaqueta surrada, bolsa de camurça a tiracolo, sandálias engelhadas de lama seca, acompanhado de dois ou três cachorros sarnentos para quem Tob rosnava, pouco amigável.
– O senhor pode me ver um copo d'água?
– Saia daqui! Fora! Suma! Isto aqui é uma propriedade particular, está entendendo? Uma propriedade particular!

* * *

E não só. "O Espírito de Deus é o Espírito da autoentrega kenótica", como salienta Robert Dabney, do Pai que, no Espírito, entrega o Filho; do Filho que, no mesmo Espírito, se entrega ao Pai; e de ambos que entregam e se entregam no Espírito. Estas ideias foram desenvolvidas de modo brilhante pela teologia russa no século XX. Para Vladimir Lossky, a Kénosis é revelação de toda a Trindade e quem mais o manifesta é o mistério da exinanição do Espírito, que "se cancela, enquanto pessoa, diante das pessoas criadas às quais ele dá a graça". Para o seu colega Bulgakov, na avaliação de Balthazar, "o último pressuposto da Kénosis é o desprendimento das pessoas divinas (enquanto relações puras) no seio da vida intratrinitária do amor".

* * *

Nunca mais tive notícias, expliquei. Elias está no Mato Grosso, ela disse. Conseguiu uma terrinha por lá. Às vezes me manda um dinheiro. Josué está num educandário da prefeitura. E Rosália? – consegui perguntar. Oh, padre, mamãe morreu ano passado. Pneumonia. Pneumonia? Pois é, teve uma gripe forte... Não, não me lembro como saí daquele quarto, nem quanto tempo depois, só me lembro de Bertha me servindo um copo d'água e eu depois em meu quarto, sem conseguir conciliar o sono, começando a rabiscar algumas notas que vieram a se tornar mais tarde estas páginas que eu concluo agora no computador, em meu gabinete. Mudei todos os nomes – em alguns casos só os sobrenomes. (Como chamar Rosália senão de *Rosa*?

Rosa do povo, rosa de todos, rosa de ninguém. Rosa mística, rosa vítima, rosa-só-rosa...) Tomei de liberdade para complementar o que não sabia, preenchendo as lacunas das informações que nem como confessor e amigo da protagonista, nem por intermédio de sua filha, logrei obter. Registro aqui um especial agradecimento ao doutor Günther, que me concedeu uma agradabilíssima entrevista, repleta de pitorescas reminiscências. Não obstante a idade, o alemão segue lúcido e forte: guardo com carinho a lembrança da tarde que passamos juntos em sua sala, em Imbiruçu, em meio a eruditas citações de Hegel e Heidegger. Entre outras coisas descobrimos que nos une, ecumenicamente, uma irredutível antipatia pelo padre Estanislau. No mais, como o leitor terá percebido, embaralhei as três histórias: a de Rosália menina (que se desenrola em torno de sete meses), a de Rosália mãe (que se passa ao longo de um único dia, na verdade nem isso) e a de meu inopinado reencontro com Bertha/Betina no último Natal (não muito mais que duas horas). Dei até um jeito de meter junto o artigo recondicionado de minha dissertação – sem os subtítulos e as notas de rodapé, é claro –, que achei que serviria de interessante contraponto (perdoe-me, leitor, se eu o aborreci com essas herméticas e inúteis perorações). E aí está o livro, finalizado um ano depois, às vésperas do segundo domingo do tempo pascal. Quem me auxiliou e fez a redação e a montagem final, com a escolha precisa dos cortes, foi o supracitado escritor que frequenta ocasionalmente a paróquia – o qual, a meu pedido, por desejo de compreensível anonimato de minha parte, vai receber todos os créditos. Se lhe faltava inspiração, aqui ele recebeu uma história inteira de graça, com uma série de ingredientes étnicos, políticos, culturais e até metafísicos, que se por um lado podem não ajudar a alavancar as vendas, por outro é possível que interessem um ou outro leitor enfastiado, segundo ele, com o ramerrame de boa parte da literatura contemporânea. O livro poderia ser lido, é verdade, de modo diferente, acompanhando-se as narrativas, sequencialmente, uma depois da outra, as quais, a princípio, receberiam os seguintes títulos: "Marcas da paixão", "Chagas da terra" e "Noite escura". Ficaria até mais fácil, admito. Mas julgamos, eu e o escritor, que assim, seccionado (em doze partes) e intercalado, ele formaria como que um mosaico, ou melhor, uma rosácea: aquele ornato arquitetônico, vitral em forma de rosa, que se vê geralmente sobre os portais das catedrais góticas, e cujo desenho, uma verdadeira mandala, só se torna compreensível se contemplado a partir de certa distância. Agora, porém, avaliando o resultado, e distante quinze anos daquela fatídica noite, tenho a impressão de que cada vez compreendo menos, cada vez menos sei. E não ouso valer-me outra vez do *credo quia absurdum*. Crer para compreender? Compreender para crer? Aqui não cabem razão nem fé, crença ou ciência. Lembro-me de uma frase de Wittgenstein, que bem poderia ter servido de epígrafe: "Sem dúvida, não cabe mais pergunta alguma, e esta é precisamente a resposta." Ou então esta outra, célebre, com a qual ele encerra o *Tratactus logico-philosophicus*: "O que não se pode calar, deve-se calar." Outra citação que calharia é a do grande angustiado de Copenhague: "A primeira coisa a entender é que você não entende." Sim, eu não entendo, reconheço que não entendo nada. Já tive a pretensão de entender, hoje me conformo com meu não--saber, com minha completa incompreensão. Estou certo, porém, de que não foi alucinação, impressão, fruto da fadiga ou das intensas emoções recém-vivenciadas. Eu vi as chagas. Sim, sim, eu vi e toquei aquelas chagas com minhas próprias mãos. Quando não se tem respostas – eu sei, eu sei –, apela-se para o mistério, este surrado subterfúgio, panaceia de todos os credos, guarida de todos os crédulos. Ah, mas o doutor Günther tem razão: como é belo o mistério, como é admirável o que não tem explicação. Com efeito, a douta ignorância é mil vezes preferível à ignorante certeza. O título – *Forte como a morte*, retirado do *Cântico dos cânticos*, o mais profano dos livros da Bíblia – é de responsabilidade desse meu paroquiano. Todavia, a epígrafe, em alemão, do estupendo "Sermão 52", é mérito meu: "Eu só peço a Deus que me livre de Deus", petição esta que me acompanha desde os idos do mestrado, quando mergulhei a fundo, em meio ao esplendor barroco do Mosteiro de São Bento, no mistério da Kénosis. Pensei ainda em acrescentar uma segunda epígrafe, na mesma língua de inflexões bárbaras e místicas: "Die Ros ist ohn warum; sie blühet, weil sie blühet, / Sie acht nicht ihrer selbst, fragt nicht, ob man sie siehet." Mas, com a cota de pedantismo já estourando, joguei os versos para depois do fim, a modo de um pequeno adendo. Por falar em pedantismo, confesso que estranhei um pouco o estilo que meu paroquiano imprimiu ao texto, eivado de latinório e preciosismos (como "eivado"), alusões veladas ou explícitas (de Kafka à Bíblia, mas tudo bem, a culpa aí também é minha) e de um certo arcaísmo que lhe impregna a impostação. Quem escreve assim hoje? Ele me respondeu com uma piscadela de olhos: nunca ouviu falar da "técnica del anacronismo deliberado y de las atribuciones erróneas"? No nosso último encontro para discutirmos os ajustes finais no manuscrito, ele retomou uma velha provocação que eu sempre deixava no ar. Afinal de contas, padre, a experiência estética pode ser um sucedâneo da experiência mística? Da experiência mística não creio, mas da experiência religiosa até concedo que sim, respondi finalmente. E acrescentei: a experiência mística é uma experiência direta do Sagrado. E o Sagrado é sempre *tremendum et fascinorum*, atrai e aterroriza. "Ai de mim, estou perdido! Pois sou um homem de lábios impuros e moro no meio de um povo de lábios impuros e meus olhos viram o Senhor dos Exércitos!" – bradou Isaías quando de sua vocação. "Afasta de mim os teus olhos porque eles me fascinam", disse o Amado no *Cântico dos cânticos*. Já a experiência religiosa é uma experiência mediada, ritualizada, partilhada, justamente para atenuar esse terror e esse fascínio. A experiência estética, salvo raras exceções, só pode nos proporcionar representações do Sagrado, já que ela vem mediada por uma determinada tradição que a interpreta e condiciona. Mas então qual seria o sucedâneo da experiência mística? – tornou ele. Pensei um pouco, cofiei a barba que deixara crescer no último ano e me conferia uma aparência de profeta veterotestamentário. E disse, enquanto o conduzia lentamente até a porta: o único sucedâneo possível da experiência mística é a experiência amorosa. Tudo o mais é literatura. Em tempo: Maria Albertina está morando comigo, depois de uma temporada numa clínica para recuperação de dependentes químicos. Paguei-lhe um tratamento dentário. Ganhou peso, parece outra. Ainda há pouco disse que quer voltar a estudar.

* * *

Assim, toda a ação *ad extra* da Trindade é Kénosis. E se a Trindade econômica é a Trindade imanente, na expressão de Karl Rahner, toda a Trindade é Kénosis. Verdadeiramente, se foi possível uma criação, uma encarnação, uma cruz, é porque, nas palavras de Forsyth, "lá em cima existe um Calvário de onde tudo proveio."

* * *

Cinco e treze da tarde. Os raios quase perpendiculares do sol alongavam as sombras: era como se as pessoas fossem novamente três vezes mais altas. Agora, entretanto, ventava – um vento fino, cortante, lâminas de ar – e o céu, que permanecia aberto, embora com uma nuvem aqui e ali, anunciava outra noite de geada.

De repente, a confusão. E no meio da confusão, um estampido seco: um tiro. Logo em seguida, outro. E outro. E mais outro. Gritaria, corre-corre, desespero. No céu, drapejantes, as bandeiras vermelhas.

– Vamos, venha – dizia o padre.

Betina abrira o berreiro, agarrada à mãe; perguntava pelo pai e pelo irmão mais velho. O pequeno, no colo da mãe, também chorava. Rosália, no meio do acampamento, não falava nada, não movia um músculo sequer. Apenas contemplava a barafunda, o olhar distante, meio beatífico, meio bestificado. Em volta, mulheres passavam açodadas, carregando molhos de roupa, utensílios domésticos, arrastando atrás de si amedrontadas crianças. Ao verem-na ali, estacada, chamavam-na.

– Vem, criatura, desprega do chão.
– Está maluca? Os meganhas estão aí.
– Não se preocupe, Rosália. A gente volta depois. Este é o meu terceiro despejo.
– Ô, seu padre, que deu nela?
– Vão indo, vão indo na frente. A gente alcança vocês – explicava o sacerdote.

Evidentemente, não faltaram olhares maldosos, não obstante o escarcéu.

– Isto são horas de namorar?
– Cadê o marido num momento desses?
– É macho pra brigar, não pra cuidar da fêmea.
– A gente vê cada uma!

Os barracos estavam sendo derrubados; um e outro já ardiam, levantando colunas de fumaça preta pelo céu. Uma bala passou zunindo. No ar, cheiro de pó, pólvora e plástico queimado. Como Rosália não desse mostras de se mover, padre Hugo tomou-lhe, não sem energia, a criança do colo.

– Vamos. Venha comigo.

Ela, nada.

– Venha, Rosália. Venha, Betina.

De novo, nada.

– Pelo amor de Deus!

Outra bala zunindo.

Finalmente, Rosália resolveu colaborar. Aos tropicões, saltando os cotos das bracatingas, puxando a filha pela mão, ela agora corria, na mesma direção em que os outros e o religioso a sua frente corriam, mas sem saber exatamente para onde iam nem por que iam por ali. Contudo, lá parecia mais calmo – e ela precisava de bastante calma nesse momento, muito sossego, concentração. O sol descambava, amarelecendo as copas das aroeiras ao mesmo tempo em que descorava as colinas quadriculadas ao longe. Debaixo de um céu cujos tons também desmaiavam, a terra se cobria de luto e o vento gemia na coivara por onde eles atravessavam agora. Alvoroçadas, as gralhas grasnavam; os quero-queros levantavam voo; os cães, zaranzas, ganiam. E tudo aquilo se lhe afigurava distante, um sonho, uma lembrança, um filme, sim, um filme de ação, um filme de guerra como aqueles de que o Felício tanto gostava quando tinham televisão. Terminado o filme, todos retornariam aos seus verdadeiros papéis, os cabelos polvilhados de terra, os rostos suados, a respiração ofegante, talvez, mas só isso. Nada de lemas, marchas, revoltas. Nada de reuniões em surdina, caminhões apinhados, arames cortados no meio da madrugada. Apenas o cheiro bom e quente do café no coador de pano, a toalha alva sobre a mesa sólida, as xícaras, os pratos, os talheres alinhados. Que maravilhoso lembrar que a vida tem um ritmo, manso, vivo, regular, como a respiração da gente, quando não se está com medo nem subindo uma ribanceira. Que maravilhoso acordar todos os dias e constatar, maravilhada, que todos os dias são iguais, a terra é generosa e as feridas todas estão cicatrizadas, e se acaso sobreveio algum sonho mau, na noite cancelada, exclamar, ao descerrar os olhos: que susto, foi apenas um pesadelo.

Tarde da noite veio a confirmação: vinte e quatro feridos, sendo que dois em estado grave, e dois mortos: dois homens. Era preciso identificar os cadáveres. José Felício da Cruz não fora achado, ninguém o vira. Ah, ela sabia. Na verdade, desde cedo, ao levantar-se, ela sabia. Adiantava reconhecer o corpo? Não era melhor conservar na memória a imagem dele, sorridente, cavoucando a terra, tomando mate, levando o filho para a escola? Ou então, sobre o colchão ralo, abraçando-a, beijando-a, amando-a? Ou ainda, há bem mais tempo, aos dezessete, dezoito anos, entrando no seu quarto, sorrateiro, para vê-la, contemplá-la, quando ela estivera no tempo de seu misterioso resguardo? Lico, por sua vez, fora encontrado pouco depois pelo padre, encolhido no fundo de um taimbé. Não vira o pai, não saíra do seu esconderijo, assustado desde que ouvira os tiros. Agora, os três, Elias, Maria Albertina e Josué, estavam na casa paroquial, assistidos por algumas lideranças do Movimento. Os dois mais velhos, muito compenetrados, não desgrudavam os olhos da televisão. O caçula, por sua vez, dormitava nos braços pelancudos de uma alemoa.

Ao entrar na sala branca e asséptica, acompanhando Rosália, padre Hugo sentiu – ele garante –, em vez de formol, como era de se esperar, um estranho olor de rosas. Lá estava o Ivaldo, um buraco na têmpora esquerda e um sorriso meio idiota nos lábios arroxeados. E quando o funcionário de guarda-pó branco lhes descobriu o corpo nu e rígido da outra vítima, o sacerdote viu, nitidamente, não havia dúvida, no dorso dos pés, nas mãos e no lado, um pouco abaixo do coração, as chagas.

Foi só lá fora que Rosália Klossosky chorou. A lua estava branca, redonda, imensa, estendendo a sua mortalha de prata sobre a relva. As luzes da cidade, além da encosta, eram como estrelas que do céu, igualmente pontilhado, houvessem despencado. Devia estar zero grau. Ou perto disso. Rosália chorava, chorava convulsivamente. O sacerdote lhe estendera o sobretudo e a abraçava, sem pronunciar palavra.

* * *

Deus é Kénosis, não só em sua ação, mas sobretudo e primeiramente em sua natureza. É como se, ao criar o Ser, ele deixasse um pouco de ser; ao criar o outro, ele renunciasse também ao seu eu. Ou melhor: é como se ele precisasse se autoextinguir para criar as condições da alteridade – e isso não apenas por vontade, mas também e sobretudo por necessidade. O louco de Nietzsche estava certo e errado. Deus está morto. Mas não fomos nós que o matamos. Ele próprio programou a sua morte.

*A rosa é sem porquê; floresce porque floresce,
não presta atenção a si mesma, não pergunta se é vista.*

Angelus Silesius

Cara leitora, caro leitor

A **Aboio** é um grupo editorial colaborativo.

Começamos em 2020 publicando literatura de forma digital, gratuita e acessível.

Até o momento, já passaram pelos nossos pastos mais de 500 autoras e autores, dos mais variados estilos e nacionalidades.

Para a gente, o canto é conjunto. É o aboiar que nos une e que serve de urdidura para todo nosso projeto editorial.

São as leitoras e os leitores engajados em ler narrativas ousadas que nos mantêm em atividade.

Nossa comunidade não só faz surgir livros como o que você acabou de ler, como também possibilita nos empenharmos em divulgar histórias únicas.

Portanto, te convidamos a fazer parte do nosso balaio!

Todas as apoiadoras e apoiadores das pré-vendas da **Aboio**:

—— têm o nome impresso nos agradecimentos de todas as cópias do livro;

—— são convidadas a participarem do planejamento e da escolha das próximas publicações.

Fale com a gente pelo portal aboio.com.br, ou pelas redes sociais (@aboioeditora), seja para se tornar uma voz ativa na comunidade **Aboio** ou somente para acompanhar nosso trabalho de perto!

Vem aboiar com a gente. Afinal: **o canto é conjunto.**

Apoiadoras e apoiadores

173 pessoas apoiaram o nascimento deste livro. A elas, que acreditam no canto conjunto da **Aboio**, estendemos os nossos agradecimentos.

Ademir Demarchi
Adriane Figueira
Alexander Hochiminh
Alexandre Gil França
Alisson Sant'Anna
Allan Gomes de Lorena
Amanda Anhaia
Ana Gabryele Braga
Ana Ramos
Anderson Chcrobut
André Balbo
Andre Luiz Leme
André Pimenta Mota
Andreas Chamorro
Anna Beatris Pereira
Anthony Almeida
Arlete Sandra de Souza Franco
Arthur Lungov
Bethânia Alves Winck
Bianca Monteiro Garcia
Brunilda Reichmann
Caco Bocchi
Caco Ishak

Caio Girão
Caio Narezzi
Calebe Guerra
Camila do Nascimento Leite
Camilo Gomide
Carla Guerson
Carlos Melo
Carolina Boscarino
Carolina Nogueira
Cecília Garcia
Cintia Brasileiro
Claudio Pereira de Avelar
Cleber da Silva Luz
Cristina Machado
Daniel Dago
Daniel Giotti
Daniel Guinezi
Daniel Leite
Daniela Rosolen
Danilo Brandao
Decio Romano
Denise Lucena Cavalcante
Dheyne de Souza

Domingos van Erven
Dylza Gonçalves de Freitas
Eduardo Rosal
Eleazar Venancio Carrias
Eliana Maria Winck Neumann
Eliege Cristina Pepler
Elizabete Roldão
Emanuelly Venção Sutil
Ewerton Kaviski
Fabio Di Pietro
Fábio Maurício Schäfer
Fátima Maria Ortiz Lour
Febraro de Oliveira
Fernanda Alves Winck
Flávia Braz
Flávio Jacobsen
Floresval Nunes Moreira Junior
Francesca Cricelli
Frank Engelbert
Frederico da Cruz Vieira de Souza
Gabi Siana
Gabo dos Livros
Gabriel Cruz Lima
Gabriela Machado Scafuri
Gael Rodrigues
Giovanna Wrubel Brants
Giselle Bohn
Guelna Pedrozo
Guilherme da Silva Braga
Gustavo Alex
Gustavo Bechtold
Henrique Emanuel

Isadora Vicenzi Kratchei
Iziquel Antonio Radvanskei
Jadson Rocha
Jailton Moreira
Jaqueline Conte
Jheyscilane Cavalcante
João Luís Nogueira
João Paulo do Amaral Filho
José Gregório Alves
Josette Garcia de Souza
Josiel Lima
Júlia Vita
Juliana Costa Cunha
Juliana Slatiner
Juliane Carolina Livramento
Katleen Hack da Silva
Laercio Lopes De Araujo
Larissa Corrêa
Laura Redfern Navarro
Leitor Albino
Leonardo Kominek Barrentin
Leonardo Pinto Silva
Lolita Beretta
Lorenzo Cavalcante
Lourival Francisco
Lucas Barros Moura
Lucas Ferreira
Lucas Fier
Lucas Lazzaretti
Lucas Verzola
Luciano Cavalcante Filho
Luciano Dutra

Luis Felipe Abreu
Luísa Machado
Luiz Andrioni
Luiz Felipe Leprevost
Luiz Fernando Cardoso
Luiz Fernando Cortelini Meister
Luiz Seman
Luiza Medeiros Baldança
Luna Madsen
Luzenirah Alves
Magno Padilha
Manoela Machado Scafuri
Marcela Roldão
Marcelo Amorim
Marcelo Hohmann Choinski
Marco Aurélio de Souza
Marco Bardelli
Marcos Piaceski da Cruz
Marcos Vinícius Almeida
Marcos Vitor Prado de Góes
Maria Inez Frota Porto Queiroz
Mariana Artigas
Mariana Donner
Marianna Holtz
Marilda Weigert Braga
Marina Lourenço
Mateus Torres Penedo Naves
Mauro Paz
Menahem Wrona
Mario Betiato
Micheli Ribas
Milena Martins Moura

Minska
Nalu Polak
Natalia Timerman
Natália Zuccala
Natan Schäfer
Nathan Shtorache Winck
Paula Maria
Paulo Scott
Pedro Torreão
Pf3ss0r
Pietro Augusto Gubel Portugal
Rafael Mussolini Silvestre
Ralf Faeda
Raquel Carvalho
Rebeca Letícia
Rodrigo Barreto de Menezes
Rubens Gomes Corrêa
Sabrina Kestring Machado
Salvio Nienkotter
Sergio Mello
Sérgio Porto
Thais Fernanda de Lorena
Thassio Gonçalves Ferreira
Valdir Marte
Vera Rolim Chyczy
Victoria Golanski Lara
Vivaldo Cordeiro Gonçalves
Weslley Silva Ferreira
Willy Barp
Wilma Brunetti
Yvonne Miller

Outros títulos

1. Anna Kuzminska, *Ossada Perpétua*
2. Paulo Scott, *Luz dos Monstros*
3. Lu Xun, *Ervas Daninhas*, trad. Calebe Guerra
4. Pedro Torreão, *Alalázô*
5. Yvonne Miller, *Deus Criou Primeiro um Tatu*
6. Sergio Mello, *Socos na Parede & outras peças*
7. Sigbjørn Obstfelder, *Noveletas*, trad. Guilherme da Silva Braga
8. Jens Peter Jacobsen, *Mogens*, trad. Guilherme da Silva Braga
9. Lolita Campani Beretta, *Caminhávamos pela beira*
10. Cecília Garcia, *Jiboia*
11. Eduardo Rosal, *O Sorriso do Erro*
12. Jailton Moreira, *Ilustrações*
13. Marcos Vinicius Almeida, *Pesadelo Tropical*
14. Milena Martins Moura, *O cordeiro e os pecados dividindo o pão*
15. Otto Leopoldo Winck, *Forte como a morte*
16. Hanne Ørstavik, *ti amo*, trad. Camilo Gomide
17. Jon Ståle Ritland, *Obrigado pela comida*, trad. Leonardo Pinto Silva
18. Cintia Brasileiro, *Na intimidade do silêncio*
19. Alberto Moravia, *Agostino*, trad. André Balbo
20. Juliana W. Slatiner, *Eu era uma e elas eram outras*
21. Jérôme Poloczek, *Aotubiografia*, trad. Natan Schäfer
22. Namdar Nasser, *Eu sou a sua voz no mundo*, trad. Fernanda Sarmatz Åkesson
23. Luis Felipe Abreu, *Mínimas Sílabas*
24. Hjalmar Söderberg, *Historietas*, trad. Guilherme da Silva Braga
25. André Balbo, *Sem os dentes da frente*
26. Anthony Almeida, *Um pé lá, outro cá*
27. Natan Schäfer, *Rébus*
28. Caio Girão, *Ninguém mexe comigo*